MONIKA PFUNDMEIER

Glück dich!

ÜBER DIESES BUCH

Nora rudert sich durch Instagram und Facebook. Sie sieht das Dauer-
lachen, die Outfits, die Pärchen in Paradiesen. Alles scheint Glück – so
einfach, so perfekt. Bei anderen.

Nora sieht sich. Ihre Outfits sind Wohlgefühl abseits der In-Styles, ihr Alltag steckt zwischen Zugschienen und PC-Monitoren, zwischen Liebes-
kummer, Fernweh und den parkenden Autos in ihrer Stadt. Ihr Leben ist
Schmerz, Zweifel, Momente voller Unsicherheit und ebenso voller Zauber,
Momente ohne Kamera und ohne Kerl.

Nora fragt: Bin ich (gut) genug? Wer klatscht Beifall für dieses Un-Spekta-
kel? Und sie fragt: Zählen die Bilder und der Beifall, oder anderes?

Wer bestimmt den Wert meines Lebens? Was – oder wer – macht mein
Glück (aus)?

ÜBER DEN AUTOR

Monika Pfundmeier folgt seit 2016 ihrem Herzen und ihrer Berufung als
Autorin - nach Jahren in der Unternehmensberatung und in der Finanz-
branche.

Ihre ersten Romane (historisch) - erschienen 2016 und 2017. Sie erhielt
2017 den Deutschen Selfpublishing Preis - Publikumspreis und 2018
den Deutschen Selfpublishing Preis - Jurypreis als *„[...]eine der stärksten
Stimmen der jungen Gegenwartsliteratur[...]"* Nina George, internationale
Bestseller-Autorin im Namen der Fachjury.

Sie lebt und schreibt in München und verschmilzt Sinnliches mit (Zeit-)
Geschichte zu Unterhaltung.

Mehr unter **www.monika-pfundmeier.com**

MONIKA PFUNDMEIER

Glück dich!
dich!

Dritte Auflage. Erstauflage, 2018
© Oktober Monika Pfundmeier – alle Rechte vorbehalten.
Lektorat: Dorothea Kenneweg
© Umschlaggestaltung ZERO Werbeagentur, München
unter Verwendung von Motiven von FinePic / shutterstock
© Buchsatz: Laura Newman – design.lauranewman.de
© Foto / Autorenbild:
Raimund Verspohl – www.raimund–verspohl–portraits.com

München
kontakt@monika-pfundmeier.com

Herstellung und Verlag BoD - Books on Demand, Norderstedt
ISBN: 9783752848687

monika-pfundmeier.com

All jenen, die auf ihr Happy End warten …

&

Meinen Geschwistern.
Meinen Eltern.
Meinen Lieben.

Heute nicht – und nie wieder. Nora zwang ihre Gedanken aneinander. *Vier Monate, siebzehn Tage, sechseinhalb Stunden.* Dreizehn Tage eigentlich, wenn Nora ehrlich war. Sie schluckte. Ein Klick. Und sie war fort. Die letzte Mail nach der letzten Mail nach dem letzten Gespräch vor vier Tagen und dem letzten Fick. Seither hatte er sich nicht mehr gemeldet – keine Entschuldigung, kein Anruf, keine Nachricht. Diesmal setzte Nora das Ende endgültig. Tim war Vergangenheit, vorbei. Der Schmerz blieb.

Persönlich wäre besser gewesen. Oder eigentlich nicht. Ihn zu treffen wäre garantiert ein weiteres letztes Mal gewesen

sein Schwanz

in ihr,

auf der Couch, im Bett, in der Küche.

Nora starrte auf den Schnappschuss an ihrer Wand. Die grünäugige Frau lachte sie aus, hielt mit der einen Hand Haarsträhnen aus dem Gesicht, mit der anderen die Wunderkerze. Sie hatte ihren zweiunddreißigsten Geburtstag vor fünf Monaten gefeiert, als ob das Leben Anlass dafür böte.

Nora richtete sich auf. »Mein Glück hängt nicht von einem Kerl ab«, knurrte sie.

Wenn dann hängt an 'nem Kerl nur ziemlich viel Ärger. Und du ziehst das an. Diese Stimme war wieder da.

Jedes Wort, jedes kleine Messer fräste sich unter ihre Haut, jeder Treffer schnitt in ihre Seele.

Nora drückte die Worte weg. Sie fixierte das Bild, den Moment. Sie streckte ihre Zunge gegen die lachende Frau auf dem Foto. Sie schwieg – die Erinnerung nicht. Nicht zu dem Abend. Nicht zur Firmenfeier in Frankfurt. Und nicht zu den letzten vier Monaten, dreizehn Tagen und sechseinhalb Stunden – seit Tim mit ihr und den anderen Kollegen seine Kündigung und den neuen Job gefeiert hatte.

Sie starrte über ihre schwarzlackigen Fingernägel auf den Laptop. Tim schmunzelte ihr sein Lächeln entgegen. Der Schnappschuss von seiner Abschiedsfeier war ihr einziges Bild von ihm. *Schon klar. Nix mit Kollegen. Nur feiern und quatschen und Pläne schmieden. Bis zu dem Moment, ab dem ein Schritt alles ändert.* Der Laptop klappte zu. »Scheißkerl.« Sie knurrte. »Scheiß-...« Sie trank, schmeckte den Wein.

Den gleichen hatten sie bei ihrem ersten Date an Tims letztem Arbeitstag. Sie waren keine Kollegen mehr.

Schön an die Regeln gehalten, ätzte ihr Messerwerfer. *Und wofür?*

Flüssiges Licht schimmerte im Glas, prickelte ein klein wenig auf ihrer Zunge, füllte jeden Nerv mit Frucht und Sonne und hinterließ einen Nachgeschmack. Sehnsucht.

Die Eiswürfel klirrten. *Scheiß... Zeitpunkt.*

Sie schlug ihr schwarzes Notizbuch auf, der Kugelschreiber stand über dem Papier in der Luft, verharrte. Sie biss sich auf die Lippen und presste die Augen zu. Dann ließ sie los. »Fuck!« *Kein Gedanke in meinem Kopf. Nix. Nicht mal Platz für meine Pläne.* Sie klappte das

Buch zu, den Laptop wieder auf, und ihre Finger rasten über das Mousepad zu den versandten E-Mails. Nora stieß den Atem aus. Sie hatte doch die richtige Adresse getippt – Tims private – nicht die seiner neuen Firma.

Du wusstest, wohin das führt. War deine Entscheidung, dich in die Messer zu stürzen. Der Messerwerfer traf erneut.

Hätte ich irgendwas anders machen können? Nora zwang den Blick auf ihre Finger am Stiel des Weinglases. Sie glitten nach oben, glitten zurück. *Scheiß … Gefühle.*

In Gedanken kramte sie am Gürtelverschluss und dem Knopf seiner Jeans. Ihre Finger erinnerten sich an den Stoff, an seine Haut, die Narbe an seiner Seite, Stoppeln, die ihre Fingerspitzen kitzelten.

Beim Gedanken daran glühte Lust durch ihren Körper. Sie presste die Finger fester gegen das Glas in ihrer Hand. *Verdammt. Das führt zu nichts. Hunger im Kopf.* Sie rutschte am Kissen hoch. Ihre andere Hand glitt ihre Seite hinab, sie zog am Bund und öffnete den Verschluss.

Sie schob ihre Hand über den Knochen ihrer Hüfte, an den Kuppen ihrer Finger stieg die Wärme. Sie nippte am Glas. *Tim muss aus meinem Hirn.*

Es war noch Herbst, es war nicht annähernd heiß, Regen prasselte an die Scheiben. Und er – gottverdammtnochmal – war ab jetzt nicht mehr der Typ, den sie von einer Beziehung überzeugen wollte, nicht mehr der, den sie vögelte und nicht der, den sie wollen sollte.

Was willst du dann? Die Stimme biss in ihre Gedanken. Der Messerwerfer wetzte seine Klingen. *Zur Abwechslung einen, der dich nicht verletzt? Hah! Einen, an dem du dich nicht verletzt?* Er goss sein Gift in ihren Kopf. *Als ob du das verdienst.*

Einen für mich, hielt sie dem Schwarzseher entgegen. Erneut kühlte der Wein ihre Lippen. *Einen, der passt.* Ihr Daumen umkreiste den Nabel. Sie schob ihre Hand tiefer, schloss die Augen. *Einen, der mich will und den ich will.*

Jetzt, in diesem Moment schenkte sie ihren Gedanken Flügel. Sie flog davon – weit fort. Und dann war sie in dieser Bar.

Ihr Tisch stand am Fenster, Dämmerlicht brach sich in ihrem Weinglas, umspielte ihre Konturen. An diesem Ort geschah, was sie bestimmte. Diese Zeit gehörte ihr.

An der Bar war dieser Kerl. Seine Anwesenheit elektrisierte jedes Mµ ihrer Haut. Ihre Hand schob den Rock an der Linie vom Knie über den Oberschenkel nach oben, lud seine Blicke ein zu folgen. Sie genoss die Andeutung des Lächelns auf seinen Lippen, die Bewegung, die verriet, dass sein Atem schneller ging.

Seine Finger rieben entlang der Naht seiner Jeans, sie beobachtete, ahnte seine Erregtheit, öffnete ihre Beine weiter. Sie spürte den Tau zwischen ihren Schenkeln, und sie stand auf von ihrem Fensterplatz. Lust. Abendsonne wärmte ihren Rücken. Die Knopfleiste rutschte auf, der Stoff umspielte ihre Brüste. Die Bluse glitt tiefer, gab das Tal dazwischen frei. Ein letzter Knopf blieb.

Ihre Absätze klackten, der Raum warf ein Echo zurück, bis sie vor ihm stand, seinen Duft atmete. Er kribbelte durch alle ihre Sinne. Seine Hand berührte ihre Hüfte, forschte sich von ihrer Taille zu ihrem Rücken, nach unten und wieder hinauf. Auf seinem Weg zum

Schulterblatt glühte ihre Haut. Sein Daumen folgte dem Bogen ihrer Rippen nach vorn, und seine Hand wärmte ihre gesamte Mitte wie Feuer an einem Herbstabend.

Ihre Finger glitten hinab von ihrem Bauchnabel tiefer in den Süden.

Sie näherte sich seinem Gesicht, atmete die Ahnung seines herben Dufts. Von ihrem Nacken rollte ein Schauer über ihre Mitte bis zu den Spitzen. Sie fand seine Lippen, die Hitze, ihre Zunge tastete nach seiner und sie holte sich den Kuss.

Ihre Finger fuhren tiefer.

Seine Hände packten ihre Hüften, zogen sie ran. Seine Lippen antworteten mit demselben Hunger. Er presste seinen Körper, seine Erregung gegen sie. Einen Knopf nach dem anderen öffnete sie seine Hose. Haut und Hitze und Gier warteten.

In ihrem Kopf erforschten ihre Finger seine Lust wie ihre eigene dunkle Hitze. Sie genoss den Weg, den sie suchten und fanden. Verlangen brannte zwischen ihren Schenkeln, tränkte ihre Mitte. Sie war feucht, steigerte ihre Lust.

Sie führte ihren Daumen, kostete ein Schaudern.

Und verstärkte es.

Er stöhnte, kehlig, tief, machte sie noch feuchter. Ihre Fingerkuppen tasteten weiter, wanderten wie ihre Zunge über die Unterlippe, streiften die Haut, ein Hauch über der Hitze wie die Flügel eines Schmetterlings. Ihr Delta pulsierte. Und sie wusste, was sie ersehnte. Die Finger tauchten tiefer, fachten weiter ihr Feuer an. Ihr Körper bebte, ihr Atem rannte. Ihre Bewegungen wurden schneller. Sie glühte und zog ihre Beine hoch, öffnete sie weiter, spannte die Muskeln. Sie bog ihren Rücken durch, hielt die Luft fest in ihren Lungen.

Ließ los.

Lust schauderte durch ihren Körper, schoss von ihrer Mitte in die Spitzen ihrer Nervenbahnen. Ein Flügelschlag erlöste sie. Ein letzter, weiterer.

Sie lauschte

dem Trommeln ihres Herzens, dem Stakkato ihres Pulsschlags. Atemzug um Atemzug kam Ruhe über sie. Sie zog ihre Hand zurück, benetzt, warm, feucht.

Gottverdammt. Ich sollte mich auf den Vortrag morgen konzentrieren.

Sie musste ins Bad. Sie musste noch packen. Sie seufzte. Sie sah sich heute schon in der Montagmorgenkälte die business-beschuhten Füße platttreten mit all den anderen Anzügen und Kostümen am Gleis in eines der übervollen Zugabteile drängen. Dann brachte die Deutsche Bahn die Wochenration ehrgeiziger Köpfe an den Main – oder quer und kreuz durch die Republik. Am Donnerstag gingen die Konservenkörper wieder zurück. Oder am Freitag, wenn man davor nicht genug geschafft hatte. München – Frankfurt, Frankfurt – München, Ziel: Karriere, Zwischenstopp: nirgendwo.

Nora schüttelte den Kopf. *Verrückt. Und ich bin Teil davon. Arbeiten in einer Stadt und anderswo leben.*

Oder kein Leben. Die Messerwerferklingen schabten aufeinander.

Sie setzte Tee auf, füllte ihr Glas mit Wein, schnappte den Laptop. Morgen, die Besprechung im Büro kam viel zu schnell.

Total überraschend. Nicht, meldete sich der Schwarzseher in ihrem Kopf. *Wie jeden Montag.*

Noch einmal suchte sie die Datei im Verzeichnis mit der Präsentation, öffnete, flippte im Ladevorgang auf das Mailfenster mit dem Bild von Tim in den Hintergrund. *Ich muss ihn löschen. Wenigstens aus den Kontakten – wenigstens sein Bild.*

Bis er sich wieder meldet. Der schwarzsehende Messerwerfer lachte sie aus, und sein Messer traf.

Klappe! Ihre Finger rollten übers Touchpad und entschieden sich für den Klick in die heile Bilderwelt. Ein Strom an Essensbildern, Landschaften und Lächeln zersetzte ihre Aufmerksamkeit. Sie klickte sich durch die Food-Stories ihrer Freunde, die perfekten Augenblicke, Selfies, das Pärchenglück. Jedes Bild hängte ein Bleigewicht an ihre Mundwinkel.

Ihr Smartphone plingte, der Couchtisch vibrierte. *Er.* Tims Name ploppte in ihren Kopf. Sie zögerte den Moment hinaus. Ihre Hand wanderte auf das Gerät zu. *Also doch.* Sie grinste und nippte einen kleinen Triumph. *Vielleicht zieht er doch nicht einfach so davon ...* Sie schnappte sich die Minischaltzentrale und entsperrte den Bildschirm. Ihre Illusion puffte davon.

Nicht er. Tim. War klar. Der Stich grub sich in ihre Brust.

Sie stieß den Schwarzseher weg. *Nichts war klar.* Nora warf das Telefon neben sich. Die Nachricht leuchtete noch einmal auf. *Felix.* Sie krauste die Lippen. *Bruderherz.* Seinen Namen zu lesen wärmte ihr Herz. Nora spürte Freude bis das nächste Messer traf.

Bis zu Felix' Hochzeit sind es nur noch fünf Monate, und du bist wieder allein.

Und dann las sie doch die Neuigkeiten zu Felix' letzten Plänen für die Tischordnung bei der Hochzeit. Und Nora lächelte, und sie sah das Bild vor sich: Es würde wunderschön werden. Ihr Bruder neben Tony, neben den Schwiegereltern, neben Mama und Papa, neben ihrer Schwester und deren Mann, neben Nora und … Ihr Lächeln starb.

Niemandem. Der Messerwerfer war schnell.

Noch ist Zeit für … jemanden. Genug Zeit. Nach dem dritten Lesen und dem fünften Aktualisieren blieb der Nachrichteneingang leer.

Als ob dich das wirklich überrascht.

Ihre Laune prallte ab an den Wänden eines schwarzen Lochs und zersplitterte weiter. Nora rollte mit den Augen. *Klappe, du Schwarzseher,* schickte sie ihm entgegen. Sie wischte die Apps zur Seite, landete irgendwo wieder in Desserts, Mode- und Food-Kunstwerken und verlor sich. Die Objekte auf dieser Plattform nannten sich nicht Models, sondern Blogger. Sie verlächelten ihre Tage. Sie erschufen den Eindruck, es genügte, mit all ihrer Deko vor der Kamera zu tanzen. Schon war das Leben so einfach, voller perfekter Partner und Pärchen, so glücklich und voller Küsschen und Herzchen, die sie an all jene schickten, die Lob und Likes hinterließen und sich in ihre Kopien verwandelten und ihre Kassen füllten. Ein Fotoalbum voller Abziehbilder.

Ihr Hirn schwenkte zu Tim. Sie schloss die Augen. »Gottverdammt. Dann bin ich halt allein.« Sie angelte ihren Laptop. *Oder ich find 'nen anderen bis zur Hochzeit. In fünf Monaten. Praktisch eine Ewigkeit Zeit. Nicht. Auswahl hab ich gleich in zwei Städten. Nicht.*

Auswahl in der Stadt mit den meisten gebrochenen Her-
zen und der Stadt ohne Herz, schoss der Messerwerfer
durch ihr Hirn. *München oder Frankfurt.*

Dann brauch ich halt niemanden. Sie schob ihre Unterlippe vor, rollte durch die E-Mails in ihrem Papierkorb.

*Und du hast ja deine Arbeit, was braucht man mehr zum
Glück,* giftete der Schwarzseher.

Wenigstens im E-Mail-Papierkorb fand sie kleine Er-
folge: die Werbemail mit dem blauen Logo und dem
Rabatt auf die Mitgliedschaft im Club der suchenden
Herzen. Sie klickte »Wiederherstellen«. *Das sollte man
mal als Life-Hack erfinden: Wiederherstellen.*

#2 BEN - MAUER

B en beobachtete seine Kollegin durch die Lücke zwischen den Büropflanzen. Nora tippte hinter dem Drachenbaum auf ihrem Handy, legte es weg. Vorfreude stand in ihrer Miene – und noch anderes. Ben konnte es nicht deuten.

Er räusperte sich und griff nach seinem Mantel. »Gute Nachrichten am Ende der Woche?«

Nora schrak auf – ein wenig. »Mal sehen.« Ihr Lächeln verfranste, die langen Wimpern senkten sich über das Schimmergrün ihrer Augen.

Nora war vier Jahre älter oder fünf oder acht. Hier, in dieser Stadt, war sie nur während der Woche. Sie lebte nicht in Frankfurt, sondern in Hamburg oder Berlin oder München oder was mit Zügen. Ben wusste es nicht genau. Die Kollegen wussten es auch nicht. *Weiß überhaupt einer was über sie?* Sie war schon länger hier, ein Jahr oder drei, und Ben war der Neue. Seit sechs Monaten. Nur zum Arbeiten hier. Frankfurt mochte er nicht.

Morgens flackerte seit einem Monat das Licht von Noras Bildschirm um ihren Schemen in der Dunkelheit. Meistens. Außer Montag, ihrem Anreisetag, außer Freitag, da war sie schon weg, verschwunden nach irgendwo. Abends begleitete der Kaffeebohnenduft ihrer dampfenden Tasse auf dem Schreibtisch ihn und die anderen in den Feierabend. Und sie löschte das Licht im Büro. Das Gezeter von dieser Pomade von nebenan aus dem anderen Büro ließ ihre rechte Augenbraue nach oben wandern, ihre Grübchen tanzen. Immer. Er bemerkte, wie Nora den Kopf schüttelte und die Augen rollte, wenn die Worte Müll, Ergebnis und ihr Name im selben Satz durch den Flur donnerten. Öfter. »Er tobt mal wieder,«, hatte er gestern gemurmelt, »die Spinne.« Gerade laut genug, dass sie es hören konnte. Er fand es witzig. Er glaubte, Nora auch. So schnell es verschwand, ihr Schmunzeln hatte er bemerkt.

»Mal sehen, mh?«, wiederholte er ihre Worte und verschwand hinter dem Bildschirm – nicht ganz, nur so, dass er noch genug von Nora sah.

»Man weiß nie«, sagte sie. »Glaub ich.« Ihre dunklen Haare wippten, eine Franse ihres Pony fiel in ihre Stirn. Sie winkte ab. Einen Moment zögerte sie, dann versenkte sie sich wieder in ihre Arbeit.

»Bleibst du wieder länger heut?« Ben starrte in ihre Richtung. Er packte seine Sachen zusammen. »Du weißt doch: Heut ist Donnerstag, oder? Wochenende und so.«

»Mal sehen.«

»Jeder braucht mal Pause.« Die Trinkflasche wanderte in Bens Rucksack. Selbst von seinem Schreibtisch aus sah er Noras Augen funkeln. Für einen Augenblick. Er klickte auf den Bildschirm und beendete seine Arbeit für heute.

Im Licht ihres Monitors leuchtete ihr Gesicht. Nora presste das Rot aus ihren Lippen, ihre Blicke wanderten aus dem Zimmer Richtung Flur. Sie schob ihr schwarzes Buch auf dem Tisch hin und her, ihren ständigen Begleiter. *Sie trennt sich so gut wie nie davon.* Dann blinzelte sie wieder und drehte sich zu ihm. »Pause vom Leben?«

Ben ging einen Schritt auf ihren Schreibtisch zu. »Von der Arbeit. Erholung, nennt sich das, Ausgleich. Ich hab gehört, es gibt mehr im Leben als Arbeit.«

Nora nickte. Sie versteckte ihr Buch unter dem dunkelblauen Jaquard-Stoff einer schmalen Tasche. Ein Lichtfunken blitzte in der goldenen Einfassung des Anhängers, die Quaste daran fächerte sich auf. Sonst war ihr Schreibtisch leer. Sie lehnte sich nach hinten, ihren Mundwinkel, ihre Augenbraue zog sie hoch.

Von draußen fiel Licht durchs Fenster und vergoldete ihr Gesicht. Ben fiel der Film ein vom letzten Wochenende. Die verborgene griechische Insel, die Amazonen und die Kriegerin, die gegen den Gott des Krieges kämpfen. *Sie trennt sich nie von ihrem Schwert.*

»Von nix kommt nix. Hast du das auch schon mal gehört?« Ihre Stimme klang nach Felsen und Sand und Wellen, die alles umschmiegten. Und nach Sonne, die sich ab und an durch die Wolken kämpfte. »Schritt für Schritt vorwärtsgehen. Nicht zu viel erwarten, nicht zu sehr auffallen. Aber immer weiter.« Sie sog Luft. »Das haben sie dir doch auch beigebracht, oder?« Nora sah ihm in die Augen. »Da, wo du herkommst.« Ihr Lächeln vervollständigte sich.

»Abwarten und nicht auffallen?« Er schüttelte den Kopf. »Das sagst du? Erst schießen, dann gucken, dann …« Er grinste, »… vielleicht fragen. Ich dachte«, er räusperte sich, »das ist dein Credo!« Bens Blick glitt zur Nachricht, die auf dem Bildschirm seines Telefons erschien. Er biss sich auf die Zunge, dann blickte er wieder zu ihr. »Und, ja: *Ein Schritt nach dem nächsten*, haben sie mir beigebracht – dort, wo ich herkomme.« Ben schnaubte ein Lachen. »Ich schreib dir den Namen mal auf. Merkst du dir dann die Firma, in der ich vorher war, Nora?«

Sie zuckte mit den Schultern. »Ich weiß deinen Namen noch – immerhin!« Sie lehnte sich noch weiter zurück und verschränkte die Arme hinter dem Kopf. »Ich find, das ist schon mal 'was.«

»Thumbs up.« Er hielt den Daumen in ihre Richtung. »Die ohne Namen erschießt du gleich, und die mit Namen nicht?« Ein Zwinkern stahl sich in ihre Richtung. »Die kriegen dann Fragen von dir?«

Ihr Arm zielte auf ihn, ihr Finger. Sie drückte den Daumen wie an einer Pistole ab. »Ach was. Erst schießen, dann sehen wir weiter. Fragen bringen nur neue Fragen und halten dich in der Vergangenheit fest.« Ihr Blick verlor sich an einem Punkt irgendwo außerhalb der Fenster, hinter den Skytowers. »Da …«

»Was, Nora? Was meinst du?« Er hakte nach, zog seine Mütze auf.

Sie ruckte nach vorn, krallte sich in die Kante des Schreibtischs. Ihr Blick fixierte ihn. »Nichts, Frischling. War auf mich bezogen.«

Ben runzelte die Stirn, dann nickte er. »Kennst du eigentlich diesen neuen Laden hier bei uns ums Eck. Essen muss voll gut sein – und der Style so. Essen musst du ja auch, oder?«

Sie starrte ihn an. »Genieß deinen Abend, Frischling, und dann das Wochenende und so. Bis Montag.«

»Mach nicht zu lang, Nora! Verpass deinen Zug nicht, oder fährst du erst morgen zurück nach …?«

»Keine Sorge, alles im Griff. Für mich geht's auch schon heute zurück. Ich hab meine Stunden soweit durchgepowert und erledigt, was auf dem Wochenplan stand. See you on Monday, Ben!«

Ganz sicher Montag. Er musterte sie. *Montag frag ich.* Dann trat er in den Flur, in den Lichtkegel vom Nachbarbüro. Um diese Zeit gähnte Leere aus allen anderen

Büros – abgesehen von Noras und diesem. Kurz zögerte Ben, dann stoppte er an der Tür. »Kein Feierabend für dich in Sicht?«

Die Pomade glänzte in Daniels Haaren. Ein paar drapierte Strähnen kaschierten die Geheimratsecken nicht. Schatten betonten die aufgequollene Partie unter den Augen. Ben forschte nach etwas Sympathie für den Abteilungsleiter. Er entdeckte die Bilderrahmen auf dem Tisch. »Wissen deine Töchter noch, wie du aussiehst?« Ben versuchte einen Scherz.

Daniel hob den Kopf, er musterte Bens Schuhe, Mantel, Tasche. »Ist schon Donnerstag? Dürfen die Arbeitsbienen wieder zurück in ihren eigenen Stock?« Von Daniels voller Unterlippe triefte etwas wie ein Lächeln. »München, oder? Da wohnst du doch auch.« Er wartete nicht auf Bens Antwort. »Wenn man was erreichen will, muss man schon mal länger ran, Ben. Das lernst du noch.« Er zog einen der Fotorahmen näher und drehte ihn zu Ben. »Meine Mädels kutschier ich als Ausgleich am Wochenende zu den Spielen mit ihrer Mannschaft.« Er musterte ihn.

Ben steckte die Hände in die Jackentaschen. »Nice. Voller Einsatz als Daddy für die Family«, kommentierte er.

»Und meine …«, Daniels Zunge schlüpfte heraus und befeuchtete die Lippen. »… Gattin hat ein Bild von mir. Das genügt nach den Jahren, wenn die Luft raus ist.« Er zog die Augenbrauen hoch. »Du weißt, wie das ist: Da braucht man als Kerl auch mal was Frisches. Ein wenig Vergnügen muss sein.«

Die Aussage verklebte Bens Hirn. *Too much information. Mah. Dinge, die ich nie wissen wollte.* »Ähh …«, fiel aus seinem Mund. Dann runzelte er die Stirn, richtete sich auf, räusperte sich. »Ich denk, jeder entscheidet da für sich. Gibt ja viele Wege.« Er zuckte mit den Schultern. »Solange es für beide passt.«

Daniels Augen blieben kalt, das Lachen erstarb auf dem Weg zur Tür. »Klar, Ben, du bist ja noch jung.« Er nickte und hob die Hand zum Abschied.

»Na, dann ... ein ... gutes Wochenende dir!«, haspelte er. Ben bemerkte Daniels Blick zu Noras Büro und einen Schauer in seinem Nacken. Er biss sich auf die Zunge.

»Immer.« Der Abteilungsleiter strich sich durch die Gel-Frisur und lehnte sich in seinem Bürostuhl zurück.

Ben nickte ihm zu und verschwand. Sein Smartphone vibrierte. Die Hand an der Glastür zu den Fahrstühlen zog er es aus der Tasche. *Du bist später dran, Kumpel.* Er verdrehte die Augen. *Oh Mann, Leander, das kann warten, bis ich im Zug bin, wenn du schon denkst, du musst mich an unser Treffen erinnern.*

Noch einmal fiel sein Blick zurück. *Er ist immer länger da. In letzter Zeit. Und Nora eh. Tagsüber meidet sie sein Büro wie ein Vampir das Licht – und ihn erst recht.* Die Gedanken gruben Runzeln in seine Stirn. Die Tür zum Vorraum der Aufzüge schwang auf. *Montag frag ich sie.*

Sein Atem streifte die Muschel, hauchte an sein Ohr. Felix presste sein Gesicht an Tonys Schulter, berührte mit den Lippen seine Haut, atmete den Duft. Tonys Mund an seinem Hals machte ihn einmal mehr schaudern. Er spürte das Beben, das Ziehen, spürte die Hitze und Tonys Körper fordernd nach mehr. Er reckte sich ihm entgegen und hielt ihn fest. Er fand seinen Halt in ihm. Das Feuer wurde seines, schmolz ihn und glitt bis unter seine Haut. Seine Lippen verwandelten auch seine eigenen mit diesem einen Kuss. Wieder und immer mehr. Er lächelte, und seine Hände um sein Gesicht gerahmt strahlte er zurück, vergrub den Kopf an seiner Brust und kitzelte ihn mit seinem kurzen Haar. Er hielt ihn in seinen Armen, umschlungen von jedem bisschen von ihm.

Tony verschwand für einen Moment im Bad, Felix hörte den Wasserhahn durch die Wand, dann knarzten die Dielen unter nackten Füßen. Tony strich über die Muskulatur, die Felix' Oberarm zeichnete. Dann war er zurück, warf über ihn und sich die Decke und die Nacht.

Das Kribbeln weckte Felix. Blut schoss zurück in seinen Arm. Er rollte die Finger, und er spürte sie nicht, streckte sich, spannte die Muskeln gegen die Stiche in seinen Gliedern. Vorsichtig zog er den Arm zu sich. Tony wachte auf, gähnte und blinzelte ins Morgenlicht.

Noch einmal zog er ihn zu sich, strich über dessen Haar und küsste die Stirn. »Ich lass dich nicht los.«

Er schmunzelte und boxte ihn in die Seite. »Du kannst mich nicht ewig hier festhalten.«

»Hey«, brummte er. »Das sehen wir noch.«

Tony schüttelte den Kopf. »Ich weiß nicht, ob dir deine Schwester so leicht verzeiht, wenn du dann euer Treffen sausen lässt. Vermutlich boxt sie dich dann mit ihrem Fliegengewicht nieder. Wann trefft ihr euch?«

»Vier, sowas.« Er lehnte sich zurück und starrte zur Decke. »Eh schon viel zu lang her seit dem letzten Mal. Und wenn wir uns treffen, vergeht die Zeit auch noch zu schnell.«

»Warum trefft ihr euch nicht hier? Nora kann über Nacht bleiben, und wir können gleich noch über die Hochzeit quatschen: Wer was organisiert und so. Vielleicht verrät sie auch mal ein bisschen was zum Junggesellenabschied.« Denkerfalten zeichneten Tonys Stirn, Felix hörte beinahe die Gedanken rattern.

»Oh man, dieser Junggesellenabschied« Er verzog das Gesicht. »Ich wünschte, das bliebe mir erspart.«

Tony zuckte mit den Schultern. »Dann lass es doch einfach.«

»Klar«, frotzelte Felix.

»Bei Nora rennst du doch offene Türen damit ein.« Tony setzte sich auf. »Wo ist das Problem?«

Felix drehte sich zu ihm. »Wo das Problem ist?« Er musterte Tonys braune Augen. »Du kennst doch meine Truppe gut genug: Meine Freunde und dann allein schon die Jungs von meiner Mannschaft. Was denkst du, ist los, wenn ich das absage?« Er schüttelte den Kopf. »Die sprechen nie wieder ein Wort mit mir.«

Tony zog die Augenbrauen hoch. »Alles nur, weil sie keinen Junggesellenabschied kriegen? Bescheuert.«

»Bescheuert. Vielleicht, vielleicht aber auch nicht.« Felix verschränkte die Arme vor der Brust. »Hat halt für die Jungs und Mädels Tradition. Da muss ich nun mal durch. Und Nora auch. Und solange sie sich darum kümmert, wird das erträglich.«

»Seh ich anders. Schließlich sollte es um dich gehen, nicht darum, was deine Freunde wollen«, hakte Tony ein. »Tradition hin oder her. So ein Brauch sollte dem Mensch folgen und einem Sinn, nicht einem stumpfen Massentrend. Oder feierst du deinen letzten Abend in Freiheit, weil unsere Ehe dich in Ketten legen wird?« Seine Miene verdunkelte sich.

»So ein Quatsch, Tony. Darum geht es nicht. Du weißt genau: da gibt es nicht mehr und nicht weniger Freiheit als jetzt.« Felix tastete nach Tonys Hand. »Es ist ein Tag, den ich mit meinen Freunden teile und an dem sie mich mit seltsamen Dingen überraschen werden, und solange Nora dabei ist, wird es nicht zu peinlich.«

Tony entzog ihm die Hand. »Verrät dir Nora, was auf dich zukommt?«

»Sie? Da kriegst du kein Wort aus ihr raus.« Er schüttelte den Kopf. »Aber: Heute ist einfach mal unser Abend – ihrer, meiner.«

»Mh«, sagte Tony.

»Vielleicht …« Er biss sich auf die Zunge.

»Vielleicht?«

Tony zuckte mit den Schultern. »Mh. Vielleicht gibt es mal ein wenig weniger Neues in ihrem Leben. Oder vernünftige Jungs.«

»Nora? Nie! Aber vielleicht verrät sie mal mehr davon.«

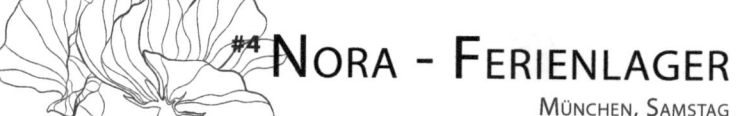

#4 NORA - FERIENLAGER

»Ein Ferienlager? Was ist das denn für ein Vorschlag Felix?«

»Um jemand kennenzulernen.«

»Ferienlager fand ich schon in den Ferien schlimm. Also, als ich noch in dem Alter war, Ferien zu haben. Damals haben uns unsere Eltern in eines gesteckt. Weshalb sollte sich das jetzt ändern?« Nora schoss einen Blick in Richtung ihres Bruders. Unverständnis und Erstaunen gleichermaßen legte sie hinein. Sie lehnte sich ein wenig mehr gegen den Tresen der Bar und musterte Felix. Er war jünger, und er war verdammt viel größer als sie. Wenn sie nicht saßen jedenfalls. Und blond. Und seine Züge kantig. Und seine Augen waren weich und warm und schlau und schön. Und blau.

Noch war es früh, noch fiel Spätnachmittagslicht durch die Fensterfronten und schimmerte auf den Wangen, in den Augen, dem Lippenstift am Rand ihres Glases. An der Balustrade vorn an der Fensterfront plingten Weinkelche. Im Rubin und im Hellgold fing und brach sich der Tag, er machte Platz für den Samstagabend in München in ihrem Viertel. Daheim.

Noras Stuhl kippelte hin und her, sie hielt das Gleichgewicht mit ihrem Ellbogen am Tresen. Ihre Finger spielten mit der Quaste an ihrer Clutch, drehten und rollten und fächerten den Anhänger mitsamt der Riemchen über das glatte, dunkle Holz. Sie lenkte den Blick zurück zu Felix. »Du weißt doch: Ich war der Außenseiter. Der Bücherwurm. Ich war die mit der großen Nase. Ich wollte durch den Wald mit Pfeil und Bogen und nicht basteln oder T-Shirts färben. Ich hatte nie die richtigen Klamotten …«

»Ah.« Felix nickte, in seinen Augen lachte der Schelm. »In den Wald willst du also mit den Jungs. Da hättest du in diesem Ferienlager sicher noch einmal eine Chance dazu.«

»Oh, Felix! Du bist furchtbar!« Nora schüttelte den Kopf. »Nicht, was du denkst. Dieses …« Ihre Finger umschlossen einen imaginären Ball, verschränkten und lösten sich, verdrehten sich ineinander. Nora seufzte. »Chaos. Besser, ich wär bei Pfeil und Bogen geblieben.« Der Weißwein rollte durch ihr Glas und entfaltete seine Blume. Einer der Jungs gegenüber lächelte ihr zu, und sie musterte seine Lippen, seine sportliche Figur. Felix stieß sie in den Oberarm, und Nora erinnerte sich: Auf etwas zu starren erleichterte den Umgang mit Daten. Das galt nicht bei Menschen. Sie erwiderte das Lächeln, errötete und drehte sich ab.

»Ach, Schwesterherz, du stehst dir selbst im Weg, was Männer angeht. Und: du tust auch alles, um diesen Weg für jeden unbetretbar zu machen.«

»Jedenfalls …« Nora holte Luft. »… das wird schon.« Ihr Smartphone leuchtete mit einer Nachricht auf, und ein Lächeln huschte über ihr Gesicht. Sofort verdunkelte sie den Bildschirm.

»Wer schreibt?« Felix beugte sich über den Tisch. Nora drehte ihr iPhone kopfüber auf das Holz. »Tim? Wo wir gerade beim Thema "unmöglich" sind …«

»Nicht Tim!« Sie hob den Zeigefinger. »Du bist der kleine Bruder. Du musst nicht meinen Aufpasser spielen.«

»Ah: Doch.« Felix lehnte sich zurück. »Du bist vielleicht zweiunddreißig, aber Alter schützt vor Dummheit nicht. Und ich bin größer als du.«

»Ha! Witzig!«, schnappte Nora, sie verdrehte die Augen. »Hast du jüngst in Mamas Binsenweisheiten gekramt? Gab's da auch lustige Schlauheiten oder hilfreiche wenigstens?«

Der Bruder wischte den Spott beiseite, tippte ihr Telefon an. »Was schreibt Nicht-Tim so Geheimes? Willst du meinen Rat als Kerl?«

»Das mit Tim ist definitiv vorbei. Echt jetzt! Seit letzter Woche. Ich will keine Beziehung mehr mit ihm. Wirklich nicht. Das klappt nicht.« Nora griff das Weinglas. »Wir waren beste Freunde. Da gab es mehr zwischen uns. Als Kollegen schoben wir das beiseite. Die Kündigung machte den Weg frei für dieses Mehr. Wir quatschten über alles und soviel, und Sex war einfach. Nähe, Hitze, zusammen aufwachen danach. Und ich mag meinen Körper, und seiner hat dazu gepasst. So. End of Story.« Das Glas dotzte auf den Tisch und vibrierte ein wenig nach. Sie biss sich auf die Lippen. »Das ist nicht falsch.«

»Das nicht. Aber ihr zieht in gegensätzliche Richtungen: Du willst eine Beziehung, er will Spaß«, sagte Felix. Er nahm den Untersetzer vor die Brust und zog von jeder Seite daran. »Du weißt, was passiert, wenn er loslässt.« Felix ließ an einer Seite los. »Ich find's nicht gut, was mit dir passiert, seit ihr euch datet. Oder gedatet habt. Und sag jetzt nicht: *Er muss spüren, was zwischen uns ist* .... Er will nicht. Glaub's mir! Ich bin nicht nur dein Bruder. Ich bin ein Kerl. Ich weiß, wie das ist. Wer nicht will, will nicht.« Er blinzelte und hob die Hand. »Du bist wie die Katze, der man die Pfoten gebrochen und die Milch geklaut hat. Ich wünschte, du könntest ihn löschen und neu anfangen«, sagte er. »Dein Herz hängt zu tief drin.«

»Gar nicht«, protestierte Nora. »Das mit Tim ist vorbei, Bruderherz. Hab ich doch schon gesagt. Von wegen zu tief und Herz. Endgültig fertig.«

Die Tür krachte auf. Mitten in der Bar verfestigte sich ein Wirbel aus Farben und Leder. Der grüne Mantel flatterte mit roten Locken um die Wette. Es grinste, warf seinen Rucksack von sich und winkte und kreischte los: »Ah, Nora! Wusst ich doch, dass ich dich hier finde!« Es zwängte sich an ihrem Bruder vorbei, fiel ihr um den Hals und knallte die Tasche neben die Bank.

Felix blickte zwischen dem Lockenschopf und ihr hin und her. Er stand auf. Vorsichtshalber. Nora grinste. »Leila! Du hättest schreiben können.«

»Langweilig.« Dann warf Leila Felix einen Blick zu. »Du siehst ja immer noch gut aus. Und ein Riese bist du auch immer noch.« Sie boxte ihn in den Oberarm. »Ewig nicht gesehen.«

»Leila, was machst du hier?« Nora deutete auf den Rucksack. »Hast du eigentlich noch eine Wohnung oder nur noch einen Briefkasten? Du bist doch ohnehin nie zuhause.«

Leila winkte Philipp hinter der Bar und nippte kurz darauf an ihrem Weißwein. »Weißt du, mir war danach. Nach Lissabon wollte ich schon ewig; aber dann hab ich Nizza gesehen und einfach gebucht. Mein Flieger geht in zwei Stunden.«

»Nizza.« Nora erinnerte sich an das Blau, an die Boote im Hafen und die Cafés entlang der Promenade.

»Knackige Planung.« Felix räusperte sich. »Da wart ihr doch mal, oder, Nora? Nizza.«

»Auf dem Rückweg von Barcelona sind Chris und ich damals die Côte d'Azur entlanggefahren. Vor fünf Jahren oder so. Ich wollte am liebsten bleiben und mein Französisch aufpolieren.«

»Und die Cafés testen«, ergänzte Felix. »Chris wahrscheinlich nicht.«

»Chris.« Leila zuckte mit den Achseln. »Und jetzt? Warum machst du's nicht jetzt?« Sie wirbelte herum und forschte etwas an der Wand oberhalb der Gins und Wodkas, der Whiskeys und Rums, suchte die Holzquader mit den Gläser- und Flaschenreihen ab. Dann fiel ihr Blick auf den Tisch, sie zerrte an einem der Untersetzer. »Freebird. Das ist es. Du wohnst hier doch schon fast.« Sie tokkte mit dem Finger auf den Schriftzug. »Als hätte dich der Name weniger angezogen als die Bar selbst. Worauf wartest du also, du Vogel? Ich tu's. Ich bin frei, ich will die Sonne, und ich will das Leben. Jetzt!« Leila schlürfte den Wein weg. Aus ihrer Handtasche kramte sie ein Buch und drückte es Nora in die Hand. »Damit gehen wenigstens deine Gedanken auf Reisen. Wetten, du hast es schon nach ein paar Stunden durch.« Leila sprang auf, warf Geld auf den Tisch. Sie drückte Nora, schüttelte Felix' Hand und hielt kurz inne. »Du bist die Hochzeit, stimmt schon, oder? Viel Glück und so!« Sie schnappte ihren Rucksack und hielt auf die Tür zu. »Wetten, Nora kriegt keinen Kerl auf den Kreis bis dahin!« Sie streckte die gepiercte Zunge raus und war weg.

Felix stupste sie in den Arm und zwinkerte ihr zu. »Wann hast du das nächste Date? Lässt du das auf dir sitzen?«

»Macht mein kleiner Bruder jetzt auf Wetten-dass?«
Nora spähte durchs Fenster dem Flatterrot hinterher.
»Hast du dich mit Leila verbündet als Kupplerpaar?«

»Wenn ich unsere Mutter wäre, würde ich genau dasselbe wetten. Dann schleppst du garantiert jemanden an.« Felix streckte ebenfalls die Zunge gegen sie, und Nora antwortete mit dem Mittelfinger.

»Ihr könnt mich mal.« Sie grinste.

Ihr Bruder lachte und hob die Hand und zählte Finger ab. »Tja, dann würd ich sagen: du hast noch gut viereinhalb Monate, um deine Wette zu gewinnen. Anzug kaufen kannst ja kurz vorher mit ihm noch.«

»Ich bin doch keine zwanzig mehr und such mir nur aus Trotz 'nen Kerl. Kannste knicken. Ich komm, wie ich will. Allein oder nicht allein. Als deine Trauzeugin kannst du mich ja schlecht ausladen. Und einstweilen find ich mein Leben gut als Erwachsener ohne Dates und ohne Enttäuschungen. Ich mag mein Leben, wie's ist – mit ordentlichem Wein und guten Gesprächen und interessanten Menschen und feinem Essen. Echt jetzt.«

»Guter Ansatz.« Felix fasste ihre Hand. »Aber bevor du's aus deinem Denken löschst, erinnere dich: Das Leben zu zweit ist schön – und leichter.«

»Wenn es der Richtige ist«, warf Nora ein. »Ansonsten ist es nur mehr … Ärger. Und dann bleib ich lieber allein, ehe ich den Falschen erwische.«

»Dir ist schon klar: Da hängt kein Schild über dem *Richtigen*.«

»Dem *Passenden*«, fiel sie ihm ins Wort.

Felix zwinkerte. »Bis der *Passende* passt, darf man sich auch mal mit *Unpassenden* verirren. Wie willst du sonst rausfinden, wer und ob's passt?«

Noras Augen verengten sich kurz. »Mal irren ist ja okay. Aber ständig?«

»Quatsch.« Felix schüttelte den Kopf. »Ich denke, der Mensch ist kein Solo-Modell. Sieh dich um! Das ist doch das, was beinah überall passiert – das große Suchen und Finden. Dein Versuch mit Tim spricht für sich.« Felix klang wie einer der Lehrer an der Grundschule. »Aber hey, Große: Irgendwo wartet auch auf dich der Richtige. Manchmal muss man etwas Geduld haben mit dem Schicksal.«

Nora hielt ihre Hand hoch – diesmal den Zeigefinger. »Der Bausatz von Mutter Natur erlaubt so ziemlich alles, was möglich ist, mit oder ohne diesem Gesellschaftscredo von *wachset und vermehret euch.* Aber romantische Liebe und Happy End hat sich der Mensch vor knapp zweihundert Jahren ins Oberstübchen gesetzt.« Sie musterte ihn und fletschte ein Grinsen. »Ausnahmen bestätigen die Regel. Und dass da ein *richtiger Jemand* warten sollte …« Sie zog die Brauen hoch und schüttelte den Kopf. »Wir leben 2.0.« Ihre Hand ballte sich. »Liebe? Das ist körperliche Anziehung plus Entscheidung. Wer sich nicht entscheiden kann …« Sie klappte die Handflächen nach außen.

»Deine neue Theorie?«

»Mehr als das.« In Noras Kopf spulten tausend Argumente. Sie biss sich auf die Lippen und schluckte sie. *Noch ein Wort und Felix hält mich endgültig für bescheuert.* Der Messerwerfer klapperte schon mit seinen Messern.

Felix kratzte seinen Dreitagebart. »Für Beziehungen gibt es keine Garantie, na und? Manchmal passt halt der Prinz nicht – aber vielleicht ein Frosch oder ein

Löwe. Denk mal darüber nach, statt nach dem mit der Krone zu jagen oder Liebe aus deinem Weltensystem zu streichen.«

»Haha. 'Nen Prinzen brauch ich ganz sicher nicht. Dann nehm' ich lieber einen Drachen.« Nora schnitt eine Grimasse gegen die gestreckte Zunge ihres Bruders. »Beim Schuhkauf oder beim Memory gewinnt man mit den passenden Zwei. Aber für mich gilt: Lieber allein, als unglücklich zu zweit.« Sie seufzte. »Es hat nicht jeder das Glück wie du und Tony.«

»Also sagst du, du bist im Moment glücklicher allein? Und suchst gar nicht, oder wie? Und was ist das dann mit diesem Nicht-Tim«, hakte ihr Bruder nach, Noras Blick blitzte zur Seite. Felix räusperte sich. »Du sagst doch selbst, du steckst fest. In deinem Job kriegst du gebacken, was auf deinen Schreibtisch geknallt wird. Aber weiter kommst du nicht. Dort steckst du genauso fest wie mit deinem Beziehungsstatus. Undefiniert.« Er deutete auf den Aufgang neben der Bar. Dahinter lagen die Toiletten. »Ich bin gleich wieder da.«

Eine der drei Mädels am anderen Ende der Theke beanspruchte Noras Trommelfell und Nerven. Die Blonde quietschte, drehte sich und lehnte sich ein wenig weiter vor. Sie kämmte ihr Haar mit den Fingern und beobachtete unter halbgeschlossenen Lidern erst Philipp beim Schneiden der Limettenviertel, dann die Jungs am Fensterplatz gegenüber. Wie zufällig schnappten sie und ein weiteres Mädel ihre Clutches und flatterten hinaus, die Dritte blieb. Drei Jungs ließen Drinks und Tisch zurück. Sie fischten ein Briefchen Zündhölzer aus dem Bowlenglas, ihre Kippen zogen sie auf dem Weg nach draußen aus den Taschen.

Nora rollte mit den Augen. *Das gleiche Spiel, immer und immer, nur andere Kandidaten.* Sie zog ihr Notizbuch aus dem dunkelblauen Stoff und vertiefte sich wieder in die Seiten auf ihrem Smartphone. Sie kopierte Links von Internetseiten, speicherte sie und notierte auf den Seiten.

»Die News?«, fragte Felix. Er wartete nicht auf die Bestätigung. »Schreiben die Zeitungen endlich mal über die guten Dinge in der Welt? Oder brennt hier gleich alles ab?« Felix war zurück auf den Barhocker geklettert. »Dann will ich's lieber gar nicht wissen.«

Nora schickte ihr Smartphone schlafen und griff nach dem Wein. »Mhh? Was soll ich dir sagen? Wir sind blind gegenüber dem Glück und der Freiheit, wir neiden anderen ihren Müll, und lieber zünden wir die Welt an, damit dann gleich alles verbrennt.« Sie prostete ihm zu. »Aber die Welt dreht sich weiter – auch ohne uns.« Sie räusperte sich. »Themenwechsel: Ich freu mich auf Eure Hochzeit und das ganze Drumherum. Sofern mich die Planung deines *Junggesellenabschieds* nicht in den Wahnsinn treibt.« Nora legte zwei Finger an die Schläfe, sie drückte den Abzug der Fingerpistole, dann lachte sie.

»Die Planung? Oder bestimmte Personen? Ich frag lieber gar nicht. Am liebsten würd ich ihn echt absagen. Aber …« Felix zuckte mit den Augenbrauen. Er zog die Mundwinkel hoch zu einem Lächeln, seine Augen blieben leer.

Nora griff seine Hand. »Du weißt: Es ist deine Entscheidung. Wenn du das absagen willst, dann lass ich mir was einfallen.«

»Tony findet die ganze Aktion von meinen Freunden mitsamt Junggesellenabschied dämlich.« Felix verdrehte die Augen, dann setzte er sich auf. »Du weißt, dass ich nicht absagen kann.« Sein Fingernagel kratzte in der Maserung des Holztresens. »Vor allem mein Handball-Team würde das nie verzeihen.«

»Das wird schon, Felix.« Sie drückte seine Hand. »Ich bin froh, dass Erik mir bei der Planung von deinem Junggesellenabschied hilft und die ein oder andere Schnapsidee einfängt. Vor allem dieses …« Sie kreiste ein imaginäres Lasso über ihrem Kopf. »Wohooo, die letzten Tage in Freiheit.« Und kreuzte dann die Hände, wie eine Gefangene. »Scherz!« Sie legte den Kopf schief. Felix' Miene hatte sich verdüstert »Was ist los, Felix? Die Hochzeit ist nicht das Ende. Danach geht euer gemeinsamer Weg weiter – eure Zukunft.« Nora senkte ihre Lider und beobachtete ihn. Ganz leicht flatterten die Fältchen um die Augen.

Felix' Blick verfing sich irgendwo hinter dem Fenster. Er räusperte sich. »So ist es.«

Nora drückte noch einmal seine Hand und lächelte ihm zu und nickte.

»Themawechsel!«, forderte er.

Nora lehnte sich zu ihm. »Ich muss mir keine Sorgen machen, dass du kalte Füße kriegst, oder?«

Er winkte ab. »Ach was! Quatsch! Die Hochzeit beschäftigt uns genug, Mum bestellt alle fünf Minuten die Tischdeko um, damit alles perfekt aussieht. Und Dad schickt jeden zweiten Tag einen Vorschlag für das angemessene Fahrzeug. Dich krieg ich kaum zu Gesicht. Was machst du jetzt eigentlich mit dieser Spinne in deiner Abteilung?«

Nora verbannte eine braune Haarsträhne aus ihrem Gesicht. »Was soll ich tun? Mein Schatten flieht sogar selbständig, wenn ich ihn nur irgendwo höre.« Sie sah Sorgen in Felix' Gesicht. »Ich weiß, das kann eigentlich nicht sein, undsoweiter. Die zweideutigen Sprüche, das unterschwellige Anbiedern.«

»Nora, das ist nicht okay.«

»Und was soll ich tun?« Sie winkte ab. »Lass uns doch lieber über die Vorbereitungen eurer Hochzeit quatschen, deinen Anzug und so. Den kauft man mit seinem Trauzeugen«, stichelte sie. »Wann machen wir das?«

»Vergiss es!« Felix blockte ab. »Ablenken gilt nicht! Wie ich dich kenne, rattert dein Hirn auf Hochtouren und bastelt an einem Ausweg für das Dilemma bei dir im Job. Die Pendelei nach Frankfurt zehrt doch ohnehin an dir. Ich erinnere mich deiner Worte: hier in der Stadt, in der du lebst, kriegst du gar nichts mit. Das ganze Leben, die Konzerte, das Ausgehen, Essen mit Freunden während der Woche läuft an dir vorbei.«

Nora wippelte auf ihrem Stuhl vor und zurück. »Ja, schon. Aber meine Arbeit macht mir Spaß, genau wie das aktuelle Projekt. Ich kann was Neues gestalten. Und es ist nicht unbedingt notwendig, da zu wohnen, wo ich arbeite. Und ich krieg Gehalt dafür. Miete zahlt sich nicht von selbst.«

»Du kannst dir das auch prima schönreden, Große.« Felix schmunzelte. »Wo bei anderen Gehalt auf dem Kontoauszug steht, steht bei dir Schmerzensgeld, oder?« Er fasste ihre Hand, die zweite auch und suchte ihren Blick. »Du findest eine Lösung. Immer. Und wenn du die Situation mit diesem Spinnen-Typ im Griff hast, kannst du dich ja vielleicht doch Leilas Herausforderung stellen.«

»Puh. Dabei dachte ich immer, als Trauzeugin organisiert man den besten Junggesellenabschied und sieht hübsch aus neben dem Paar. In der Jobbeschreibung stand nix von wegen zaubern und Wunder wirken.«

»Mit den Männern hast du es echt nicht, was? Wenn ein normaler Kerl deinen Weg kreuzt, kriegst du es nicht einmal mit. Ansonsten stolperst du über die, die entweder ihr Leben verträumen oder nur mit dir in die Kiste wollen oder ein Rad ab haben.«

»Tja, jeder hat seine Talente!« Nora streckte sich.

»Langweilig wird's bei dir nie!«

»Ein Stress, sag ich dir.« Sie zuckte die Schultern und grinste.

Felix schüttelte den Kopf. »Oh, Nora.«

Mein Herz hängt drin, zu tief, zu Tim. Nora seufzte. *Oh, Menno. Wann ist das passiert? Mein kleiner Bruder ist der Beziehungsexperte.*

... und dir läuft die Zeit davon. Ihr Messerwerfer hüpfte von einem Bein aufs andere in ihrem Kopf.

Sie hörte weg. So gut das ging. *Wenigstens brauche ich Ablenkung von ... Tim, und ....* Noch ein weiterer Gedanke drängte sich in ihren Kopf. Ihre Finger strichen über das Display, sie kaute auf ihrer Unterlippe. *Und ich brauche mindestens* einen *Grund, deutlich früher das Büro zu verlassen als die Spinne, die dort sitzt.*

Du könntest früher gehen – jeden Tag. Der Messerwerfer.

Nope! Dann sitz ich abends noch länger in einer Stadt, in der ich nicht lebe. Meine Lieblingsrestaurants und -bars dort hab ich schon festgelegt. Was soll ich noch? Und ich müsste freitags noch zusätzlich in Frankfurt ins Büro. Wenn ich wie jetzt Montag bis Donnerstag länger bleibe, kann ich donnerstags heim.

Sie holte ihr Notizbuch heraus und räumte die Clutch zur Seite. Dann klappte sie den Laptop auf. Die E-Mails fingen ihre Aufmerksamkeit mit der Zusammenfassung von Tag vier als neues Mitglied im Dating-Portal. Die Auswertung ihres Persönlichkeitsprofils wartete auf sie und die Kreditkartenabrechnung. *Oh Shit.* Ihr Blick wanderte auf die Rechnung, dann auf die Profilauswertung.

Dann wanderten ihre Füße. Sie brauchte dringend Stärkung. Die Details kamen danach an die Reihe. Auf dem Weg in die Küche starrte sie die Wohnungstür nieder. Der Tür war das egal.

Ja, schon recht. Nora verdrehte die Augen und dachte den Gedanken zu Ende. *Prince Charming klopft nicht einfach an die Tür. Heut nicht, und auch nicht eines Tages.*

Der Schwarzseher grinste breit. *Is' so. Krieg deinen Arsch hoch oder lass es. Ein anderer rettet dich nicht.*

Ich oder keiner? Nora grummelte und schlich mit einer Tasse Tee und einer Tasse heißer Schokolade zurück auf die Couch.

Du oder keiner! Keiner kämpft für dich. Du musst selbst ran.

Sie überflog in ihrem Posteingang die restlichen Nachrichten aus dem Dating-Portal, studierte schließlich die Zahlen und die Analyse. *Sag einer, Liebe sei nicht käuflich.* Dann folgte sie dem Link und öffnete ihren Browser zu einem neuen Meer der Möglichkeiten in Sachen Paarfindung. Die Sanduhr drehte sich auf ihrem Bildschirm.

Hoffnung lauerte ihr auf. Die Unverbesserliche war nicht totzukriegen.

Abriss Tag eins bis drei: Testfrösche im Dating-Teich. Wer länger durchhält, kriegt 'nen Prinzen, ätzte der Messerwerfer. *Vielleicht.*

Ihr Hoffnungs-Zombie tanzte zum Werbeslogan des Portals und gaukelte ihr vor, sie träfe Menschen mit Niveau. Eine Übersicht zeigte, wer ihr Profil besucht hatte. Die Porträtbilder jedes Mitglieds in dem Portal verschwammen, noch lag Nebel darüber. Innere Werte versus Äußerlichkeit.

In ihrem Postfach warteten fünf neue Nachrichten. Zuerst war die Post vom Vortag dran.

Bildfreigabe. Seit zwei Tagen fragte der Freigeber hin, sie antwortete her. Das Portal hatte ihr bei ihm erzählt, wie gut ihre Persönlichkeiten aufeinanderpassten. Sie mochte seine Art zu schreiben, sie mochte die Unschärfe nicht. Dreimal war er ihr ausgewichen, hatte sich weiter an seinen Schleier über dem Porträt gekrallt, blieb hinter Gedankenlabyrinthen versteckt. Bis jetzt.

Hat er nach zwei Tagen endlich die richtige Taste gefunden.

Nora wollte sehen, wer er war. »Puh.« Noch einmal vergrößerte sie nun das Bild. Der Schleier war fort, die Konturen scharf. Sie wünschte die Unschärfe zurück. »Ich hätte es wissen müssen.« Nora kaute auf ihrer Unterlippe. »Wer sein Gesicht nicht zeigt, hat etwas zu verbergen. *Anstelle der Nachrichten hätte ich ... lesen können – oder schlafen oder ins Museum ...*

... sonntags für 1 Euro. Der Messerwerfer – in seinem Element.

Sie verfluchte die Stimme in ihrem Kopf. *Du nervst,* warf sie ihm hin. *... oder ...* Sie sah an sich herab. *Lust haben können.* »Verdammt.« Bleigewichte zogen an den Enden ihrer Mundwinkel. Sie schmeckte Enttäuschung. Sie scrollte durch die Nachrichten und wälzte sich durch die Worte, die sie preisgegeben hatte. Sie sah auf die Uhr. *Sonntagnachmittag, und ich sitz auf der Couch.*

Der Schwarzseher brummte. *Mit dem Laptop und deinem virtuellen Leben. Zeitverschwendung.*

Sie pustete sich eine Haarsträhne aus dem Gesicht. *Die Zeit ist es nicht, die verschwendete. Es ist ...*

Den Panzer jedes Mal ein Stück zu öffnen und die Bomben reinzulassen, die dich zerfetzen, schnappte er.

Sie verdrehte die Augen. *Es ist ... Stimmt doch gar nicht!* Sie presste die Lippen aufeinander, schluckte. *Es ist: Jedes Mal ein Signal zu senden. Jedes Mal zu glauben, der Leuchtturm ist da irgendwo, und der Hafen in der Nähe.*

Stattdessen platzt die Bombe und reißt alles innen drin kaputt. Die einzige Antwort, die die Nacht durchdringt, ist das Echo deiner Schmerzen verzerrt von der Hoffnung. Die Droge, die per Nachrichteneingang dein Herz vergiftet und deinem Hirn das Mosaik zu einem Bild zaubert. Ein Zerrbild der perfekten Beziehung mit dem perfekten Mann. Das Messer filetierte ihre Schutzschicht.

Sie schnappte sich ein Kissen, klemmte es vor ihre Brust und presste ihre Hände an die Schläfen. »Schnauze.«

Betrüger!, setzte ihr Hirn gegen die Nachrichten dieses Typen,

Dummkopf, giftete es gegen das Gesicht, das sich im Bildschirm spiegelte. Ihr eigenes Gesicht. Dann klickte sie, dann war er gelöscht.

Diesmal jemand Gutes, bitte! Sie legte ihren Wunsch in die unendlichen Weiten des Interversums und wechselte zu den aktuelleren Briefchen in ihrem Posteingang. Die Teetasse in der Hand entschied sie: Tee war nicht genug. Sie holte Wein.

Mit dem ersten Glas Wein spülte sie die weiteren Anfragen runter. *Wow.* Sie starrte auf den Bildschirm und vergrößerte das freigegebene Portrait in der Nachricht. Sie zählte die Falten und suchte nach einem Adoptionsformular. *Schon wieder so einer. Schneller bin ich, wenn ich die Stellen ohne Runzeln zähle – oder die verbliebenen*

Haare. »Wie war das mit Partnerportal? Das sieht aus nach *Finde-Opa.*« Sie klickte die nächste Nachricht an. »Oder den größten Geek. Oder Muttersöhnchen.«

Nora kuschelte sich in die Ecke ihrer Couch und zog die Decke ein Stück höher unter ihr Kinn. Sie zog ihren Laptop zu sich, gähnte. Der Weißwein rollte im Kelch. *Wie einkaufen im Shop für Ladenhüter.* Nora schob den Gedanken fort. Ihre Finger zuckten zum Touchpad. Sie wählte »Nein«, der Vorschlag verschwand.

Nein.

Nein.

Nein.

Eine weitere Anfrage flog in ihr Dating-Postfach. Am Ende der Partnervorschläge prangte der Slogan des Dating-Portals.

»Na, ihr habt ja Humor«, mumpfte sie. »Wenn ihr schon euer Versprechen brecht, dann bleibt wenigstens Grund genug zu lachen – über die Dummheit, mich hier angemeldet zu haben.«

Ihr Blick fiel auf ein anderes Fenster in ihrem Browser. Der große Onlineshop für alles, abgesehen von Partnern. *Bessere Auswahl – und für Angebote gilt Garantie und Rückgaberecht.*

Sie verzog ihre Mundwinkel und tippte sich an die Nase. *Wie hieß noch dieses andere Portal? Oder war es eine App?* Nora durchsurfte das Internet. Ein paar Klicks, und sie wurde fündig.

Sie schnappte ihr Telefon und installierte die App mit der Flamme. Nora las die Regeln:

☐ Nutzt euer Feuer! Lernt euch kennen, solange die Flamme brennt!

- Flame: deine Flamme plus seine/ihre Flamme. Klick die grüne Flamme, klickt er/sie auch, könnt ihr starten.
- Time: Ab der ersten Nachricht habt ihr 1 Stunde. Tauscht das Wichtigste aus für euer erstes Date. Nach 48 Stunden ohne Reaktion erlischt die Flamme.
- Time-Out: 48 Stunden wenn keiner schreibt, 1 Stunde ab der ersten Nachricht.
- Ashes to Ashes: Das rote Minus schickt den Vorschlag für dein Date in die Wüste.
- Out: Was weg ist, ist weg. X bleibt X, kein Zurück, kein Ändern. Was verbrannt ist, entzündet sich nicht neu.

»Wie ein Flirt an der Bar, nur ohne Gedränge um Getränke und peinliches Abblitzen in der Öffentlichkeit«, stellte sie fest. »Und mit Verfallsdatum.«

Die App legte ihr Bild um Bild auf dem Display vor. Mancher Typ bewies Fähigkeiten, die über das bloße Äußere hinausreichten: Text. »Die höhere PS-Zahl gewinnt«, schmunzelte sie, »oder war's der Hubraum, oder die Länge?« Nora sichtete diese Sammelkarten, beflammte oder verurteilte die Jungs mit einem Minus ins Nirwana des Flirtportals. Manch Flammender verschwand, manche wurden ihr in einer Liste angezeigt. Sie wischte sich durch eine Bildergalerie von Hunden oder anderem Getier, Ausflügen oder Trinkgelagen mit Kumpels, Lieblingsgetränken, Sonnenbrillen, Waschbrettbauchnabeln, Schlafzimmerblicken, Handschellen und Seilen.

Sie gähnte. Der nächste Wisch machte sie wach. Sie verschluckte sich am Wein. Ihr Daumen schloss die App, ihre Neugier brachte sie zurück. Die Augäpfel fielen beinahe aus ihrem Gesicht. Ein Bild ... »What the fuck?!« ... von einem Schwanz. »Warum ...« Sie schnappte Luft »... macht man das? Zur Hölle!« Sie studierte das Profilbild des Kerls, dann rief sie seine weitere Bildergalerie auf. Portrait, Oberkörperbild, Hundefoto. Sie füllte ihr Glas auf und trank es in einem Schluck und wischte weiter. »Mannomann, so hübsch ist der nun auch nicht. Bisschen runzlig und ziemlich behaart. Vielleicht hättest du doch nur ein Bild von deinem Gesicht einstellen sollen, Junge.«

Sie wählte in der App das rote Minus, beim nächsten Vorschlag auch. Vorsorglich. *Ein Irrer kommt ja selten allein,* schoss ihr in den Kopf – und gleichzeitig: *Wie doof! Die Reihenfolge beschließt ein Algorithmus.*

Die Schicksalsgöttin von Menschenhand. Ihr Messerwerfer hatte zu allem einen Kommentar. *Algorithmus. Nur weil einer die Steuerzentrale zwischen seinen Beinen in Großaufnahme zeigt, gilt das ja nicht für alle.*

Hoffentlich. Nora schüttelte den Kopf, seufzte. Mit einem Pling sprang eine andere Nachricht auf das Display. *Shit.* Die ersten Zeilen der Nachricht zerschlugen den verbliebenen Rest guter Laune. Sie öffnete den Chat.

> **Erik**
>
> Hi Nora, der Samstag für Felix' JGA in 3 Wochen ist ein Problem. Unser Aufstiegs-Spiel wurde auf diesen Tag verlegt. Die ganze Mannschaft ist dann raus und stattdessen auf dem Feld.

> **Nora**
>
> Shit. Wie viele fehlen dann?

Erik

9

Nora

Mehr als die Hälfte. Spiel verschieben?

Erik

Schon gefragt :(. Ist die einzige Möglichkeit fürs Spiel, wir kriegen sonst keine Halle.

Nora

Puh. Vorgestern hab ich die letzte Location gebucht für 15 Personen - und angezahlt.

Erik

Blöd

Nora

Ich check, ob es ein anderes Datum gibt, das kurzfristig bei allen klappt – oder zumindest bei den meisten. Sonst ist' ja blöd für Felix.

Erik

Ok. Sorry, Nora. Hab's heut erst erfahren. Ich drück die Daumen für die Umplanung.

Nora

Dank dir.

Nora fluchte. »Shit. Vier Monate Planung für die Tonne«, murmelte sie. »Fuck. Weil ja auch jede Location spontan Platz hat für fünfzehn Personen.«

Die Uhr zeigte: spät. Nora grübelte, entschied. *Einmal noch, dann Schluss für heute.* Sie öffnete die andere App und loggte sich wieder ein.

Und dann war die Vespa da. Das Bild konservierte den Sommer. Ein Dreitagebart konturierte die Kanten seines Gesichts. Windfinger verwirbelten dunkles Haar. Am Rand seiner Brille funkelte die Sonne, er lehnte sich über dem Lenker ihr zu. Er wirkte so normal und sympathisch.

Nehm ich. Gern jeden Tag. Warenkorb. Ein Grinsen flackerte über dem Vergleich auf. Ihre Zunge spitzte zum Mundwinkel, und sie sog die Unterlippe über die Zähne. *Dann mach mal, und lass sehen, was passiert,* riefen ihre Gedanken dem Bild zu. *Bald.*

Sie rieb den Zeigefinger über die Unterlippe, saugte daran. Eine feuchte Spur führte hinab zum Kinn, von ihrem Ohrläppchen über die zarte Haut am Hals. Ihre Mitte kribbelte. Sie spürte Lust. In ihrem Kopf drückte Pflicht:

Sie musste noch packen.

#6 BEN - KRÄFTEMESSEN

FRANKFURT, MONTAGMORGEN

Ben stolperte ins Besprechungszimmer und beinahe in Nora hinein. Sie debattierte neben der Tür mit Kollegen. Sein »Guten Morgen« ging gerade noch unfallfrei in die Runde. Hinter ihm drängten weitere Kollegen in den Raum. Im Strom der Versammelnden trieb er zum Tisch, lümmelte sich auf einen Platz weiter hinten. Er freute sich auf das Ende des Vortrags. In den Gesichtern der Kollegen stand Ähnliches. *Wochenende zu kurz, Kaffee zu schwach, und Daniels Rückblick auf die vergangene Woche - jedes Mal zu treffsicher an jedem Spannungsbogen vorbei.*

Ben gestikulierte Nora. Der Platz neben ihm war noch frei. Sie schüttelte den Kopf und zeigte auf einen Stuhl weiter vorn. *Die Highlights sind dünn gesät heute.*

Daniel hantierte mit den Kabeln und der Technik am Kopf der Tischrunde wie jeden Montagmorgen. Immer wieder huschte sein Blick zur Tür. Nora stand noch dort, Hände, Füße, Miene trieben ihre Argumente voran. Die beiden anderen deuteten auf die Unterlagen in ihrer Hand, und Nora schüttelte den Kopf. Ben runzelte die Stirn. *Hat Nora kein Thema für die Besprechung heute?* Sie nickte zur Uhr, dann auf die Plätze, dann lachte sie und die Kollegen folgten ihrem Wink.

Daniel löschte das Licht mit seiner Fernbedienung und dirigierte aus der Mitte des Raums die Tagespunkte auf die Wand hinter ihm. Ben sah nach woanders.

Grüne Augen musterten unter halbgeschlossenen Lidern die Anwesenden. Nora streckte sich durch, reckte die Arme nach hinten, und der Stuhl wippte. Dann lehnte sie sich wieder zum Tisch und kritzelte in ihr schwarzes Buch.

Der Abteilungsleiter flippte zur ersten Grafik. Nora räusperte sich. »Mit dem neuen Webdesign schaffen wir zweierlei: Übersicht und eine gute Gelegenheit, die Verträge schlank zu gestalten. Die Kunden haben was davon, und wir sparen Papier und Aufwand und die Zeit, die Nachfragen beanspruchen würden. Wer kümmert sich darum Design und Verträge weiterzubringen?« Ihre Stimme rollte durch den Raum. Einige im Zimmer runzelten die Stirn, einige lehnten sich zurück, schwenkten den Blick von der Wand zu Nora und zurück und nickten. Daniels Miene blieb starr.

»Lass uns das später besprechen«, wich Daniel aus. »Dafür ist kein Platz im Budget. Oder hast du die fertigen Entwürfe unter deinem Rock? Falls nein: Neue Verträge kosten Zeit und Geld und Austausch mit den Juristen.«

»Und wir sparen langfristig Kosten ein. Rechnen wir es doch einfach durch«, schlug sie vor.

Daniel fuhr sich durch die Pomade und drehte sich wieder zu ihr. »Nora, wir nehmen das als Punkt heraus und machen später in meinem Büro weiter.«

Nora richtete sich in ihrem Stuhl auf, und ihr Blick schweifte in die Runde. »Okay, Daniel«, sie räusperte sich. Sie deutete auf Ben und sich. »Wir sind dann nachher bei dir.«

Ben stieß seinen Daumen in die Luft in ihre Richtung, grinste und neigte sich auf seinem Stuhl ein wenig nach hinten. Nora lächelte. Sein Gleichgewicht flutschte davon. Der Stuhl kippte und rutschte, Ben ruderte. Er riss die Arme hoch und vor und bekam die Tischkante zu fassen. Hitze brannte bis in seine Fingerspitzen und glühte zusammen mit verhaltenem Räuspern in seinen Ohren. Keiner sprach. *Gut gemacht. Oh, Mann.* Ein paar Kollegen nickten ihm verschmitzt zu, ein paar fixierten Daniel und harrten seiner Reaktion. Nora sah ihn an. *Besorgt? Irritiert?* Er senkte den Kopf. *Sie glaubt, ich bin ein Trottel.*

»Alles klar, Ben? Oder ist der Stuhl eine zu große Herausforderung für dich?« Daniel ahmte ein Lachen nach und suchte in der Runde nach Zustimmung. Ein paar Kollegen schienen die Grafiken zu studieren, manche ohne zu blinzeln, manche tippten auf ihren Smartphones oder fuhren die Karos der Notizblöcke nach. Dann drehte er sich zur nächsten Übersicht an der Wand.

Georg schnitt eine Grimasse hinter Daniels Rücken und zwinkerte Ben zu, er biss sich auf die Lippen und drückte das Lachen weg.

Ben bemerkte den Pulsschlag an Daniels Hals. »Das Thema von letzter Woche …«, der Abteilungsleiter fixierte Nora. Sie klappte ihre Unterlagen auf. »… werden wir nun doch anders angehen. Die Kosten sind zu hoch.«

Sie starrte Daniel an. »Aber die Einzelheiten haben wir doch letzte Woche an die Programmierer gegeben. Woher kommt diese Entscheidung nun?« Nora richtete sich auf. »Klar, am Anfang ist der Aufwand für unsere Abteilung höher, aber für die gesamte Firma zahlt es sich aus – und für die Nutzer ist das die beste Lösung. Die App wird attraktiver und stärker genutzt. Dadurch sind die Kosten schnell wieder drin.«

»Was zählt, sind die Ausgaben jetzt. Und die passen nicht ins Budget. Das Thema müssen wir beide nochmal durchgehen.« Daniels Finger wedelte zwischen ihm und ihr, und seine Miene verbot jedes Widerwort.

Noras Schultern sanken, sie nickte. Ihre Miene hatte jeglichen Ausdruck verloren, ihre Augen blitzten.

Im Film hätte die Kriegerin jetzt ihr Schwert gezogen. In der Arena der Firmenpolitik räusperte sich Nora lediglich, die Kollegen blickten von Daniel zu ihr.

»Alles klar, Daniel«, antwortet sie. Auf ihrer Miene bewegte sich nichts.

#7 NORA - AUFZUG

s gab eine Zeit, da wollte ich Nonne werden.
Nora schmunzelte über ihren Gedanken. Die Nachricht auf dem Display passte nicht dazu. Ihre Augenbraue wanderte nach oben, ihre Mundwinkel ebenso. Die neue App schickte Nachrichten. Nora verdrehte die Augen und tippte.

> T.
>
> Ich hab 'nen verdammt guten Tropfen Mitternachtswein. Treffen wir uns bei dir zur Verkostung?

> N.
>
> Du glaubst wirklich, dass du so platt bei irgendwem landen kannst, oder?

> T.
>
> Bei dir ;)

Trottel. Aber wenigstens harmloser als der Freak, der mir bei der Begrüßung schon seinen Schwanz in den Mund legen wollte.

Er schickte seinen Zeilen ein Emoticon hinterher. Das lila Teufelchen grinste das Grinsen, mit dem sie Tim kennengelernt hatte – an seinem ersten Arbeitstag.

Ach, verflucht! Tim ist vorbei, ermahnte sie sich. *Nonne ... Vielleicht wäre das einfacher gewesen.*

Sie löschte den Chat und den ganzen Typ und checkte die App noch einmal. S., der Typ mit Vespa, hatte sich noch nicht gemeldet. Dann hörte sie etwas, das nach Frage klang vom Schreibtisch nebenan, blinzelte. Der Neue war auch noch da. *Ben,* fiel ihr ein. Ben war nett, sah gut aus. *Blond. Oder sowas.* Sie musterte ihn nochmal. *Ja, blond, und irgendwie dunkler.* »Wie war deine Frage, Frischling?«

Vom Flur drang eine Stimme in ihr Büro, dann ein Rascheln. »Nora, ich hab da noch was zu ....« Die Worte versandeten in erneutem Rascheln, ihr Blick schoss zur Tür. *Er kommt doch nicht her?*

Eine Vorahnung kribbelte bis in ihre Fingerspitzen. »Wie lang bleibst du noch, Ben?«.

»Nora?« Daniels Stimme war lauter geworden.

Er zuckte mit den Schultern. »Zehn Minuten vielleicht. Bin durch für heute.« Er schnitt mit dem Zeigefinger über seine Kehle.

Nicht lang genug. Ihre Finger fühlten sich kalt an, ihr Blut sackte in die Füße. *Shit. Daniel sitzt zehn Minuten locker aus, bis er mich alleine erwischt. Zeit zu gehen.*

Ben sagte noch was, Nora hatte nicht aufgepasst. Er räusperte sich. »Willst du vielleicht noch was mit mir ...«

»Nora?«, schallte es vom Nebenzimmer.

Zeit, schnell zu gehen. Sie leerte ihren Kaffeebecher. Sie stopfte alles in ihre Tasche, warf den Mantel über und ein paar Worte in Bens Richtung, ein Winken.

Nora hastete hinaus. Aus dem Nachbarbüro rollten Wortfragmente in den Gang. Sie straffte sich, sah, wie er die Fotos mit Frau und Töchtern auf seinem Tisch ordnete. »Schönen Abend, bis morgen«, murmelte sie und biss sich auf die Lippen. *Einfach vorbeigehen. Er hätte mich nicht bemerkt. Sicher nicht. Das wäre besser gewesen.* Sie hörte, wie ein Laptop zuklappte, sie hörte, wie der Bürostuhl über den Boden rollte.

»Morgen in meinem Büro, Nora. Ich mach auch Schluss hier.« Sie roch diesen Duft. Irgendwann einmal war die Marke beliebt gewesen bei allen, die dazu neigten, zu den falschen Gelegenheiten zu viel aufzutragen. Seine Worte folgten ihr bis zur Glastür, im Vorraum der Aufzüge.

Sie drückte den Knopf und starrte die Anzeige der Aufzüge an. *Bitte.* Sie fluchte im nächsten Moment. *Schneller.* Die Kabel hinter den Bleitüren surrten. *Verdammt. Vier Aufzüge und keiner ist da, ...* Ihre Finger pressten den Knopf wieder und wieder und wieder. Durch die Glastür sah sie Schatten auf dem Flur. Sie zerrte ihr iPhone aus der Tasche und vertiefte sich in die Schlagzeilen.

Sie brauchte ein Gesprächsthema – etwas Unverfängliches. Das Rädchenwerk in ihrem Kopf ratterte – und Musik spielte es ein. Sie war nicht sicher, von welchem Film. Der weiße Hai, vielleicht.

Der Aufzug schickte einen Gong in den Flur. Die Tür öffnete. Dreizehn Stockwerke zum Erdgeschoss. Sie drückte den Knopf.

#8 NORA – STRANDGUT

MÜNCHEN, SAMSTAG

> S.
>
> Hi, weißt du, wie das hier funktioniert?

Das Pling hallte durch die Wohnung. Nora schnappte sich ihr Smartphone, und ihr Herz hüpfte – oder ihr Magen. Der Typ mit der Vespa. Die Nachricht erleuchtete das Zimmer.

> N.
>
> Hey – freu mich, dich zu »treffen«

> S.
>
> Hey ja, gleichfalls! :)

> N.
>
> :)

> S.
>
> Wie läuft das hier?

> N.
>
> Ich glaub, wir haben ne Stunde. In der Zeit müssen wir uns geschrieben haben, sonst erlischt der Kontakt. Oder?

S.

Ja, ich glaub auch ...

N.

Prima, dann sind wir ja safe ;)

S.

Find ich gut, ich muss nämlich gleich los.

N.

Noch im Stress heute ;). Wohin geht's denn?

S.

Auf Konzert mit 'ner Freundin.

N.

Cool.

S.

:)Jedenfalls – Lass später schreiben. Ich freu mich drauf!

N.

Ich auch! Viel Spaß.

S.

Bis später! :)

Nora flog noch einmal durch die Texte und lächelte. *Wie gut. Und normal. Und er antwortet gleich.* Sie klickte nochmal auf seine Bilder. *Und hot ... irgendwie.* Sie runzelte die Stirn.

Und du hast keinen Schimmer, wie er heißt.

Sie zuckte die Schultern. *Find ich raus.*

Ihr Magen grollte. Sie schlich in die Küche vor den Kühlschrank und verharrte am Griff. Sie ahnte, was hinter der Tür wartete. Der Blick zum Vorratsschrank rettete nichts und niemanden. Die Spaghetti reckten sich schon seit Wochen aus der aufgerissenen Packung, befreit hatte in all der Zeit noch niemand die dürren Stangen. Farfalle standen daneben, Tomatendosen, Kokosmilch, Ananas, Pesto. *Mahhh.* Ihre Mundwinkel sanken, sie zog am Griff. Das Licht fiel auf eine Tüte Milch und das darauf prangende Verfallsdatum, Käse, den Pelz auf dem Käse und Joghurt und drei Flaschen Lugana – trockener, fruchtiger, leichter, goldener Sommer im Glas. *Alles für ein gutes Abendessen.* Sie verdrehte die Augen. *Nicht.* Die Tür glitt zu.

Einkaufen. Samstagabend. Brillantes Timing.

Durch den Mahlstrom öffentlicher Verkehrsmittel, Stadt-Singles und Hipster-Eltern geriet Nora in eine dieser anderen Galaxien von Zeit und Raum. Supermarkt. Sie steuerte durch Obst und Gemüse, schlingerte durch Nudel- und Gewürzregale, verlor sich beinahe im Knistern von highclass-verpackten Chips und nachhaltigen Karamellbriketts. Ihr Einkaufswagen strandete an einem der Kassenbänder. Die Mama vor ihr focht ein Rhetorik-Duell gegen ihren Zweijährigen. Nora zweifelte, ob Schokolade wirklich von diesem Ernährungsplan gestrichen würde.

Sie checkte den Nachrichteneingang auf ihrem Telefon. *Noch keine Stunde vergangen,* erinnerte sie sich. Sie fischte nach den Kopfhörern und einer Playlist, irgendeiner, die lauter war. Die Argumente des Kleinen waren nicht zwingend schlechter als die der Mutter. Die ersten Wartenden hinter ihr zuckten nach ihren Geldbeuteln und fixierten abwechselnd die Mutter, den Bub, die Süßigkeiten an der Kasse. *Entweder ein Riegel für den Kleinen oder eine Papiertüte gegen Schnappatmung für die Mama. Schwierige Entscheidung.* Ein Pärchen hinter ihr stritt darüber, wer nun die Milch vergessen hatte? Absichtlich, oder nicht? Nora begann die Quadrate des Einkaufswagengitters zu zählen. Sie sah sich nach dem Weinregal um, schätzte die Warenmenge auf dem Band ab, bis sie an der Reihe war, und entschied: zu weit.

Zurück in der Küche klimperten die Eiswürfel im Glas, der Prosecco blubberte vorfreudig. Sie nippte und schwenkte die Pfanne. Warme Butter. Der Geruch erfüllte die Küche. Erinnerungen schwammen an die Oberfläche ihrer Gedanken. Auf dem Herd brutzelten Knoblauch und Fisch. Meersalz, ein Hauch Pfeffer, eine Idee Zimt und Kräuter der Provence, saftiges Basilikum weckten die Sinne. Ein Schuss Wein verzischte in der Pfanne. Nora befeuchtete ihre Lippen.

Neben dem Besteck auf dem Holztisch drückte ein Metallring die Stoffserviette. *Ein Teller, ein Gedeck, ein Glas. Samstagabend.* Sie linste zu ihrem Smartphone. *Das bleibt nicht für immer so.* Nora freute sich auf den bevorstehenden Abend.

Sie füllte ihr Glas, füllte ihren Teller, genoss den ersten Bissen, ertastete die Würze, die zarten Fasern, die auf ihrer Zunge zerfielen. Sie knusperte sich durch die Haut. Ihr Blick klebte am Display. Ihre Hand zuckte nach vorn, Nora zog sie zurück. *Nein. Nicht nachschauen. Er wird schreiben. Und er soll zuerst schreiben. Ich nicht. Ich geh jetzt nicht in die App.* Sie schubste das Telefon zur Seite und füllte erneut ihr Glas.

Zweieinhalb Stunden keine Nachricht. Wie lange dauert denn so ein Konzert?

Sie seufzte. *Er meldet sich. Weshalb hätte er sonst überhaupt schreiben sollen?*

Bestimmt. Der Schwarzseher wetzte wieder seine Messer. *Jeder meldet sich immer, wenn er sagt, er meldet sich. Vergisst niemand. Nie.*

Nora wählte die Fotogalerie. Sie hatte sein Bild gespeichert. Seine Grübchen zählte sie und die Lachfältchen, die sie um seine Augen erahnte. Sie sehnte eine Nachricht herbei – seine. Ihr Schutzschild klappte herab. Hoffnung stahl sich ein, infizierte sie.

Mit ihrem Wein wechselte sie aufs Sofa und stellte sich vor, wie es war, wenn sie sich trafen. Zum ersten Mal.

Und mehr.

Ihre Finger nestelten an ihrer Bluse, Knopf um Knopf.

Noch immer schwieg das Telefon. Sie öffnete die App, öffnete die Kontaktliste. Sie ging zurück zum Menü und loggte sich aus und wieder ein. Sein Bild war weg. Sein Bild blieb weg. Der ganze Kontakt ... nicht mehr da. *W?* Sie startete ihr iPhone neu. Das Ergebnis änderte sich nicht. *Weg. WTF? Wie kann das sein?* Sie überprüfte die Fotogalerie. Sein Bild dort war noch da. In der App war es fort. Keine Spur mehr von ihm.

Er hat die Verbindung gekappt. Der Schwarzseher rieb das Gift auf die Klinge, er setzte das Messer an und zielte und warf.

Nora legte das Gerät zur Seite und leerte ihr Glas Wein. Sie atmete tief durch. Dann löschte sie die App und installierte sie neu.

#9 FELIX - TROMMELN

Oh nein, nicht dein Ernst, oder?«

»Tony …« Felix kniff die Mundwinkel ein und klemmte sich in den Türstock. Zweifel rollten über Tonys Miene, Felix riss die Augen auf, sein Puls beschleunigte. »Du willst doch deswegen jetzt nicht die Hochzeit absagen, oder?«

Tonys Kopf sackte nach hinten auf die Kopfstütze der Couch, er schloss die Augen. »Bitte sag mir: Das ist nicht wahr!«

Felix seufzte. »Tony, ich weiß, das ist Shit, aber was sollen wir denn tun? So bringt das doch nichts.«

»Die Hochzeit ist in fünf Monaten.« Tony drehte den Kopf zum Fenster. »Also eigentlich, jedenfalls. So der Plan.«

»Ja«, sagte Felix.

»Und was machen wir jetzt?« Sein Gesicht blieb weggedreht. Felix wusste genau, wie Tony jetzt aussah. So wie er immer aussah, wenn er schlechte Nachrichten erhielt, und so wie er immer aussehen würde: Seine Stirn kreppte sich, die Augen wurden riesig und furchtbar traurig. Als ob alles ganz allein seine Schuld wäre, und die Welt gleich über die Klippe zu stürzen drohte. Seine Welt, heute. Ein Teil davon. *Shit.*

»Verflucht, Felix.« Tony drehte sich zu ihm.

Felix' Blick glitt über ihn hinweg, er zuckte die Schultern. »Also: Lieber jetzt als 'ne Woche davor, oder?« Das sollte kein Grund zur Panik sein, dachte er.

»Oh, Mann. Weißt du, das macht es jetzt auch nicht besser.«

»Tony«, sagte er. »Es ist nur die Band. Wir finden eine Lösung dafür.«

Tony stemmte sich hoch von der Couch und durchtigerte das Wohnzimmer. Kopfschüttelnd. »Ich meine …« Er blieb stehen, strubbelte sich durchs Haar. »Das geht doch nicht. Die ganzen Einladungen sind raus, die Location gebucht. Shit. Und nun dieser Mist.« Und schließlich sprach er es aus: »Wir können die Hochzeit doch nicht absagen, verdammt.«

»What? Tony, das ist doch kein Grund unsere Hochzeit zu streichen!« In seinem Magen schlug ein Eisberg ein.

Tony sah ihn an.

»Oder?« Felix musterte seinen Partner, durch seine Adern lief Frost. »Oder bist du dir nicht sicher?«

»Nein, Quatsch! Ich mein nur, wenn das halt nicht klappt, vielleicht ist es besser …« ein Ruck ging durch Tonys Körper, er grinste mit einem Mal. »Na ja, okay: Für Nora ist es nicht schlecht. Wenn wir die Hochzeit absagen, muss sie sich nicht so sehr beeilen, einen Kerl dafür zu finden.«

»Depp!« Felix lachte und schüttelte den Kopf. »Der ganze Bua a Depp.« Dann trabte er auf ihn zu und knuffte ihn in den Arm.

Tony boxte zurück. »Felix …«

»Ja, schon klar: Musik ist wichtig.«

»Die ganze Stimmung hängt davon …«

»Aber: Die Hochzeit ist mehr. Unsere Hochzeit. Und wenn ich dich heiraten müsste ohne all den Trubel und in vollkommener Stille: Ich will den Rest meines Lebens mit dir verbringen. Und das Fest dazu können wir feiern, wie wir wollen. Mit Trommeln und Triangeln meinetwegen. Es ist nur ein Tag. Danach kommen viele.« Er suchte Tonys Blick. »Mir ist gleich, ob dieser eine Tag für die anderen perfekt ist.«

»Aber …« Tony schnappte nach Luft.

»Aber es soll großartig werden, schon klar. Und besonders.« Felix legte seine Hand auf Tonys Schulter.

Tony verstaute die Arme vor der Brust. »Und jetzt haben wir keine Musik.«

»Hm. Wir finden was. Oder Nora kriegt doch noch eine Fristverlängerung.«

»Hm …«

»Das war ein Scherz.« Felix legte den Kopf schief.

Tony sah ihn an. »Meinst du, Nora hat 'ne Idee?«

»… zu unserem Dilemma?«

»Mhhm, so als Trauzeugin …« Tony nickte. »So als Schwester. Sie hat doch immer alles Mögliche im Kopf.«

»Ja, das fürchte ich auch. Alles Mögliche und viel zu viel.« Felix winkte ab.

»Was treibt sie eigentlich?«

Felix starrte ihn an, zuckte die Schultern. »Ich weiß es nicht. Ganz ehrlich. Seit wir uns gesehen haben, hab ich nichts gehört.« Er rieb seine Schläfe. »Und ich hab ein schlechtes Gefühl«, murmelte er. »Das mit ihrer Arbeit macht mir Sorgen. Und das mit ihrem Wolfsleben. Immer auf der Flucht. Keiner darf wirklich an sie ran.«

»Keiner fängt sie auf.«

Er musterte Tony. *Keiner fängt sie ein.*

#10 NORA - DRECK

Nora rupfte das Drachenbaumblatt zu Konfetti. *Wieder so einer.* Sie presste den Knopf an der Seite des Handys. Nicht eine Nachricht erschien. *Einfach weg. Sein Bild weg, der Kontakt weg, alles. Leere Worte. Gar keine Worte.* Das Display blieb dunkel, so dunkel wie der Rest des Büros.

Ben war schon vor einer Weile gegangen, die anderen noch früher. *Mein Freitag ist teuer erkauft.* Auf ihrer Schreibtischinsel ging sie zum fünften Mal die Aufgaben für morgen durch. Danach schloss sie die Dokumente, danach prüfte sie ihre E-Mails. Danach würde sie hinausschippern müssen über den Rand dieser Welt der Projektpläne und Deadlines, vorbei an dem einzigen anderen noch besetzten Büro in das schwarze Nichts ihres Lebens außerhalb der Arbeit.

Ihr Blick glitt zum Flur. *Wieso kann er nicht einfach verschwinden – aus dem Büro in seinen Feierabend … in eine andere Höllendimension?*

Noras Finger wanderten von der Tastatur ihres PCs zu ihrem Telefon, zu ihren privaten E-Mails, dann zu dieser einen App, die gestern ihre Seifenblase war, und dann selbige hatte platzen lassen. Sie startete das Kartenspiel neu, wischte sich durch eine Galerie an Sonnenbrillen und Autos. Er war nicht dabei. Nora schielte zum Gang und zurück. Sie wischte erneut und nochmal und riss die Augen auf. Ihre Finger zitterten. *Die Vespa.*

Er. So schnell sie konnte, zielte sie auf die Flamme und schloss die App. Als würde eine weitere Berührung vernichten, was auch nur die kleinste Chance auf eine erneute Verbindung wäre.

Schritte schlappten von nebenan in den Flur, stoppten vor ihrer Tür. Nora ahnte, dass ihr Bildschirm sie verraten würde. Ihr Platz streute noch Licht in den Raum, und der Lüfter ratterte vor sich hin. Sie duckte sich ein wenig tiefer hinter die Pflanze und unter den Bildschirmrand. Der einzig noch anwesende Mensch auf dieser Etage stapfte davon. Sie atmete, als würde sie nach einer Ewigkeit aus dem Abgrund an die Wasseroberfläche zurückkehren.

Er muss zum Waschraum. Sie klickte auf das Speichern-Symbol ihres Dokuments. *Sein Büro ist leer.* Sie knipste den Bildschirm aus und raffte ihre Sachen zusammen. Nora warf sich die Jacke über und stopfte ihren Laptop in die Tasche. Durch den Flur verursachten ihre Schuhe nicht den Hauch eines Geräusches, erst die Glastür fiel ihr in den Rücken. Sie rummste ins Schloss. *Laut.* Noras Hand schoss zum Schalter und löschte das ewige Licht. Hier brannte es immer.

Die Aufzüge surrten hinter den Bleitüren, und Noras Gebet zielte durch die Decken von fünfzehn Stockwerken gen Himmel. Sie drückte noch einmal den Knopf. Die Aufzüge hielten – acht und zehn und dreizehn Stockwerke entfernt. Nur einer fuhr. Sie starrte auf die Anzeige, er blieb stehen. Sie zerrte ihr Telefon hervor und lenkte sich mit den E-Mails ab. Der Lift fuhr weiter, ihr Blick klebte auf dem erleuchteten Rechteck in ihrer Hand.

Bitte. Hoffentlich. Sie schnaubte und ermahnte sich selbst. *Ablenkung. Keine negativen Gedanken. Denk an anderes, Nora. Er kommt nicht. Ganz sicher. Denk andere Gedanken, du hast genug zu tun.*

Ihr iPhone plingte, ihr Puls raste. Die ganze Welt musste das gehört haben. Noras Blick zuckte hoch, dann starrte sie auf den Text. *Felix' Junggesellenabschied – vergangene Woche war alles ruhig gewesen. Was ist jetzt los?* Sie stöhnte und unterdrückte jeglichen Laut.

> **Tina**
>
> Bleibt es beim Kochkurs? Das ist doch fad. Wir brauchen mehr Spaß. Sind wir Felix schuldig. Das ist das Ende seiner Junggesellenzeit, danach ist's vorbei mit der Freiheit ;). Grüße

Tina wieder. Messerwerferchen war in Sachen Tina auf Noras Seite.

Nora verdrehte die Augen und begann zu tippen. *Oh Mann, Tina. Was hast du für ein Gefängnis? Wir sind doch nicht im Mittelalter. Da kannten sich die Eheleute nicht mal vorher, und sollten hinterher nicht offiziell mit wem anders. In 'ner Beziehung jetzt steh ich mit oder ohne Trauschein für meinen Partner ein und vögel nicht wild durch die Gegend. Mal abgesehen von Krankheiten.*

> **Nora**
>
> Im Moment muss ich alles neu planen. Keine Sorge, Spaß wird's genug. Da hab ich keine Zweifel ;). Die Stimmung liegt in unseren Händen.

Andy

Den Brunch können wir später starten. Sonst zieht sich der ganze Tag ewig und wird unentspannt.

Noras Finger hantierten am Lautstärkeregler und brachten die eingehenden Nachrichten zum Schweigen. Sie suchte auf dem Flur hinter der Glastür nach Schatten, horchte auf Geräusche. Wieder und wieder. *Alles ruhig*, redete sie sich zu. Der Gang war hell, niemand zu sehen. Nichts näherte sich der Glastür.

Erik

Ich find's gut, wie's ist.

Lena

Ich, wie Erik. Sonst alles prima!

Max

Brunch passt, Kochkurs: egal.

Nora

Na, Leute, irgendwas müssen wir ja essen. Wie gesagt, im Moment ist noch alles offen.

Rick

Auch! Cool! Und merci für die Planung.

Oh Mann, Tina, ist mir alles klar. Soviel zu: Ende der
Freiheit. Nora schüttelte den Kopf. *Sich zum Deppen
machen vor der Hochzeit? Das ist nicht alles, worum es geht
bei dem Tag.* Sie sprang zu den E-Mails und suchte nach
einem Update zum Kochkurs. Ihr Blick huschte davon.

Sie aktualisierte nochmals den Posteingang der
E-Mails. »Ach, verdammt«, zischte sie. »Rückwärts …
bergab … Wenn's läuft, dann läuft's.«

»Was läuft denn, meine Liebe?«

Nora schrak auf. Die Glastür fiel ins Schloss, der Teppich verschluckte seine Schritte, bis er neben ihr vor
den Aufzügen stand.

Er grinste sie an, seine Zunge befeuchtete seine Lippen.

Nora ignorierte ihren Reflex. Sie wollte weg – einen
Schritt. Am liebsten hundert. Er beugte sich an ihr vorbei und drückte selbst noch einmal den Knopf. Dann
schlüpfte er wieder einen Schritt zurück.

Besser zum Glotzen, was? Nora presste die Lippen aufeinander, zwang jegliche Regung aus ihrer Miene.

Das Licht reflektierte auf seiner zu hohen Stirn. Der linke Mundwinkel zog die fleischige Unterlippe wie eine Raupe in die Schräge, die Augenbrauen dazu. Er stopfte sein Smartphone in die Brusttasche. Der Mantel fiel offen über sein gespanntes Hemd.

Sein Blick grabschte sich von ihrem Haaransatz zu den Fußspitzen. Was seine Spinnenaugen spiegelten, stieß sie ab: Gier. Nora hob das Kinn. Sie linste auf ihr iPhone. »Heute wieder so spät heim? Haben deine Mädchen Training?« *Unverfänglich.* Dachte sie.

»Mhhm. Viel zu tun«, antwortete er. »Kennst du ja. Und du? Läuft da ein heißes Sex-Date heute Abend?« Auf seinem Gesicht breitete sich ein Grinsen aus.

Sie riss die Augen auf, tausendundvierzehn Gedanken schossen gleichzeitig durch ihren Kopf. *Verhört,* war einer davon. Ein Unwahrscheinlicher. Durch ihren Körper rollte eine Welle: Wut. Mit all der ihr möglichen Kraft kontrollierte sie die Muskeln ihrer Miene. Sie fletschte nicht die Zähne. Sie presste Worte durch ihre Lippen. »Keine Zeit für sowas.« Die Hand geballt zählte sie: *Dreiundzwanzig, vierundzwanzig. Atmen.*

»Weshalb denn? Zwei Stunden Matratzensport, dann ist's wieder vorbei, und du hast deine Ruhe. Besser als Fitness. Oder bringen das die Typen heute schon gar nicht mehr?« Sein Blick verharrte an ihren Brüsten, sein Mundwinkel zuckte. Er trat näher und zwinkerte ihr zu. »Kannst dir ja noch ein älteres Semester mit Erfahrung holen. Danach ist der Kopf frei für deinen Vorschlag mit dem Vertragswerk.«

Die Tasche rutschte zu Boden, die Tür donnerte ins Schloss. Ihr Laptop landete auf dem Bett neben dem Buch. Der Teppich in ihrem Hotelzimmer schluckte ihre Schritte, dämpfen konnte er sie nicht. Jede Bewegung bebte. Was sie anfasste, zitterte und knirschte, selbst die Tür zum Balkon, selbst das Gitter unter ihrem Griff. Abendluft biss in ihre Wangen. Unten verwischten Autos die Straße in der Nacht, den Abendhimmel zerkratzten die Türme und Lichter, die Spitzen und Quader und irgendwo ein Kreuz auf einem Kirchturm. Ihre Sicht verschwamm.

»Arsch«, zischte sie. Sie sah sich um. Die kleinen Balkons der Zimmer neben ihrem waren leer. »Arsch!« Sie schrie in die Nacht, und die Knöchel ihrer Hände traten weiß hervor, Metall drückte sich in ihre Ballen. Sie wippte am Gitter vor und zurück. »Arsch. Verdammter!«

Jemand klopfte. Sie zwang sich ein Lächeln ab und ein Danke für den Zimmerservice, dann war sie wieder allein. Das Glas kühlte ihre Hand, der Wein drückte sein Aroma über ihre Lippen und hing sich an ihrer Zunge fest. Nicht stark genug, um den fahlen Geschmack aus ihrem Mund zu vertreiben, nicht stark genug, um die Erinnerung zu betäuben oder zu löschen. Er ätzte mit Säure und Tanin in ihrem Gaumen und den Hals hinab. Sie zerbiss den Saft, den roten, er flutschte durch ihre Zähne und füllte ihre Backen. Nora drehte den Stil zwischen ihren Fingern, umfasste, studierte das Glas in ihrer Hand. Drückte die Finger daran. Fester. Ließ los.

Warum? Sie pirschte vom Balkon ins Bad. *Warum darf er das?* Sie schabte sich aus Bluse und der dunklen Jeans. *Natürlich* – nichts *passiert. Von wegen. Wer gibt ihm das Recht,...*

...so *mit dir zu sprechen.* Ihr Messerwerfer tobte.

Das Wasser in der Dusche biss nach ihr, und erst beim dritten Mal schäumte die Seife gut genug. *Warum?* Sie drehte den Hahn weiter auf, heißer, und das Wasser prasselte auf ihren Schädel und auf ihre Schultern und lief davon. *Fragen wie diese. Warum darf er das?* Sie blieb zurück. Der Schmutz des Tages klebte noch an ihr.

Warum sagst du nichts? Ihr Messerwerfer kauerte in einer Ecke am Boden. Seine Messer lagen verwürfelt um ihn. *Tust nichts? Warum darf er das tun?*

Bis das Rot ein Dunkelrot war, scheuerte sie mit dem Handtuch ihre Haut. Dem Spiegelbild schnitt sie eine Grimasse und streckte ihm die Zunge entgegen. Ihr Blick glitt hinab, wurde weicher, wie die Kurven, die sie sah, wurde wieder fester, wie die Haut, die über den Muskeln lag. Sie mochte das Bild. In die Augen sah sie ihm nicht. Dort – in diesen Augen – stand die andere Frage. Sie wollte sie nicht sehen.

Was ist, wenn die Antwort stimmt? Sie knurrte ihr Spiegelbild an. *Was, wenn ich nichts tun kann dagegen? Ich kann nicht ausweichen, nicht ewig.* Sie krallte ihre Hände ins Waschbecken. *Das weiß ich. Scheiß-Frage.* Sie seufzte. *Was kann ich tun? Wer beschützt mich – oder was?*

Sie tigerte durch ihren Käfig, tigerte zu dem Ankleidezimmer und zurück zur Couch, nur ihr Lieblingspulli hielt ihre Einzelteile zusammen. *Nichts. Niemand.* »Fuck, Karma! Verdammter Shit. Wo bleibt die Strafe für diesen Schritt über die Grenze?«

Arsch, zischte sie gegen das Buch, schnappte danach. *Nichts. Das kann doch nicht sein.* Nora schlug es dort auf, wo sie zuletzt geendet hatte. Kapitel 1, vierter Absatz, und gähnte, klappte es zu. *Zäh.*

Warum? Ihre Gedanken drehten Höllenkreise.

Noras Finger fuhren über die Blüte auf dem Cover, über den Stempel. *Frau trifft Mann, Frau verliebt sich in Mann, Mann macht sie glücklich, überwindet alle Hindernisse, das Böse stürzt und verschwindet und am Ende wird alles gut – wahlweise mit oder ohne explizite Sex-Szenen. Ohne Widerworte, alle glücklich bis ans Ende der Zeit.* Ihr Kopf motzte, der Messerwerfer in ihr motzte.

In einer Welt, in der manche glauben, sie können sich noch immer alles erlauben.

Ihre Fingerkuppen stolperten über das Papier und klappten eine weitere Seite um. »Ach, verdammt. Wenigstens ablenken könntest du mich«, grummelte sie das Buch an. Sie spülte mit einem Schluck Wein nach.

Auf dem Display leuchtete eine Nachricht und ein Bild. *Nizza – viel zu warm für die Jahreszeit.* Nora runzelte die Stirn, blickte vom Buch zur Nachricht. Ihre Freundin Leila strahlte um die Wette mit dem Sonnenschein und dem blauen Himmel. Hinter ihr – oder unter ihr – brandete das Azurblau an die Küste der Stadt.

Noras Blick fiel auf die Leihgabe in ihrer Hand. *Tausche Buch gegen Stadt.* Noras Mundwinkel gerieten in Schieflage. *Tausche gegen neues Leben.* Sie zwang sich zurück zum Buch. Sie arbeitete Zeile um Zeile ab. Dann legte sie es zur Seite, kuschelte sich in die Decke und antwortete Leila. Sonne bestellte sie vorsorglich als Mitbringsel. Man wusste ja nie ...

Und im nächsten Moment starrte ihr die Nachricht eines anderen entgegen.

> Daniel
>
> **Wolltest du mir ein Date anbieten?**
>
> 23:24:09

Sie las die Nachricht wieder und wieder, auch nach dem zwanzigsten Mal standen genau diese Worte da.

»Daniel«, stand auch da. Als Absender der Nachricht. *Daniel. Im Ernst jetzt? Ich fass es nicht. Wie …* Sie zuckte, und das iPhone glitt beinahe aus ihrer Hand. *…widerlich ist das denn?* Nora spürte den Puls am Hals, ihr Kiefer schob sich vor. *Arsch. Sicher nicht. Arsch.* Sie klickte auf den Button »Archivieren«.

Sichern schadet nicht.

Ein Schauder kroch über ihren Rücken. Morgen früh war ihr Vortrag. Morgen versammelte er sich mit seinem Rudel vor ihrer Bühne. Morgen war zu nah, wie sein Büro zu nah an ihrem lag. Er hatte versucht sich in ihr Privat-Ich, in ihre Gedanken, in ihren Intimbereich zu schieben. *Er schert sich nicht um meine Grenze. Er verteilt seinen Dreck, wo es ihm passt. Und ich kann sehen, wie ich damit zurechtkomme. Er geht triumphlächelnd heim zu seiner Familie und morgen zurück ins Büro. Bin ich irre oder er? Oder die Welt?* Rotwein schwappte ihre Kehle hinab. *Arsch. So kriegst du mich nicht klein. Morgen …*

Nora schloss die Augen.

Und morgen: Was? Du stehst allein da.

In den zuckenden Blitzen des verschlossenen Sichtfeldes suchte sie ein Muster und fand keines. Sie lehnte den Kopf zurück, stierte an die Decke. Sie schreckte auf, aus einem Winkel ihrer Gedanken kam eine Idee.

Vielleicht auch nicht. Sie angelte sich ihren Laptop und durchforstete die Kontakte. *Henning.* Sie starrte auf die Nummer und die E-Mail-Adresse. *Wann war das noch? Vor zwei Jahren? Henning hat mich in diese Firma gebracht, zu diesem ersten Auftrag. Er ist doch kürzlich mit seiner Family in ein neues Haus gezogen, und seit 'ner Woche müsste er zurück sein aus dem Urlaub. Er kennt das Business und solche Typen. Und er kennt mich. Und er ist auch der Boss von anderen weiblichen Angestellten.* Sie klickte, und ein neues Fenster öffnete sich. Sie tippte die ersten Worte. *Er weiß Antworten. Oder was ich am besten tun sollte. Shit. Wieso kommt man bloß in so 'ne Situation?*

»Hey!«

Die Nachricht auf ihrem Display riss sie aus ihren Gedanken. Diesmal war es nicht die Spinne, auch Leila nicht.

Tim. Nora seufzte. *Du hast mir gerade noch gefehlt.*

#11 BEN – MANEGE

Der Scheinwerfer malte Noras Umriss an die Wand, als wäre die Besprechung wie jede andere. Ben rückte seinen Stuhl zurecht. *Was ist los mit ihr?* Er kniff die Augen zusammen. Die Kollegen nahmen die Plätze ein.

Nora nickte ihnen zu. *Irgendwas ist anders.* Ben runzelte die Stirn. *Da ist irgendwas auf dem Weg zum Besprechungsraum auf der Strecke geblieben.*

Daniel legte sich in seinen Stuhl am Besprechungstisch, als wartete er nur noch auf den Cocktail. Der Blick fixierte Bens Kollegin in der Mitte vor der erleuchteten Leinwand. Nora wägte jede Geste ab und jedes Wort, balancierte auf der Kante ihres Vortrags. Ihre Stimme war fest, aber nicht wie sonst durchdrang sie den Raum. Niemand beherrschte das Thema wie Nora, niemand verwandelte Fakten in Unterhaltung wie sie. Normalerweise. Heute lag Kälte in ihren Worten und Schärfe.

Hätte sie die Ziffern aus Feuer schreiben können, die Wand hinter ihr würde brennen. *Vermutlich.* Auf der Leinwand zogen Kolonnen von Zahlen für das neue Vertragswerk auf. Die Kosten, die Ersparnisse, die aus der Umstellung folgten versus das bestehende Papierwerk. Daniel verzog keine Miene. Ben verkniff sich ein Grinsen. Im nächsten Moment wunderte er sich über die Gänsehaut auf seinen Armen. Nora antwortete auf Daniels Fragen. *Weiße Weihnacht und ein klirrendes Silvester sind sicher.* Ein Eisregen an Worten ging auf Daniel nieder.

Die Löwin vor der Hyäne.

Einen weiteren jener Sprüche, die nur Daniel witzig fand, überging sie und knipste den Beamer aus. Die Anwesenden lieferten ihren Beifall weniger energisch als üblich, einer nach dem anderen verschwand durch die Tür. Immer wieder zuckte ihr Blick zu Daniel. Ben schrieb noch an einer Notiz und beobachtete.

Als könne sie ihn mit Blicken aus der Tür zwingen.

»Ich schau nachher im Büro bei dir vorbei. Ben kommt mit«, hörte Ben sie sagen. Daniel erhob sich und setzte an, den Tisch zu umrunden. »Für manche Dinge reichen auch zwei. Wir können die Zeit gleich noch nutzen«, erwiderte er und grinste sie an, dann fletschte er sein Lächeln in Bens Richtung. »Hier sind wir ja ungestört, wenn Ben den Weg findet – zur Tür und hinaus.« Er drehte sich zu ihm. »Na, Ben?«

Sieht nicht aus, als ob ihr das gefällt. Ihr Laptop hing noch an den Kabeln fest. Sie konnte nicht weg. Ben schlakste zu ihr, deutete auf das Technikgewirr. »Muss mich drum kümmern. Ich hab's Nora versprochen, wegen dem neuen Programm auf ihrem Rechner.«

»Wär ja blöd, wenn die Kiste mit den ganzen Daten ausfällt, nur weil ich sie falsch abgeklemmt hab.« Nora schnappte den Strohhalm, den er ihr reichte. »Wir schauen danach bei dir vorbei, Daniel.«

»Mhh.« Daniel ließ sie nicht aus den Augen. Ben machte sich an dem Beamer zu schaffen.

»Bis gleich, Daniel.«

Daniels Stirn lag in Falten, er musterte Nora, musterte Ben, dann ging er. »Ja, Nora, gleich dann«, warf er in den Raum.

Ben blickte ihm hinterher. Er hörte Nora Luft schnappen. »Gern geschehen«, kam er ihr zuvor und wandte sich

um. »Du, Nora, schon klar: Ich bin neu, aber dein Vortrag
…« Er verstummte. Die Miene seiner Kollegin versteinerte.
Er räusperte sich und trat einen Schritt zurück. »Na ja,
also, ich …«, stammelte er, wich ihrem Blick aus. »Ich
weiß natürlich, du schaffst das mit dem Beamer und
der Technik auch ohne mich. Schon klar.« Sein Blick
glitt zur Tür. Kein anderer war mehr zu sehen. Er senkte
dennoch die Stimme.

»Ich …«, begann Nora.

»Du hast tolle Vorschläge, total sinnvoll«, fiel er ihr
ins Wort. Mit einem Mal wirkte sie wie aus Porzellan
und Sprengstoff zugleich. »Aber Daniel haut nun mal
auf alle drauf. Wenn ich seine Sprüche durchgeh … Ich
bin nicht sicher, ob das noch 'was mit deiner Arbeit
zu tun.«

»Ich krieg das schon hin«, schnappte Nora und kreuzte die Arme vor der Brust. »Jeder holt sich seine Tüte
Knallfrösche von Daniel ab. Die verpuffen aber auch
irgendwann.«

Ben zuckte mit den Schultern. »Stimmt schon. Die
meisten will er allerdings nicht flachlegen – zumindest
äußert er das nicht öffentlich.« Er kratzte sich am Kopf.
»Also wenn du nicht da bist.«

Noras Arme lösten sich, die Hände blieben geballt.
Dann richtete sie sich wieder auf. Ihre Augen funkelten,
sie drückte die Faust in den Handballen. »Ich hab's so
satt! Ganz ehrlich, Ben. Er ist Abteilungsleiter. Keiner
sagt irgendwas, und er kommt mit diesem Verhalten
durch. Ob er nun fachlich was drauf hat oder nicht, sei
vollkommen dahingestellt.« Ihre Wangen röteten sich,
sie senkte die Stimme.

»Ist der Betriebsrat nicht was für solche Fälle?«

»Wenn ich das in der nächsten Eiszeit geklärt haben will: sicher.« Sie grübelte einen Moment. »Und wenn ich als *das Opfer* dastehen will, das sich nur mit Hilfe anderer wehren kann.« Sie schnaubte erneut. »Das ist doch … Shit!«

Ben öffnete den Mund.

»Und genau das, worauf er setzt – und all solche Typen wie er.« Sie nickte. »Ich werd ihm auf seinen Schreibtisch knallen, was das soll, und dass er damit nicht weiterkommt. Nicht hier. Nicht bei mir.« Noras Augen glühten.

Ben lächelte. »Hättest du ein Schwert, ich würde auf dich setzen.« Er biss sich auf die Lippen. *Wie eine Kriegsgöttin.*

Nora stutzte, lächelte, dann runzelte sie die Stirn. »Aber …?«

Er krauste die Lippen und zog die Augenbrauen hoch.

»Na ja … So wie früher mit dem Schwert – das wäre das Ende der Debatte. Heute dagegen …« Er holte Luft. »Heute reißt du ihm quasi die Eier aus und lässt ihn mit seiner Niederlage zurück.«

»Damit hätt ich Ruhe vor seinen Sprüchen. Fertig« Nora krauste die Nase. »Oder nicht?«

»Vor seinen Sprüchen …« Er holte Luft. »Und vermutlich auch vor jeder anderen sinnvollen Aufgabe.«

»Aber …« Sie verstummte, rieb sich die Stirn und drehte ihm den Rücken zu. »Verdammter Shit!«, zischte sie. »Verflucht.« Sie schnellte herum. »Das … ach, verdammt, das kann doch nicht sein.«

Ben trat näher. »Pass auf, eigentlich wollte ich dich nur fragen, ob du mal Bock hast auf 'nen Kaffee mit mir. Ich weiß nichts über dich. Niemand eigentlich.« Er stöpselte die Kabel von ihrem Laptop ab und schaltete die

Raumtechnik aus. »Jetzt ist das nicht so wichtig. Aber: Nora ...« Er suchte ihren Blick. »Die Firma führen die, die Daniel als Abteilungsleiter eingesetzt haben. Ich bin erst kurz dabei, und ich hab gemerkt: Man kann sich's in der Firma bequem machen, wenn man das richtige Spiel spielt – nach den Regeln, die hier schon immer existieren, aufgestellt von den immergleichen Spielern. Das weißt du auch – aber das bist du nicht, und das machst du nicht. Du brichst die Regeln, das *Haben-wir-immer-schon-so-gemacht* lässt du nicht gelten und hast Dinge verändert. Bis hierher war das okay. Aber Daniel kann nun schlecht zulassen, dass er in deinem Schatten verschwindet.«

Noras Augen weiteten sich, ihre Lippen verschwanden beinahe. Ben zählte drei Finger in die Höhe. »Du kannst ihm schon auf den Tisch knallen, was dir nicht passt, Nora. Du kannst ihn erinnern, wo die Grenze ist. Du kannst es in die Hände anderer geben, du kannst es ganz lassen. Das Ergebnis ist immer das Gleiche: Du kriegst die Arschkarte, und irgendjemand ist sauer auf dich. Er, der Betriebsrat und er – beziehungsweise die Geschäftsleitung – oder du. Entweder lässt er dich im Job auflaufen, oder er lässt dich im Job auflaufen und knallt dir zusätzlich weiter seine Beleidigungen vor die Füße, weil er dich für schwach hält. Oder du bist sauer auf dich. Dann erstickst du an deinem Ärger oder deinem Stolz oder beidem.«

»Sackgasse ...«, grummelte sie. »Shit. Jede Richtung ist dicht.«

Ben musterte sie und holte Luft.

»Danke dir, Ben«, kam sie seiner Frage zuvor, drehte sich um und donnerte den Flur entlang. »Du hast 'nen Kaffee gut bei mir.«

»Kaffee.« Er murmelte, nickte. »Ein Anfang.«

#12 NORA – SCHERBEN

Arschkarte. Sie starrte in ihre Wand und ihr Bild. *Du läufst im Job auf. Er hält dich für schwach.* Ihr Messerwerfer stichelte.

In ihren Gedanken fuhren Bens Worte Karussell. *Shit.* Sein Blick brannte noch immer in ihrem Kopf und die Fältchen um seine Augen wirkten besorgt und ernst und … irgendwas anderes. Sie drehte die Musik auf und von ihren Lippen schossen die Worte zum Lied, in ihrer Kehle vibrierte die Melodie. *Nobody's wife,* Sie ballte ihre Faust. *Anouk.*

Ihr Telefon entglitt ihrer Hand, im letzten Moment fing ihr Fuß den Sturz ab. Sie hob es auf, und ihre Finger zitterten. Eine Nachricht leuchtete im Sperrbildschirm.

Nicht wirklich. Das steht nicht wirklich da. Das kann nicht sein. Wut barst in ihrem Brustkorb.

Daniel schrieb weiter. Nora starrte auf die Nachricht.

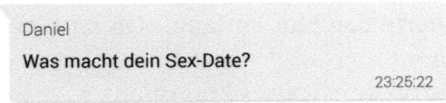

WTF? Was für 'ne Unterstellung ... Ihre Wangen brannten. *Kaum gibt es Dating-Apps, drehen bei manchen die Vorstellungen ab.*

Bei manchen Untervögelten? Der Messerwerfer.

Oder deren Wunschdenken. Als nutzte jeder Single seine Zeit für Dates und Sex? Arschloch. Nora krallte die Finger in die Couch. *Und du glaubst, du hast das Recht mich danach zu fragen? Nein! Arschloch.* Ihr Mund war trocken. Ihre Hand verfehlte die Tasse. Ihr Blick klebte am Telefon, aus dem Augenwinkel fand sie den Tee weiter rechts.

Daniel

Bin nächstes Wochenende in München.
Wolltest du mir nicht die Stadt zeigen ;)?

23:31:34

Lieber fress ich Plastik. Schädlich, aber weniger Scheiße. Sie sicherte den Chat und legte ihr iPhone schlafen. *Arsch.*

Das Klingeln schrillte hinein in den hintersten Winkel ihrer Wohnung und riss sie vom Sofa. *Fuck.* Noras Herz setzte aus für einen Wimpernschlag. Grauen schauderte über ihren Rücken. *Nein, das ist nicht er,* beruhigte sie sich. *Kann nicht sein, dass er an der Tür ist.* Sie sog jedes bisschen Luft in die Winkel ihrer Lunge.

Es klingelte erneut – zweimal, dann einmal, dann wieder zweimal. Ein Morsezeichen. Ein Code. Nora schnaubte und begann wieder zu atmen. Ihr Puls entspannte, nur um gleich wieder zu beschleunigen. Sie wusste, wer vor ihrer Tür stand, und vor allem wusste sie, dass es nicht Daniel war.

Sie zögerte. Das nächste Klingeln trieb sie zur Tür. *Das ändert sich nie.* »Warum bist du hier, Tim?« Nora hielt den Knopf der Gegensprechanlage gedrückt, Wind pfiff am anderen Ende. Sie hörte Tim sich räuspern.

»Hey, Nora. Ich … Ähm … Lass' quatschen.« Er räusperte sich wieder. »Ich war in der Gegend und dachte, ich schau vorbei.«

»Oh Mann, Tim. Meine E-Mail ging vor über einer Woche an dich, die Post hat das Päckchen mit deinen Sachen längst zugestellt – oder verloren. Glaubst du, meine Zeit steht still?«

»Lässt du mich jetzt draußen stehen? Es regnet.«

Nora linste zum Fenster und biss sich auf die Unterlippe. Am Glas rannen die Tropfen hinab. Er klingelte ein weiteres Mal. Und nochmals. Ihr Finger drückte den Öffner.

Drei Stockwerke Galgenfrist.

Und was wirst du am Ende tun? Der Zweifler drehte an ihren Nervensträngen und spannte sie zum Zerreißen. *Am Ende der Treppen.*

Nora spürte Wut in ihrem Bauch, in ihrem Kopf. *Als ich dich wollte, kam kein Zeichen von dir. Aber wenn es dir in den Kram passt, bist du zufällig in der Gegend. Scheißkerl.* Sie riss die Wohnungstür auf und lauschte Tims Schritten. *Schon klar, weshalb du hier bist …*

Weshalb machst du auf? Ihr Messerwerfer trommelte mit den Fingern auf den Windungen in ihrem Kopf.

»Hey!« Mit seinen Worten tauchte sein Lächeln im Treppenhaus auf. Nora nickte ihm zu. Sein Duft legte sich um ihre Sinne, und sie schloss hinter ihm die Tür. Er fuhr sich durchs Haar und schlüpfte aus den Schuhen, als hätte sich nichts geändert. Sie erinnerte sich an den Druck seiner Hände auf ihren Brüsten, seine Finger, die vom Bauchnabel zu ihrer Lust wanderten, und sie in den Wahnsinn trieben, seine Lippen, die ihre noch gieriger machten. Und sie erwiderte sein Lächeln und seinen Blick, der tief in ihren Augen forschte. Und wie er neigte sie sich ein wenig vor. Sie drehte sich an ihm vorbei.

»Tim, ich schenk dir Weißwein ein, ja?«

»Äh, ... ja, klar.« Sie hörte ihn Luft einsaugen, hörte seine Schritte stoppen. Seine Antwort klang schwammiger als sonst.

In der Küche spürte sie seinen Blick auf sich, sie wusste, wie tief sich die Runzeln in seine Stirn eingruben. Nora schob das Glas über die Arbeitsfläche, das flüssige Licht schaukelte, ein Tropfen sprang bis zum Rand. »Also, Tim, warum bist du hier?«

Er neigte den Kopf. Der Lugana rollte in seinem Glas, er kostete den ersten Schluck. Über den Glasrand hinweg suchte er ihren Blick. Der Regen hatte sein Shirt erwischt. Unter dem Weiß zeichnete sich ab, wo ihre Hände so oft gewandert waren.

Tim legte den Kopf schief. »Stehe ich hier vor Gericht?« Er schmunzelte auf die Art, die ihr Herz weichkochte – und vor allem ihr Hirn. »Nora, zwischen uns war immer alles so unkompliziert. Warum muss sich das jetzt ändern?«

Sie trat auf ihn zu und ihre Hand schob sich unter den Saum seines Shirts. Seine Haut war Seide und Feuer. Nora neigte ihren Kopf und senkte Lider, wie Stimme. »Tim, ...« Sie bremste sich. »Ich hab mir so gewünscht, dich wiederzusehen, die Welt um uns zu vergessen und einfach nur die Hitze zwischen uns zu spüren. Mit dir zu quatschen, Pläne zu schmieden und zu vögeln. Das war so gut zwischen uns. Ich hab mir so gewünscht, dich nach meiner E-Mail an meiner Tür zu sehen – oder wenigstens von dir zu hören.«

»Hey ...«, flüsterte er und zog sie näher. Seine Lippen öffneten sich, schimmerten. Sie wusste, wie sie schmeckten, sie atmete sein Parfum, spürte seinen Atem an ihrer Wange. »Hey ...« Seine Stimme vibrierte durch ihren Bauch.

Wahnsinns-Wortschatz, spottete ihr Schwarzseher.

Tim hob ihr Kinn an. »Mir war das alles zu viel: so viel Worte, so viel Fragen. Da hab ich keine Antworten, im Moment. Ich muss mich erst finden, an der Stelle, wo ich bin – und das, wo ich hinwill.«

Meine Zunge würde jetzt auch verdammt gern deine finden. Ihre Hand fuhr durch die flaumigen Stoppeln in seinem Nacken, und ihre Zunge schmeckte seine. Sie spürte seine Lust, und ihr Körper reagierte. Hitze glühte zwischen ihren Beinen, Lust flutete sie. »So viel Mal ...«

Sie schob sich fort. Die letzten Tage – die Einsichten, die Ansichten – fraßen ihr Inneres. *Ich will das nicht. So nicht mehr. Ich will mich nicht verstecken und auch nicht das, was mich zerwirft.* Ein Kuss machte sie nicht frei, schaffte keine Linderung. Dieses Gift musste raus. »Im Büro gräbt mich der Typ immer noch an – schlimmer als früher. Du weißt, er entscheidet über Ausgaben und neue Aufträge, und jetzt schubst er mein Projekt an den Rand einer Klippe.« Sie griff sein Glas. »Ich bin an einer Stelle, an die ich nie wollte. Aber ich muss.« Und spülte den Wein ihre Kehle hinab. »Hier habe ich keine Wahl. Anderswo schon. An anderen Stellen kann ich wählen und vor allem: entscheiden. Mit wem will ich meine Zeit verbringen?«

»Hartnäckig ist er, muss man ihm lassen? Was hast du gemacht? Vielleicht hat er etwas an deinem Lächeln *falsch* verstanden?«, witzelte Tim. »Vielleicht musst du einfach weniger *Du* sein.«

Nora stutzte. »Im Ernst jetzt, Tim?« Ihr Bauch brodelte, an ihrem Hals pochte ihr Puls. Sie blinzelte gegen die Bilder aus ihrer Vergangenheit. »Ich?«

Die Lehrerin hatte sie in eine der Mannschaften gesteckt. Keiner hatte sie gewählt.

Die Augen ihrer Mitschüler leuchteten, sie überboten sich, wer schneller in die Hochseilbahn gedrängt war, wer mehr Zoo gestreichelt hatte oder Blumen gezählt. Keiner hatte ihr die Hand zum Geburtstag geschüttelt.

Die rauen Stimmen der Kollegen lachten über die verpassten Torchancen vom Vorabendspiel. Sie jammerten über die vollen Bäuche vom reichlichen Essen, über die Augenringe von der kurzen Nacht. Als Single hörte sie die Berichte, als Single war sie raus beim Pärchen-Fußballabend.

Als Kind hatte sie geweint, später getobt, zuhause im Bad, und noch später hatte sie geschwiegen und geschworen, die Mauer um ihr Herz eng zu halten und dicht. Sie wollte nicht jedes Mal die Scherben aufklauben, wenn das Echo der anderen ihre Glashaut zerschlug. Zurückweisung.

Weniger ich sein, Tim? Sie atmete gegen ihre Wut. »Du meinst, meine Vorträge vor ein Dutzend Kollegen über Verbesserung in IT-Strukturen konnten nur versteckte Liebesbotschaften sein? Und wenn ich sein Büro meide oder nur im Notfall alleine eintrete und darauf achte, dass die Tür offen bleibt, ist das der ultimative Beweis meiner Sehnsucht nach ihm. Verarschst du mich? Auf wessen Seite bist du?«

Tim wehrte ab, seine Handflächen schossen vor die Brust. »Sicher nicht, Nora! Ich bin auf deiner Seite. Aber sieh dich an, Nora: du bist, wie du bist, siehst gut aus.«

Klar. Sie musterte den Kerl, der vor ihr stand, ein Wort drängte in ihren Kopf, ein Gedanke. *Klischee-Wiederkäuer. Selbst zu denken, strengt an.* Nora zog sich ein Lächeln ins Gesicht. »So viel Mal hab ich mir gewünscht, nicht allein zu sein – jemand, der mir sagt, ich …« Noras Blick verlor sich, und sie spürte, ihre Kraft reichte nicht. Ihr Gesicht gab ihre Gedanken preis und ihre Verletzlichkeit gleichermaßen. »… ich liege richtig in dem, was ich tu, ich übersteh das. Aber da war niemand. Da war ich allein. Und du? Du schläfst einfach nur neben mir.«

»Funktioniert doch, was du tust! Sehr gut sogar. Siehst du das nicht? Du bist erfolgreich, du arbeitest an spannenden Themen.« Er streichelte ihren Arm.

»Weißt du überhaupt, an welchen? Oder was mich bewegt, belastet oder antreibt? Wir waren nirgends anders als hier zwischen den Kissen. Da gab es unsere Körper, da gab es Sex, aber nie gab es ein *Wir*. Du hast mich nach Tipps gefragt für deinen Job, und ich hab dich unterstützt.«

Er zuckte mit den Achseln. »Weil du einfach gut bist, Nora, du hast in diesen Dingen ein Wahnsinns-Gespür.

Das muss man nicht ständig sagen.« Auf Tims Gesicht stand, was sie erwartet hatte: Stirnrunzeln. »Aber das ist doch gut zwischen uns, hier.« Seine Miene hellte sich auf, er grinste. »Und du sagst selbst, mit mir funktioniert dein Körper endlich wieder, und Sex bereitet dir keine Schmerzen mehr.«

Ihr messerwerfender Schwarzseher klatschte Applaus. *Glückwunsch Tim, du bist ein Schmerzmittel für ihren Körper.* Er ritzte einen Kreis mit seiner Klinge. *Tims Grenze. Und Du? Du bist raus. Du bleibst draußen.*

Tim lächelte. Er sah über ihre Sorgen weg. Sein Blick, seine Augen schlüpften daran vorbei.

Noras Gedanken sprangen. *Wie bei einem Buffet. Bis zur Vorspeise ist es einfach. Wenn man damit den Magen füllt, braucht man kein Hauptgericht.*

Ihr Messerwerfer prüfte die Schärfe der Schneide. *Tim sieht das Entree. Schon ist er satt. Was für ein bescheidener Kerl.*

Nora warf dagegen. *Aber danach geht es erst los!*

Der Zweifler rollte die Messer in den Händen. *Er schafft den Hauptgang nicht. Er kann sich nicht einmal vorstellen, was da kommt.* Er wog ein Messer in der Hand. *Vielleicht zu viel für ihn, vielleicht zu große Angst, sich zu entscheiden.*

Nora durchkämmte ihre Erinnerungen. Tim hatte einst ein Stück ihres Panzers zersplittert. Mit seinem Lachen, der Leichtigkeit.

Oder: Unverbindlichkeit. Der Messerwerfer zog Striche durch den Kreis. Durchstriche.

Ihr Blick glitt von seinen Augenbrauen über die Wimpern, suchte seinen Blick, seine Miene, lief leer. Nora sah. *Du gibst nur einen Teil von dir, und damit bindest du mich in einen Käfig. Meine Zeit – meine Flügel hältst du*

fest. Sie lächelte zurück. Sie wusste, das Lächeln ver-
hungerte auf dem Weg zu ihren Augen. Es hatte keine
Bedeutung mehr, ob Tim das bemerkte oder nicht. *Aber
du vögelst gut. Und für heute ist das gut genug. Schmerzmittel.*

Sie trat auf ihn zu. »Schon okay, Tim. Ich weiß ja:
ich krieg's allein hin.« Sie spürte seine Hand an ihrer
Hüfte. Seine Lippen berührten ihre, Nora erwiderte die
Berührung. Sie fachte an, was Durst war, und was der
Hunger in ihrem Körper forderte. Ihre Lust reckte sich,
und sie streckte sich nach ihm.

Nora blinzelte, sie hörte weg. Ein Gedankenmesser
stach in ihr Herz, schnitt die Hoffnung weg und ihren
Wunsch, Tims Worte zu hören. Sie wollte sich betrin-
ken, bis ihre Sinne taub waren, bis ihre Fragen, ihre
Zweifel, ihre Illusionen schwiegen.

Und sie betrank sich. Sie verriegelte die Tür zu ihrer
Innenwelt. Ihre Lippen fanden seine, und sie nahm sich
jeden Kuss, sie berauschte sich an der Hitze zwischen
ihnen. Seine Hand wanderte die Rundung ihrer Jeans
hinab, drängte sich gegen ihre Beine, ihre Mitte. Zwischen ihren Schenkeln drängte seine Erregung gegen sie.

Nora hörte, seine Sneakers Stufe um Stufe leiser werden. Ihr Blick folgte ihm, bis er im Treppenhaus verschwunden war. *Tritt er den Traum zu Scherben? Oder
trägt er nur den Restmüll davon?*

#13 DANIEL – FILM
FRANKFURT

Das Ein, das Aus trieb ihn aus dem Bett. Jeder Atemzug von ihr scheuerte an seinen Nerven, verjagte Ruhe, verjagte Schlaf. Er schnaubte. Er rollte sich aus dem Bett. Der Holzboden knarzte bei jedem Schritt, die Türangeln quietschten. Er sollte sie ölen. Hatte sie ihm gesagt.

»Mach's doch selbst«, zischte Daniel und zog die Tür zu. Einen Tick lauter als notwendig. Sein linker Mundwinkel kletterte nach oben. Sie würde aufschrecken. So war es immer bei ihr, und dann schlief sie doch wieder ein. Die Mädchen hörten nichts davon, ihre Zimmer waren weiter weg, die Türen zu.

In ihrer Nähe blieb der Schlaf einfach weg bei ihm. Er fasste sich in den Schritt. *Nicht nur der Schlaf.*

Der Teppich auf den Stufen rieb an seinen Fußsohlen, das Schloss rastete ein, der Schlüssel verriegelte die Bürotür. Durchs Fenster schien Laternenlicht, es brach an den Kanten im Raum. Daniel öffnete den Laptop und die Seite im Browser. Sein Bürostuhl federte sanft nach hinten. Die Hand wanderte unter seinen Hosenbund, wanderte über glatte Haut. *Gut.* Seine Augen verengten sich. *Für mich. Die Alte weiß nicht mal, was das ist. Rasur.*

Er spürte das Ziehen, er genoss. Er forschte tiefer. Zwei Finger umfassten seine wachsende Erregung. Er zerrte an den ersten Anzeichen davon, schob seinen

Hosenbund nach unten. Die andere Hand führte den Mousezeiger über die Vierecke auf dem Bildschirm.

Er gönnte seiner Augenbraue die Mühe, sich zu heben. Anerkennend. Der blonde Schmollmund auf seinem Bildschirm hatte sich das sicher verdient. Sperma verschmierte die Lippen, das Kinn, auf ihren Titten glänzte noch mehr weißer Saft, und sie lächelte ihm hungrig zu, versteckte dunkelrote Nippel hinter langen roten Nägeln, hinter weißer Spitze, was zwischen ihren weit geöffneten Schenkeln lag. *Gut, Kleines. Dafür bist du gemacht. Genau dein Job.* Drei Kerle zählte er im Hintergrund des Videocovers.

Daniels Hand umschloss seine Härte. Er wählte das nächste Quadrat. Prall und glatt luden ihn die perfekten Rundungen ein. Nur ein Faden wand sich und verschwand zwischen den Rundungen. Das Miststück lächelte nicht. Ihre schmalen Lippen pressten sich aufeinander, Haarsträhnen fielen ihr in die Stirn. Ihr Handgelenk hielt eine haarige Hand auf dem Tisch.

Daniel klickte. Das Filmchen lud. Daniels Kopf spulte weiter und weiter, bis das Bändchen unter haarigen Fingern spannte, an ihr rieb und schließlich riss.

Der Download dauerte. Daniels Hand glitt auf, ab, er knetete die Spitze und striegelte mit dem Daumen über seine Kuppe und lehnte sich weiter zurück. Seine Pupillen weiteten sich, die Zunge leckte über seine Unterlippe. Der Film startete, nahm sein Sichtfeld und Platz in seinem Kopf, pumpte Lust in sein Hirn, drängte Gier in seinen Schwanz. Mit seiner freien Hand fischte er die Taschentücher zu sich.

»Ja«, trotzte die Stimme. »Ja«, hörte er sie nochmal sagen. *Dieses Ding beugte sich von ihrem Stuhl zum Glasschreibtisch und fixierte den Blick ihres Gegenübers. Die Schwerkraft zog die weiße Seidenbluse tiefer, öffnete mehr vom Ausschnitt auf die zarte Haut, die feinen Ansätze und die schwarzen Cups, in der ihre Titten steckten. Ihr Rock war hochgerutscht, die Spitzen halterloser Strümpfe schmiegten sich um ihre hellen Oberschenkel und verschwanden unter dem Saum.*

Sie steckte sich eine Strähne ihrer braunen Mähne zurück in den strengen Zopf, lehnte sich nach hinten und wandte ihren Kopf erst nach links, dann nach rechts den beiden anderen zu. »Ich weiß: Man muss einen Schritt weiter gehen, wenn man nach oben will. Davor hab ich keine Angst.« Dunkel und rau klang sie.

Die Kerle flankierten den Schreibtisch. Die Hemden schimmerten glattweiß, die Anzüge saßen auf Maß.

Daniel schärfte seinen Blick, beugte sich vor. Die Hosen der Kerle wölbten sich. Er lächelte. Er leckte über seine Unterlippe, stöhnte, und die Szene erregte ihn noch mehr. Er rubbte auf und ab an seiner Wölbung, putschte sich auf an der Hitze, an dem Ziehen.

»Du kennst die Konsequenzen und bist bereit dafür?« Zwei Hände stützten sich ihr gegenüber auf den Glastisch. Die Finger waren lang und kräftig, der Handrücken leicht und dunkel beflaumt. Ein Stuhl schob sich nach hinten, der Blick glitt auf sie herab.

»Ja.« Sie nickte, sie lächelte mit halbgeschlossenen Lidern und vorgestrecktem Kinn. Ihr Blick ging nach oben zu den Gesichtern, als wäre sie sicher.

»Gleichgültig, was es ist?« Die weiche tiefe Stimme brummte.

»Wenn ein Kerl nach oben kommen kann, was hindert mich? Ich arbeite härter als jeder andere hier. Ich habe keine Angst davor, Verantwortung und Konsequenzen zu tragen.«

Lachen tropfte in den Raum. »Gut gesagt. Du arbeitest härter, du bist bereit für die Konsequenzen«, fasste er zusammen, er steckte die Daumen in seinen Hosenbund. Darunter zeichnete sich ab, was dieses Ding in ihrem Blickfeld nicht erkennen wollte. Die beiden anderen näherten sich ihrem Stuhl.

Ihre Lider zuckten, dann ihre Schultern. »So ist es.« Sie richtete sich auf, lehnte sich vor, die Lehne umklammert. »Was soll passieren?« Im nächsten Moment schrak sie zusammen.

Ihre Arme waren gepackt, die beiden zogen sie hoch.

»Dann siehst du jetzt, …«

»Nein, bitte …« Das Ding zerrte, als ob es eine Chance hätte.

»… was es heißt, hart …«

Daniels Hand erstarrte in der Bewegung.

Durch das Türblatt hörte er Stufen knarzen, Schritte schlurften in die Küche. Ratternd mahlten Bohnen, Wasser ergoss sich in ein Gefäß und … übertönte ein Etwas, das dazwischen seufzte.

Sein Puls pumpte bis gegen die Ohren. Er drehte am Regler und stellte die Boxen leiser. Die Seidenbluse spannte unter dem Griff der beiden, die Lippen dieses Dings schimmerten und bebten.

Dreimal war das Klopfen an der Tür. Seine Hand klammerte sich um seine Geilheit, sein Blick glitt vom Bildschirm zur Tür, zum Bildschirm zurück. Er klickte den Button. *Pause.*

»Daniel?« Die Stimme schabte sich durch die Tür über den Teppich zu ihm, sein Kinn schob sich vor. *Stück. Schlaf weiter.*

»Daniel, ich …« von der Tür drang ein Schaben zu ihm, er hörte sie schniefen. Die Klinke senkte sich. Er schluckte und starrte über den Schreibtisch hinweg. Das Schloss schepperte gegen den Riegel, schickte ein Beben durchs Türblatt und klackte wieder zurück. Die Tür blieb zu.

Er stieß seinen Atem aus und ballte die Finger um die flüchtende Lust.

»Daniel, bitte.«

Geh! Du willst sicher die Mädchen nicht wecken. Geh und lass mich in Frieden.

Wieder ging die Klinke nach unten. »Bitte, Daniel, es ist wichtig.« Sie flehte. »Bitte.«

Die Lust in seiner Hand zuckte, wuchs. Er fuhr über seine Hoden und der Schaft war beinahe wieder prall.

»Bitte.«

Er studierte die Szene vor sich auf dem Monitor. *Eine Hand drückte den Nacken der Brünetten nach unten, presste ihre Wange auf den Schreibtisch, eine hielt wie ein Schraubstock ihr Handgelenk auf der Platte. Bitte nicht, flehte ihr Gesicht die beiden hinter ihr an, ihn an, den Zuschauer. Der vor ihr begutachtete ihren Rücken, hatte ihr Kinn gefasst und von ihrem Mund trennte ihn nur wenig.*

Daniel grunzte, fingerte nach der Mouse. »Gleich«, bellte er. Er schloss das Fenster. »Bitch«, fluchte er und räumte das Überbleibsel seiner Lust zurück unter den Hosenbund. Er donnerte zur Tür, riss sie auf. Aus zwei Schlitzen funkelte er sie an. Ihre braunen Augen waren die einer Milchkuh, die Haut in ihrem Gesicht spannte, die Knochen schienen beinah durch. Ihr rotblondes Haar frizzelte sich ineinander. Sie hatte es an seine Töchter vererbt. »Was willst du, Kathrin«, zischte er.

Sie klammerte sich an ihre Kaffeetasse und zog ihren Kopf zwischen die Schultern. Wie ein Insekt. Seine Mundwinkel sanken. »Was ist?« blaffte er.

Sie nickte in Richtung Büro und huschte an ihm vorbei. »Was …?« Er schnellte herum, die Hände in die Hüfte gestemmt. »Was soll das, Kathrin? Ich bin hier, weil ich meine verdammte Ruhe will. Ich arbeite die Woche hart, und du und die Mädchen, ihr lebt davon. Kann ich nicht einmal meine Ruhe haben? Das ist wohl das Mindeste.«

Sie zuckte zusammen und schrumpfte noch mehr, doch sie ging nicht. Sie räusperte sich und ihr Blick glitt durch den Raum. Der Bürostuhl stand zurückgerutscht an der Wand, die Mouse beinahe an der Kante des Schreibtischs, Tücher verstreuten sich rund um die Box neben der Tastatur. »Bitte, Daniel.« Sie wandte sich zu ihm, richtete sich auf. »Schließ die Tür, bitte.«

Er runzelte die Stirn, seine Hand zuckte in ihre Richtung. Und stoppte. In ihrer Miene war etwas. Die Tür glitt zu.

Sie zitterte. Die Knöchel drückten sich weiß durch die Haut ihrer Faust. »Ich …« Sie setzte an, sie schluckte, senkte die Lider. Sie ballte ihre Faust noch fester und ihre Unterarme zitterten, sie starrte in den Teppich. Mit einem Seufzen atmete sie aus und schüttelte den Kopf. »Nein«, sagte sie. »Nein. So geht es nicht. So geht es nicht mehr.«

Was will sie denn, zur Hölle? Die Scheidung? Kann sie haben, die Kuh. Gerne! Zum Ficken brauch ich sie nicht. Sein Geduldsfaden riss. »Verdammt nochmal, Kathrin. Ich hab echt kein' Bock auf dieses Theater. Sag, was du willst, oder halt den Mund.« *In guten Zeiten wie ...*

Aus ihrem Augenwinkel quollen Tränen. »Ich ...« Sie hustete. »Seit Freitag ...« Ihre Stimme brach, sie schnappte nach Luft. Ihre Finger gaben auf, die Tasse fiel. Kaffee platschte in den Teppich, Scherben über den Boden.

#14 SILAS – KONTAKTLOS

Er würde sie nicht wecken, er würde ihren Schlaf nicht stören und nicht wieder zu einem Staubkorn schrumpfen unter den Stichen dieser Frau.

Seine Fingerkuppen fuhren über die Kurve ihrer nackten, festen Rundung. Er mochte das Feste, das Weiche, das Weibliche daran. Ihren Po. Ines schlief. Und sie schlief weiter, als wäre nichts, als hätte es seine Berührung nie gegeben. Gänsehaut rollte über die Haut. Er zog am Stoff und überwarf sie mit der Decke. Er löschte das Licht und weckte das Telefon in seiner Hand mit einem Klick. Das Licht schmerzte in seinen Augen wie die Lust in seinem Schwanz.

Er klickte sich durch seine Fotogalerie und fand seine Fotografie von ihrer Fotografie: N..

Sie war in dieser App gewesen, an diesem Abend. Er hatte sich gerade erst angemeldet, da tauchte sie auf. Ihr Blick brannte sich durchs Glas in seine Seele, und er wusste: Dieses Lächeln gehörte ihm. Sonst keinem.

Und sie war so entspannt. Ihr erster Chat war so unkompliziert gewesen. Niedlich irgendwie. Er hatte sich ihr Profilbild gesichert. Und dann war sie weg – der Chat gelöscht, die Kontaktliste so leer, als hätte sie nie existiert. Mit einem Fingerschnippen ausgelöscht. Er verfluchte einmal mehr dieses Jazzkonzert. Es hatte ihn die Begegnung mit ihr gekostet und zu Tode gelangweilt.

Ihre Augen strahlten auf diesem Bild vom Bild und etwas darin weckte ihn. Seine Hand wanderte unter der Decke und schob sich vorbei am Bund seiner Boxershorts. Das Bettzeug raschelte. Er hielt die Luft an und blickte über seine Schulter. Sie hatte sich ein wenig gereckt, aber sie schlief weiter. Er wandte sich wieder zur Seite und legte das Telefon weg. In seinem Schlafzimmer erlosch das letzte Leuchten.

Der Schwanz pochte in seiner Hand – prall und dick. Er fuhr den Schaft hinauf und wieder hinab.

Er sah ihr Bild vor sich, sie füllte sein Denken.

Ihre Zungenspitze befeuchtete ihren Mund, ihre schimmernden Lippen bebten, sie seufzte ganz leicht, und in ihren Augen leuchtete die Gier nach ihm. Ihre Hand schob sich über seine Kuppe und ihr Daumen kreiste über den Ansatz der Eichel, wanderte entlang, und sie rieb und rieb ihre Hand und Daumenballen wieder und wieder darüber. Er stöhnte so leise wie möglich, schauderte bei jedem Vor und Zurück, und Hitze rollte von seiner Eichel durch den Schwanz in seiner Hand bis tief in seinen Bauch. Die Lust pulsierte in seinen Hoden. Die Feuchte verteilte der Daumen über seiner Kuppe. Auf und ab schob sich ihre Hand. Auf ihrer Miene zeigte sie immer deutlicher, wie sehr sie ihn wollte. Er fasste unter ihren Rock, stieß seinen Finger durch ihre unglaubliche Feuchte. Alles an ihr war heiß. Sie stöhnte. Er gönnte ihr diesen Vorgeschmack und schob den zweiten Finger in sie. Und er fickte sie, bis ihr Rock so nass war wie seine Hand. Sie lächelte ein wildes Lächeln, und ihre Lider sanken ein wenig herab. Sie neigte den Kopf und bückte sich. Sein Schwanz wechselte von ihren Händen in ihren Mund und das Gefühl jagte Schauer um Schauer über seine Haut. Lippen schmiegten sich um seine Eichel.

Nass und heiß an seinem Stab. Er reckte sich ihr entgegen, spannte jeden Muskel in seinem Unterkörper und stieß sich in sie, in ihre andere feuchte Höhle, zwischen ihre Lippen, die nur darauf warteten, ihn zu verwöhnen. Sie wurde schneller, und ihre Zunge rollte über seine Kuppe. Er nahm ihren Mund und machte ihr Lächeln noch breiter.

Die Lust strömte von der Spitze über die Wurzel sein Rückgrat hinauf und kribbelte bis unter seine Schädeldecke. Er unterdrückte ein Stöhnen, sein Herzschlag raste und sein Körper spannte sich. Er hatte ihr Bild vor Augen, als wären ihre feuchten Lippen eine Handbreit von ihm entfernt. Er war hart und sein Schwanz zuckte vor Lust kurz vor dem Höhepunkt. Er rieb weiter, und seine Hitze erfüllte jede Faser, immer schneller stieß er auf und ab, schloss die Augen und endlich ließ er los.

Der Höhepunkt erfasste ihn. Er rollte sich bis in seine Zehenspitzen.

Er verdrängte sein Seufzen, er zwang seinen Körper zur Starre. Seine Hand zog sich zurück und richtete seine Shorts, damit sie ihn nicht engte. Vorsichtig wandte er den Kopf nach hinten. Sein Puls beruhigte sich, das Rauschen in seinen Ohren verklang und machte Platz für andere Geräusche. Ines atmete gleichmäßig und tief neben ihm, ihre Lider zuckten.

Wahrscheinlich träumt sie von ihrem Wien und ihrem Flug. Er rollte sich zurück auf die Seite und in die Decke ein, wie so oft, wenn sie so spät zu ihm kam. Er zählte ihre Atemzüge, Ines drehte sich im Schlaf, die Matratze übertrug ihre Bewegung zu ihm. Er rutschte noch ein Stück ab von ihr und suchte nach der Ruhe, die sonst in seinem Bett herrschte. Er kniff die Augen zusammen. Sein Hirn bastelte an Fragen, die er nicht abstellen konnte. *Warum ist N. weg? Einfach so. Ihr Bild war eben noch da, ihre Worte, und dann verschwindet sie wieder. Wo ist der Sinn? Wie finde ich sie wieder? Und wenn – wird es mit ihr besser?*

Er fischte sein Handy vom Boden. 3.24 Uhr stand auf dem Display, er gähnte. Seine Fingerspitzen vergrößerten das Bild, und ihre Augen blickten ihn noch intensiver an – durstig, unschuldig, sinnlich. Ein Fingertipp brachte ihn zur App und er begann, sich durch die Galerie der Suchenden zu wischen. Herzen flohen vor der Einsamkeit zu Sex, zu Liebe – am besten zu beidem. Etwas wie ein Lächeln fiel von seinen Lippen. Vor seinen Augen verschwammen die Bilder zu buntem Nebel. Keine war dabei, die sein Interesse wecken konnte.

Die Matratze zitterte, er zuckte. N.s Bild leuchtete auf dem Bildschirm. Ines' Atem stolperte, sie räusperte sich, bewegte sich, und durch die Matratze wanderte eine Welle. Seine Augen klebten am Bild. Die Decke rauschte, Wärme drängte an seinen Rücken. Er starrte auf das Bild im Display und erstarrte. Sein Finger lag am Knopf. Er bräuchte nur zu klicken und der Bildschirm erlosch. Sein Daumen wanderte nach oben. Ein Wisch würde sie zurückbringen – oder für immer den Kontakt löschen.

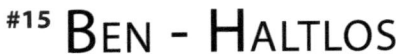

#15 BEN - HALTLOS

Er würde sie nicht wecken. Er würde ihren Schlaf nicht stören – nicht wieder zu einem Staubkorn schrumpfen unter ihren Worten. Sie trieb ihn nachts von sich. Selbst in den wenigen gemeinsamen Nächten wollte sie ihren Schlaf und belächelte seine Lust und bedauerte am nächsten Tag. Immer blieb die Wunde. Ben zog die Decke hoch und Gretas Schultern verschwanden unter dem Flausch. Er strich ihr die dunkle Haarsträhne aus der Stirn. Mondlicht versilberte ihre langen Wimpern, ihren weichen Mund und tanzte auf ihrer Nasenspitze.

Ben erinnerte sich an die erste Begegnung mit Greta, er kostete die Erinnerung, sie verwandelte sich in Bitterkeit. Nach sieben gemeinsamen Jahren hatte sich ihr Leben verfangen. Gewohnheit und Höflichkeiten zogen ein Netz um sie, der Alltag schleifte sie hinterher. Er zerstarrte den Putz über ihm.

Wenn Blicke schneiden könnten, wären in jedem Fall die Spinnweben schon weg. Er versuchte, die Decke von den Knöcheln über die Zehen zu ziehen, ohne zu viel von seiner Brust freizulegen. Ein Auto rauschte vorbei, drei Stockwerke tiefer stolperte eine Männerstimme durch ein Vereinslied und feierte den Sieg seiner Mannschaft. Ben stemmte sich aus dem Bett, er balancierte über die uralten Dielen. Zum Fenster schaffte er es lautlos, er drehte den Griff und schloss die Nacht aus.

Er verlagerte sein Gewicht, und der Boden knarzte beleidigt. Sein Blick zuckte zu Greta. Ihr Brustkorb hob und senkte sich wie zuvor.

Er schob sich auf den Vorsprung, faltete sich in den Fensterstock und starrte in die Straßen der Stadt von Laterne zu Laterne. Ihr Licht kegelte auf das Kopfsteinpflaster und die geparkten Autos. Schaufensterscheiben spiegelten den goldenen Schein und protzten mit ihren Lettern und ihren Regalen. Vorn an der Ecke leuchtete die Schrift. Hungriges Herz. Ben seufzte. *Ja genau.* Eine Katze scheuerte ihren Rücken am Laternenpfahl, streckte sich und schlich unters nächste Auto.

Du schlägst dir die Nächte um die Ohren und findest immer einen Platz. Irgendwie geht's weiter. Ben seufzte. *Lass uns tauschen, Kumpel. Du kriegst ein kuscheliges Zuhause, hier …* Er blickte durch die Nostalgie ihrer Altbauwohnung … *in dieser …* seufzte … *WG, und ich bin frei.* Er fuhr sich mit der Hand über den Mund und sog seine Unterlippe ein. *Verdammt, nur eine Zigarette.* Sein Kopf kippte in den Nacken und sein Blick zum Sternenhimmel. *Das wär's jetzt.* Greta untermalte die Atmosphäre mit einem leisen Schnarchen. *Vier Minuten … dann hörst du eh wieder auf, Kleines.*

Er beobachtete weiter die Sterne, dann Gretas Schlaf. *In- und auswendig kenn ich sie, was sie verletzt, was ihr wichtig ist, warum sie zu ihren Freunden hält und was ihr die Kraft raubt. Ich will nicht, dass irgendwas auf diesem Planeten sie verletzt. Wir sind beste Freunde, nur ein Paar …* Ben klopfte seinen Hinterkopf gegen das Mauerwerk. *Sind wir schon lange nicht mehr. Ich … Das zwischen uns ist ganz gut, eigentlich. Da gibt es einige, die können genau davon träumen.* Er musterte sie unter halbgeschlossenen

Lidern. *Nein, wir sind schon lange kein Paar mehr. WG mit nur einem Bett. Ich muss es ihr sagen. Bald. Verdammt bald.* Ben gähnte. *Nur ... was kommt dann?*

Seine Decke rief nach ihm und er gab nach, schlich auf Zehenspitzen zurück. *Ein bisschen Schlaf wenigstens ... wär gut.* Er schloss die Augen.

Am Morgen schredderte die Mühle Kaffee und sein Hirn. Zwischen den losen Teilen in seinem Kopf stach der Schmerz. Ben blickte an sich herab. Steinquader rutschten von innen gegen seine Stirn und explodierten dort. Er war beinahe überrascht, keine Bleigewichte an seinen Armen und Beinen zu finden. Die Augenringe seines Spiegelbildes waren so tief und so dunkel wie das Mehl vom Kaffee.

Er hievte sich auf die Anrichte, den Kopf stützte er an den Hängeschrank. Jedes Stück in dieser Küche erzählte ihm mindestens eine Geschichte aus den vergangenen Jahren. Den ersten Stuhl für ihre gemeinsame Wohnung hatten sie beim fünften Date gefunden. Vor sieben Jahren waren sie das erste Mal zwischen ausrangierten Lampen und Möbeln hindurch geschlendert, hielten die Hand des anderen wie einen zerbrechlichen Schatz, zwischen Porzellanfiguren und eselsohrigen Büchern und vergilbten Schallplatten auf dem Flohmarkt. Greta hatte ihn mit diesem Blick aus ihren grünen Augen angefunkelt und ihn hinter den Kleiderständer gezogen. Sie hatten geknutscht. Und dann war er rückwärts über diesen Stuhl gefallen. An ihr Lachen erinnerte er sich und an den erschrockenen Blick des Trödeltandlers, und daran wie ihr Kuss geschmeckt hatte, daran, wie sehr sie ihn nicht loslassen wollte, wie erregt er damals gewesen war. Vor dieser Ewigkeit.

Er langte hinüber zum Wasserhahn und spülte die Reste der Kopfschmerz-Tablette aus seinem Glas. Die Espressomaschine brühte derweil die doppelte Menge an Kaffee, heiß und goldbraun floss er in die Tasse. In Gretas Tasse goss er noch etwas aufgeschäumte Milch und rückte sie neben ihr Müsli.

Gähnend schlurfte sie herein und blinzelte gegen die Schwerkraft. Sie plumpste auf ihren Stuhl, stützte ihre Arme unter ihr Kinn, wackelte mit dem Kopf. »Hier bist du«, brummte sie.

»Guten Morgen«, sagte er. Ben beugte sich zu ihr und streichelte ihre Wange. »Gut geschlafen?«

»Ich glaub schon.« Greta zuckte die Schultern und lümmelte sich in den alten Schulstuhl, das Knie an der Tischkante. »Und du?« Sie blinzelte. »Du bist ja schon angezogen.« Sie zog die Augenbraue hoch. »Samstagvormittag? Alles ok mit dir? Da kriegt dich normalerweise nicht mal ein Kran aus dem Bett.«

»Ich treff mich mit Leander auf 'nen Kaffee …«, setzte er an, er zog sein Knie wie ein Schutzschild vor seine Brust.

»Ah.«

»Macht dir nichts, oder?«, sagte Ben. *Was will ich hören? Ich soll bleiben, damit wir uns anschweigen können?*

»Nee, passt.« Ihre Hand fischte aus der Tasche ihres Bademantels ihr Smartphone heraus. »Ihr geht ins Blá, oder? Oh Mann, da muss ich auch mal wieder hin. Zu guter Kaffee da.« Sie fixierte das Display. Greta gähnte das schimmernde Rechteck an. Ihre Hand schlüpfte zum Henkel ihrer Tasse. »Hmmm«, seufzte sie. »Lecker Kaffee. Dank dir. Genau das, was ich brauche.« Ihre Lippen zierte ein Milchbart. »Du kennst mich zu gut.«

Ja genau. Er lehnte seinen Kopf an den Hängeschrank und beobachtete unter halbgeschlossenen Lidern, wie sie ihre Nachrichten mit einem Lächeln las, grinste und eine Antwort tippte. *Zu gut. So gut wie eine meiner Schwestern.* Ben raffte sich zu einem schiefen Lächeln auf. »Klar«, murmelte er. Er beugte sich vor und drückte seine Lippen auf die Stirn. »Klar doch.«

»Vielleicht mach ich heut auch noch was mit Lisa von meiner alten Uni.« Greta nickte. »Sie hat schon vor Ewigkeiten gefragt«, murmelte sie. Greta blickte zu ihm hoch, musterte ihn, dann versenkte sie sich wieder in den Neuigkeiten auf ihrem Display. »Du hast nicht so gut gepennt, oder?«

»Nein, kaum ein Auge zugemacht.«

»Kenn ich gar nicht von dir«, meinte sie. »Jetzt schläfst du schon 'ne ganze Zeit schlecht. Was in der Arbeit?« Sie schenkte ihrem Handy ein Lächeln, füllte ihren Mund mit Kaffee und schluckte. »Oder einfach viel Gedanken.«

Er ruckte hoch bei ihren Worten, sein Herzschlag beschleunigte. *...darüber, Schluss zu machen nach sieben Jahren? Darüber, dass wir mehr Ähnlichkeit mit einem Geschwisterpaar haben als mit Liebenden? Darüber, was danach geschieht, nach diesem Ende und ...* Er biss sich auf die Zunge, schüttelte stattdessen den Kopf. Greta bemerkte davon nichts, das Handy fesselte ihre Aufmerksamkeit. Der Schmerz meldete sich zurück und explodierte an seiner Schädeldecke. »Nein, alles okay. Einfach viel zur Zeit. Und ständig Kopfweh.« Ben rutschte von der Küchenzeile zurück auf den Boden. »Viel ... zu tun. Ich muss dann mal.« Er winkte mit dem Daumen Richtung Flur und flüchtete vor ihrer nächsten Frage.

»Viele Grüße an Leander!«, rief sie ihm nach.

Er steckte noch einmal den Kopf zur Küchentür hinein. »Heut' Abend seh'n wir uns, oder?« Sie nickte, ohne den Kopf zu heben. Im Flur hörte er sie noch brummeln. »Mhhm. Daheim. Samstag. Wie immer.«

Ben kickte sich Fuß um Fuß die Treppenstufen hinab. Er suchte in seiner Playlist. Der Beat blies die Gedanken aus den Windungen. Er nahm nicht den Bus, er hatte Zeit. Die Tram war zu voll, er stieg aus – eine früher, und jeder Schritt prickelte mit Leben und mit Morgenfrische. Unter seinen Chucks, unter dem Teer, den Steinen rauschte die Isar. Sie kesselte die Museumsinsel ein, und in ihren Schaumkronen verschlang sie die braunbunten Blätter, die sich in den Fluss geworfen hatten. Ein Auto hupte zum nächsten und ihn aus seinen Gedanken.

Das Café war Gott sei Dank noch leer. Ben fand seinen Lieblingstisch und grinste seiner Lieblingskellnerin hinter seiner Lieblingstheke zu und bestellte Espresso. Leander war noch nicht da. Er starrte auf die grauen Blätter in den Zeitungshaltern zwischen Eingang und Tresen. Schlagzeilen sprangen ihn an, um im nächsten Gedanken zu erlöschen. Bens Blick wanderte durch die Scheiben, die Mauern hinauf. *Gott, die Stadt ist mein ...* Die Türglocke durchklingelte sein Denken. »Leander.« Er murmelte, lächelte, winkte. *...mein Käfig.*

Mit Handschlag begrüßte er den Freund. Sein Oberschenkel touchierte den Tisch und testete die Gesetze der Schwerkraft. Die Tasse klirrte gegen die Untertasse, dann auf den Boden und hüpfte in einhundertdreiundsiebzig Teilen über den Boden. »Shit.« Bens Wangen glühten. »Sorry«, stammelte er dem Mädel zu, das heranstürmte und die Scherben einsammelte. »Tut mir voll leid.«

»Passiert«, tat sie sein Missgeschick ab und zwinkerte ihm zu, zuckte mit den Schultern und das Porzellan rasselte in ihrem Eimer. »Gleich nochmal dasselbe für dich – ohne Scherben?«

»Ich probier's mit Milchkaffee, vielleicht ist der stabiler«, antwortete Ben.

»Ich auch!« Leander lachte und zeigte auf ihn. »Für ihn am besten in 'ne Plastiktasse.« Er klopfte ihm auf die Schulter. »Na, du Chaot, wirst schon alt und tattrig?«

Ben schlug sich auf die Brust und zog die Augenbrauen hoch. Er grinste. »Das trifft mich hart, alter Freund. Über die Gebrechen des Alters scherzt man nicht.«

»Zeit, dich auf dein Gnadenbrot vorzubereiten, Opa. Schließlich gehst du hart auf die Dreißig zu«, feixte Leander. Er plumpste auf den Stuhl. »Was' los, Ben? Samstag vor sechzehn Uhr ist ja nicht gerade deine Standardzeit für Dates.«

»Musste mal wieder raus.« Er zuckte mit den Schultern.

Leanders Augenbraue wanderte nach oben. »Nach drei Wochen, du Stubenhocker.« Er kippte mit dem Stuhl nach hinten und musterte Ben. »Hast du es inzwischen endlich geschafft? Oder bringst' es doch nicht übers Herz, mit Greta Schluss zu machen? Ich hör mir das nun schon fast ein Jahr an, Ben! Ist es jetzt endlich soweit?«

Bens Blut verabschiedete sich und knallte in seine Füße. Er winkte zur Theke und hob zwei Finger. »Bier.«

»Hey.« Leander zuckte mit den Schultern. »Is ja Wochenende.«

»Und du trinkst dir Mut an?«

»Quatsch.« Ben schüttelte den Kopf, nickte, schüttelte wieder. »Nein. Ja. Ich feiere unser Wiedersehen. Ach, was weiß ich denn.«

»Wie wär's mit: Nach drei Jahren hast du also das Leben in eurer geschlechtsneutralen WG satt und wagst dich endlich raus aus deinem Stillstand.« Leander trommelte auf die Tischplatte. »Zeit wird's! Ihr seid zu jung, um nebeneinander her zu leben. Sagst du's Greta heut Abend?«

Ben legte den Kopf schief. »Wohl. Mh. Aber was kommt danach?«

#16 Nora - Vogelfrei

Der Wein landete auf ihrem Oberteil und auf ihrer Hose, dann fiel ein Vorhang aus Wolken und Winterweizen in ihr Gesicht. In ihre Seite knallte die Materie eines Körpers. Nora reagierte, ihr Hocker auch. Ihr Stift flog durch die Luft, Glas klirrte unter ihr, zersplitterte. Sie erwischte einen Arm und krallte sich in den Tresen. Das Notizbuch schoss sie in Sicherheit. *Fuck.* Stoff und Nass klebte an ihrer Haut.

Dem großen Blonden hinter der Bar genügte ein Blick. Philipp deutete in ihre Richtung, nickte und verschwand kurz hinter der Wand. Mit Schaufel und Besen kehrte der Barmann zurück.

»*Mon Dieu*!« Die Langhaarige packte zu, sie fand ihr Gleichgewicht wieder. »*Pardon*!« Die Schultern sackten herab. »Ees tu-t mirr leid. Verssei-ung.«

Nora presste ihre Lippen zusammen. Durch ihren Körper pulsierte Puls Nora schwieg. Sie wartete, sie atmete. Wut donnerte noch in ihren Ohren.

Die Französin schnellte herum. Sie streckte sich, raffte einen Stapel Servietten von hinter der Bar, und Nora griff zu. Dann ging sie in die Knie, sondierte den Boden. Mit Noras Stift schnellte sie hoch, strahlte. »-iier.« Sie deutete auf Noras Kleidung. »Isch mache wiederr gut. *Oui*?«

Nora starrte zurück. *Im Ernst?* Sie schwieg. Nora klappte ihr Notizbuch zu, legte die Clutch darüber. Das Gold des Anhängers funkelte im Licht.

»Was ist das?«

»Nichts.« Nora schnappte den Stift. »Eine Clutch. Meine.« Sie presste die Lippen aufeinander, verengte die Augen.

»Ah *oui,* ich verstehe.«

Nora musterte sie. »Klar.« Ihre Geste umfasste die Weinpfütze auf dem Tresen, die Bar, den Stoff, den der Wein an ihren Körper klebte, ihre Stimmung. »Ich … Schon gut.« Sie schob sich vorbei, umrundete die Bar, huschte über die Stufen und fluchte gegen ihr Spiegelbild auf der Toilette. »What the Fuck?« Sie starrte das Gesicht an. »Ich wollt essen, Wein. Einfach nur sein.« Sie zog das Shirt von ihrer Haut und bearbeitete es mit Papierhandtüchern.

Frankreich war noch immer da. Sie war neben Noras Platz geblieben und betrachtete das Notizbuch. Oder die Clutch. Oder beides. Sie nickte ihr zu. Nora rutschte ein Stück ab von der Blonden, schlug ihr Notizbuch auf, nahm ihren Stift und versank zwischen den Seiten. Die Stimmen, die Musik verschwanden.

Philipp stellte ein Glas vor ihr ab. Sie sah ihn an, sah das Glas an und wieder ihn. Ihre Frage brauchte sie nicht erst zu stellen. Philipp stellte das zweite Glas vor ihre Nachbarin. Sein Grübchen verriet ein Lächeln.

»*C'est bon*? Darf ich dich einladen? Ein *vin*?«

Sie blickte in ein Leuchten aus Felsen- und Baummeer. Die Französin hielt den Blick mit ihren graugrünen Augen. Das Lächeln auf dem Gesicht der Blonden tastete sich zu ihr. Nora wägte ab, dann entschied sie. Ihre Hand streckte sich nach vorn. »Ich bin Nora.« Die Hand der anderen war warm und trocken und ein wenig rau. »Und jetzt sag bitte nicht, du heißt Chantal.«

Die andere Hand drückte ihre. »Chantal, natürlich. *Enchantée*!« Sie hüpfte von ihrem Hocker und knickste. »Aber du darfst mich nennen Sophie.« Sie kletterte zurück auf ihren Stuhl und hob das Glas. »Auf das Leben! Et *vive la vin*.«

»Es lebe der Wein.«

Sophie deutete auf die Seiten. »Was machst du da?«

Nora schlug das Buch zu und schob es in die Clutch und das Dunkelblau unter ihrem Arm. »Nichts. Das ist nichts.«

»Dein Tagebuch?«

»Nein«, schoss Nora.

»Geheimnis?« Sophie kippte auf ihrem Stuhl ein wenig zurück, warf die Frage mit ihrer Geste und musterte sie. »Egal. Wieso bist du hier?«

»Ich bin gerne in dieser Bar.« Nora wich aus, korrigierte. »Ich beobachte, ich denke nach.«

»Du bist nicht hier, um zu reden?«

»Nein.«

Sophies Augen wurden schmal.

Nora spürte, was Sophie dachte. Ihre Haut kribbelte, sie schob ihr Buch zur Seite. »Bist du zum ersten Mal hier?«

Sophie wandte den Kopf. Nur noch die Wand im Rücken und Nora rechts, stellte sie sich auf. Sie stützte ihre Arme auf die Theke und überblickte alles. Ihr Umriss schimmerte verzerrt über der Maserung im Tresen. »Ja«, sagte sie. Vor der Fensterfront fiel die Nacht über die Stadt, zog den Schleier Stück um Stück tiefer. Keiner saß dort, niemand störte den Blick. Die Bar im Herzen des Raumes schlug noch im Ruhepuls. »Ich weiß auch nicht, warum hier. Aber ich mag ...« Ihre Geste umfasste den Raum.

Philipp bog aus dem Durchgang zurück in sein Reich hinter der Bar. Vom Teller in seiner Hand verströmte sich der Duft von Basilikum und Oregano, Parmesan. Er, griff eine der Flaschen aus den Holzquadern Gins, Whiskey, Rum. Im Glas brach sich das Licht. Grüne Leuchtpunkte tupften sich in den Raum. Dann trug er das Essen fort zu dem Menschenhaufen vor den grünen Riesenblättern. Ein Dschungel an der Wand, oder ein Wald, oder Kunst. Aus der Ecke lugten zwei Mädels abwechselnd von ihren Smartphones zu dem Essen und den Anwesenden.

Freebird. »Und ich mag auch den Namen.« Sophie bohrte ihren Blick in Nora. »Ich bin zum ersten Mal in München. Ich bin hier für ein halbes Jahr.« Ihr Zeigefinger kreiselte um ihren Oberkörper. »Es tut mir leid wegen vorhin.«

»Okay, passiert.« Nora nickte. »Aus welchem Grund bist du hier?«

»Mein' *Profession*? Non.« Sophie legte den Finger ans Kinn, sie linste zum Buch »Mein ... Job.«

»Beruflich. Deine Firma hat dich hierher versetzt?«

Wellen liefen durch ihren Vorhang aus Haar. »Nein. Ich wollte hierher. Ich mag *Allemagne*, und München ist sehr international.«

Nora suchte Spott und fand nichts. »Ich mag Frankreich«, sagte sie. »Nur Paris ... Paris mag ich nicht ... und Wein auf meinem Oberteil.«

Sophie deutete auf die Clutch mit dem Buch. »Aber das da ist trocken geblieben. Das ist dir wichtig. Du hast die ganze Zeit darin geschrieben, und als Einzige wartest du auf niemand. Du bist einfach da.«

Nora rollte Sophies Feststellung durch ihren Kopf, dann nickte sie. »Und von all den freien Plätzen...«, ihre Geste rollte durch den Raum, »...hast du dir den ausgesucht neben mir.«

»Ich bin neugierig, und dein Geheimnis sieht aus am meisten interessant.«

»Abgesehen vom Barmann.«

»Natürlich.« Sophie grinste.

Nora winkte Philipp zu. »Hättest du besser ihn ausgewählt, er hat den Nachschub für Wein.« Sie deutete auf das leere Glas neben Sophie.

»Also ...«, begann die Französin, sie betrachtete Noras Notizbuch. »Du verbringst deinen Samstagabend in ein' Bar. Warum allein, nicht mit Freunden oder zu Hause?«

»Ich bin gern allein.« Nora lehnte sich vor, sie stützte den Kopf in ihren verschränkten Armen auf der Bar ab. Ihr Blick glitt durch den Raum und verfing sich in dem der anderen. »Dann kann ich am besten nachdenken.«

»Du siehst müde aus jetzt. Triffst du deshalb nicht deine Freunde? Oder hast du hier keine Freunde? Wie ich. Oder Familie«

Noras Augenbrauen wanderten nach oben. Sie richtete sich auf.

Sophies Fingerspitzen schoben das leere Weinglas nach vorn, Philipp wartete bereits mit der Flasche. »Vorhin, hast du nicht müde ausgesehen.«

Nora wich zurück, lehnte sich mit dem Rücken an die Wand. »Ich wohne hier in München, ich arbeite in Frankfurt. Ich muss mich viel abstimmen mit Kollegen in einem großen Konzern, und nicht immer gibt es am Ende überhaupt ein Ergebnis. Aber da geht es vielen ähnlich – mit oder ohne Reisezeiten.«

»Aber warum in Frankfurt? Du reist gern?«

»Der Auftrag ist superinteressant, das war eine gute Chance für mich. Web-Design. In meinem Beruf muss ich flexibel sein und Reisen gehört dazu.«

»Und deine Arbeit gibt es nur in Frankfurt?«

»Diesen Auftrag gab es nur dort.« Nora zuckte mit den Schultern. »Ich kenn mich gut aus mit Websites und Arbeitsabläufen.«

Sophies Gesicht krauste sich zu einem einzigen Fragezeichen. »Aber du schaust nicht glücklich aus, wenn du erzählst davon. Bist du deswegen allein? Weil deine Freunde dich fragen, was ist los, und du weißt, die Antwort heißt nicht: Alles *bon*! Machst du nicht das, was du gerne machst?«

»Also …« Nora rubbelte ihre Schläfe. »Es ist so: Da gibt es so vieles in der Firma, das könnte man anpacken und einfach besser machen. Aber Veränderung bedeutet Aufwand. Und Aufwand ist unbequem für die Chefs oder die Mitarbeiter oder kostet Geld. Im Falle der Umsetzung könnte man aber in der Zukunft sparen und Verbesserung für die Mitarbeiter schaffen.« Sie seufzte. »Und vieles mehr. Aber das wird nicht angepackt – aus Bequemlichkeit, manchmal aus Angst vor Veränderung.«

»Das verstehe ich *Non*.« Die Französin zupfte sich am Ohrläppchen. »Kein bisschen. Veränderung ist unbequem, aber sie ist das einzige, wodurch wir uns weiterentwickeln. Das ist ein verrückter Sinn, das Unbequeme zu vermeiden.«

»Wahnsinn, meinst du?« Nora nickte.

»Bekackter Wahnsinn.«

Nora stutzte. »Wie?«

»Heiß das nicht so? Bekackt?« Sophie zuckte die Schultern.

Nora studierte das Gesicht der Französin. »Beknackt?«, schlug sie vor.

»Ja!« Sophie strahlte.

»Ja.« Nora legte den Kopf schief. »Na ja, und dann: Ich liebe München. Hier will ich leben und irgendwann auch arbeiten – so, wie ich es als sinnvoll und als Mehrwert erachte. Das Reisen ist auf Dauer …« Sie kaute auf ihrer Unterlippe, suchte das Wort.

»Beknackt«, ergänzte Sophie dazwischen und zwinkerte ihr zu.

Nora grinste. Dann weiteten sich ihre Augen, sie runzelte die Stirn. Hinten in ihrem Kopf flimmerte ein Gedanke, kroch näher. »Stimmt, eigentlich. Ganz schön bescheuert.« Sie schlug ihr Buch auf.

Sophies Miene änderte sich. »Du bist nicht ein Konzern, nicht Frankfurt oder dies' *Personne*, die verweigern sich jeder Veränderung.« Ihr Blick bohrte sich in Noras Augen. »Ich habe auch gedacht, du bist etwas ganz anderes.«

Sophies Worte weckten sie, berührten ihr Inneres. Durch den Nebel in Noras Kopf schob sich der Gedanke von zuvor, brannte ihr Rückgrat hinab und zurück und durch ihr Hirn. Mit einem Schluck leerte sie ihren Wein und notierte. *Nicht vergessen!*, mahnte sie sich.

Im Gesicht der Französin mischten sich Fragen mit einer Ahnung. Sophie zeigte auf das schwarze Buch. »Aber du magst das da.«

Nora erkannte, die andere spürte, was sie dachte, auch wenn Sophie die Gedanken nicht ganz greifen konnte. Sie nickte, tippte auf die Seiten. »Ich mag das da und meine Freunde und meine Familie. Das alles liebe ich.«

Sophie grinste. »Oh, ich glaube, wir brauchen noch mehr *vin*.« Sie griff nach Noras Hand und drückte sie.

»Mehr Wein? Oh Gott!«

»Du wirst mir nicht verraten, was in deinem Buch steht, ich weiß. Und ich verrate nicht, was ich gedacht habe über dich. Später vielleicht. Aber ich glaube, wir brauchen den *vin*, nicht um zu ertrinken das Schlechte, sondern für Zukunft.«

Nora starrte ihren Wecker tot. Erfolglos. Er blendete ihr mit seinen weißen Lettern ins Gesicht und lachte sie aus. »Klappe«, knurrte sie. »Ich weiß es selbst.« Drei Uhr nachts. Sie wälzte sich auf die andere Seite. *Eine Ewigkeit wach und der Rest der Nacht verrennt.*

Der Wein drehte sie ein wenig, das Gespräch mit Sophie noch mehr. Ihr Telefon schmiegte sich in ihre Hand, ihr Finger kreiste über dem Button und landete und weckte es auf. *Wenn ich nicht schlafen kann ....* Sie loggte sich ein. *Vielleicht ist es ja für was gut.* Sie schüttelte den Kopf und ärgerte sich über sich.

Fängst du jetzt an, an Schicksal zu glauben? Ihr Schwarzseher rollte mit den Augen.

Vielleicht ist es ... vielleicht bin ich einfach nur dumm.

Das erste Profil schob sich auf den Bildschirm, und sie schob es zur Seite. *Nope.* Und gähnte. Sie legte das Telefon neben sich und presste die Augen zu. *Schlafen. Jetzt. Schlaaafen.* Sie legte sich ruhig hin – ganz gerade auf den Rücken, breitete die Arme neben sich aus.

Shit. Ihre Blase drückte. Nora seufzte, dann krabbelte sie aus ihren Decken, stieß sich auf dem Weg ins Bad das Knie, auf dem Weg zurück den Ellbogen. Shit. Sie weckte ihr Handy erneut und auch die App und riss die Augen auf.

Das ... Wow. Gänsehaut rollte über ihren Rücken. *Er. Das ...* Sie grinste ihr iPhone an, und ihr Herz polterte ein wenig schneller. *Das ist kein Zufall*, flüsterte irgendwas in ihrem Kopf. *Das ist mehr. S..*

Ihr Finger zielte auf den Stern. Jedes winzigste Detail seines Bildes studierte sie und prägte sich sein Lächeln ein. *Entweder zum letzten Mal, oder ...* Nora schloss die Augen für einen Moment. *Bitte.* Sie schickte ihre Träume, ihre Hoffnung, ihr Gebet nach ganz weit oben – dorthin, wo ihre Oma ihr erzählt hatte, dass dort der Himmel sei. *Oder das Zeichen für einen neuen Beginn. Bitte!* Sie tippte den Stern, sie tippte den Button. Die App schloss.

Morgen. Nora drehte sich auf den Bauch. *Ich will es erst morgen wissen. Ich will ... Ich kann nicht heute Träume bauen, nachts mit der Hoffnung fliegen und am Morgen im freien Fall zerschellen. Morgen.*

Ein Ping riss die Stille kaputt und den Halbschlaf. Nora kniff die Augen zusammen. Ein weiteres Ping folgte. Sie fand den Lautlosschieber und stellte ihn an. Die nächste Nachricht vibrierte über das Holz ihrer Bettkante. Sie klappte die Lider auf, sie las die Vorschau auf dem Sperrbildschirm. *Tim ... Das waren schon genug schlaflose Nächte deinetwegen.*

So leicht sie Tims Nachrichten abstellen konnte, so schwer kehrte der Schlaf zurück. Ihrem Wecker war das gleich. Er sprengte ihren Kurztrip ins Land der Träume und der Schmerz gleich hinter ihrer Stirn multiplizierte sich. Nora riss die Augen auf und grummelte einen Fluch. »Shit ... heute ist Samstag.« *Sonntag.* Sie zerrte die Decke über den Kopf und kauerte sich zusammen.

Ihr Magen weckte sie drei Stunden später. Durch die Jalousie spitzte Tageslicht. Auf ihrem iPhone stapelten sich die Nachrichten von Tim, von Felix und aus dieser

App. Sie kniff die Augen zusammen und legte das Handy wieder zur Seite. *Später. Bestimmt lösen sich die Texte in Luft auf, und ich habe meine Ruhe.*

Unter der Dusche prasselte das Wasser über ihre Haut. Es berührte ihren Körper, floss um ihn, und davon. Nicht ein bisschen von dem trug es fort, was an Nora zerrte. Bevorstehende Entscheidungen, ihren Aggregatzustand in der Arbeit, ihren Chef. Das Handtuch schmirgelte nichts davon weg. Sie leerte ihre Tasse, der Kaffee verschwand, die Gedanken blieben. Sie las über die Nachrichten ihres Bruders und von Tim und sprang dann doch in die App. Mitten im Bildschirm leuchtete eine neue Botschaft auf. S.. Ihr Puls stolperte.

Nein, Zufall. Das ist einfach nur Zufall, bremste sie die Purzelbäume in ihrem Kopf. Sie kam nicht an gegen ihre Mundwinkel, die sich zu einem Grinsen verzogen. Sie las weiter.

> S.
>
> Was für ein Glück! Ich bin echt froh, dich wiedergefunden zu haben. Hier, meine Nummer. Lass' dort weiterschreiben. Ich will nicht, dass du nochmal weg bist.

Nora las seine Worte wieder und wieder. *Ich will nicht, dass du nochmal weg bist.* Sie füllte ihre Tasse erneut, sie tippte die ersten Buchstaben in die andere App, zögerte. Ihr Blick streifte durch die Küche. *Ich … Was schreib ich denn?* Ihr Finger fiel auf Senden.

> N.
> **Hi!**
>
> 11:43:45

Wie peinlich. Wie zwölf.

> **N.**
> Nora hier. Wie heißt du?
> 11:44:37

Ist die Nummer überhaupt richtig? Sie wechselte in die Dating-App, doch S. kam ihr dazwischen.

> **S.**
> Hi Nora! Voll gut. Ich bin Silas.
> 11:44:51

> **N.**
> Freut mich :)
> 11:45:06

> **Silas**
> :) Dito. Wie wir uns getroffen haben, find ich lustig.
> 11:45:35

> **Nora**
> Find ich ganz schön, dich wiedergefunden zu haben.
> 11:45:49

> **Silas**
> Ja, ich auch. Oh, Mann, ich dachte echt, du bist weg. So ein Glück, jetzt. Hast du das schon mal gemacht?
> 11:46:08

> **Nora**
>
> Nee. Hab mich zum ersten Mal angemeldet. Und war dann überrascht, dass unser Chat einfach weg war :(.
>
> 11:46:33

> **Silas**
>
> Ja, ich auch.
>
> 11:47:05

> **Silas**
>
> Bin schon wieder auf dem Sprung, aber melde mich dann, okay?
>
> 11:47:31

> **Nora**
>
> Ok. Bis dann :)
>
> 11:47:44

Nora überlegte kurz, dann schrieb sie weiter.

> **Nora**
>
> Wollen wir uns vielleicht treffen? Einfach.
>
> 11:48:01

Hoffentlich ist das nicht zu direkt.

In ihrem Kopf meldete sich die andere Stimme: *Wenn, dann kannst du's gleich lassen.*

> **Nora**
>
> Treffen, statt ewig schreiben.
>
> 11:48:45

Sie starrte auf ihren Bildschirm. Er schrieb etwas, der Bildschirm blieb leer. Er verschwand aus dem Chat.

Nora starrte weiter auf das Smartphone. *Wie jetzt? Ein einfaches »Nein« hätte gereicht. Oder ein »Ja«. Er hat sich einfach aus der Unterhaltung verdrückt.*

Versteh ich nicht. Wo liegt der Sinn, sich virtuell zu verbinden, aber die Realität zu meiden?

Sie legte ihr Telefon zur Seite und schnappte ihren Laptop. Im E-Mail-Postkorb stapelten sich Newsletter und Angebote und eine Info. Die Kochschule sagte ihr ab, der neue Termin für Felix' Junggesellenabschied war nicht möglich, der Jenga-Turm krachte Stein für Stein in sich zusammen.

Nora tippte Buchstaben in die Suchleiste ihres Browsers, und ihr Bildschirm quoll über. Shit. *Genau das … Oh Gott. Das ist es, was alle wollen.* Sie erstarrte vor all den Einheitsshirts, Bauchläden, Schärpen, Alkohol und kreativen Spielvorschlägen.

Sich vor der Hochzeit zum Deppen machen und möglichst viele genervte, gelangweilte oder betrunkene Gesichter um sich versammeln bedeutet Spaß. Nora runzelte die Stirn. *Für wen gleich noch Spaß? Puh. Is ja nicht so, dass ich keine anderen Sorgen hab.* Daniels klebrige Frisur, seine fleischigen Lippen, die froschigen Augen tauchten in ihrer Vorstellung auf, und in ihr wurde es düster. *Kann ich nicht einfach gegen Drachen kämpfen, die Welt retten, siegen, Wunden lecken, verlieren, sterben. Sowas wäre einfach.* Sie vergrub ihren Kopf zwischen den Händen. *Oh fuck!*

Reiß dich zusammen. Stell dich nicht so an, Nora. Es ist nur ein Junggesellenabschied. Ihr Messerwerfer drehte seine Klingen auf dem Zeigefinger. *Eigentlich ist es einfach ein gemütlicher Tag mit Freunden.*

Nora räusperte sich und verzog den Mund. *Felix' Junggesellenabschied. Alles soll perfekt werden.*

In ihrer Küche brühte sie sich Tee auf und studierte den Abendhimmel durchs Fenster, Wolken verschleierten die Sterne. Nach und nach gaben sie die kleinen Silberpunkte frei. *Das wird gut. Alles wird gut. Und der beste Junggesellenabschied für ihn.*

Gut wird nix von alleine. Gut wird's, wenn's einer macht, schnappte der Messerwerfer.

Noras Finger gruben sich in ihre Handfläche. Sie leerte die Tasse und entdeckte die Sternschnuppe. »Das wird gut. Und …« Sie schreckte auf. Der Pling hallte durch den ganzen Raum.

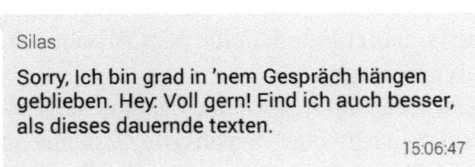

Silas

Sorry, Ich bin grad in 'nem Gespräch hängen geblieben. Hey: Voll gern! Find ich auch besser, als dieses dauernde texten.

15:06:47

Also doch. Erleichterung schoss in ihren Kopf und Hoffnung spann sich um ihr Herz. *Derselbe Gedanke.*

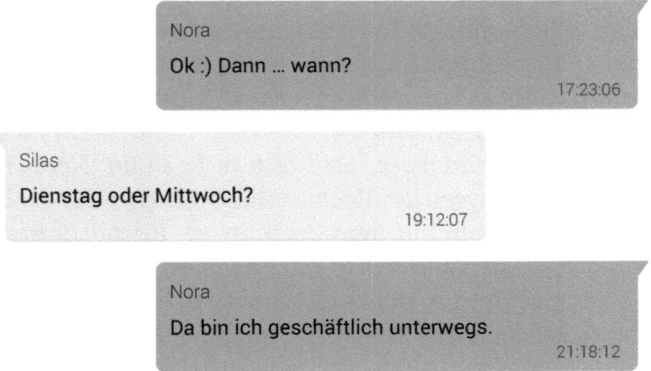

Nora

Ok :) Dann … wann?

17:23:06

Silas

Dienstag oder Mittwoch?

19:12:07

Nora

Da bin ich geschäftlich unterwegs.

21:18:12

Nora

Spontan heute?

21:18:46

Silas

Heut geht's gar nicht bei mir. Wäre echt toll.

21:20:52

Nora

Schade.

21:21:34

Silas

Voll schade. Wär bestimmt ein schöner Abend
geworden.

21:21:58

Nora

Donnerstag?

21:24:06

Silas

Geht bei mir nicht :(. Freitag?

21:25:31

Nora

Freitag sieht gut aus im Moment :)

21:26:02

Silas

:)

21:26:12

Nora

Aber ...

21:26:17

Silas

Aber?

21:26:24

Nora

Ist noch ewig hin o.O

21:26:38

Silas

Stimmt!!!

21:27:03

Nora

:)

21:27:07

Silas

Am besten wär schon heut. Aber heut geht leider echt nicht.

21:27:18

Silas

Wo treffen wir uns am Freitag?

21:27:39

Nora

Musst du morgen früh raus? Ist doch eigentlich Sonntag :) Zeit zum Ausschlafen.

21:27:59

Silas

Früh. Bin morgen auch den ganzen Tag weg.

21:28:26

Nora

:(

21:29:03

Silas

Die Woche geht echt nur Dienstag/Mittwoch.

21:29:33

Silas

... und Freitag :)

21:29:42

Nora

Dann Freitag :)

21:30:24

Silas

Hatte schon Angst, dass du Freitag nicht kannst. Wo treffen wir uns dann?

21:34:12

Nora

Magst du was essen?

21:34:40

Silas

Unbedingt

21:34:59

Nora

Ab wie viel Uhr geht bei dir?

21:35:39

Nora

Magst du äthiopisch?

21:35:55

Silas

Klingt interessant

21:36:04

Nora

Kennst du den Äthiopier Nähe Münchner Freiheit?

21:36:29

Silas

Ich reservier uns 'nen Tisch!

21:37:42

Nora

Super! Danke.

21:38:13

Silas

Kann's kaum erwarten!!!

21:38:39

Nora

Ja, wär schön, wenn's bald Freitag wär.

21:39:17

Silas

Heut werd ich wohl so schnell nicht einschlafen können ;)

21:39:54

Nora

Prima ;) Dann hätten wir uns auch heut treffen können.

21:40:54

Silas

Leider nein. Hab noch Freunde da – sicher noch 'ne Zeit. Und für morgen muss ich noch was vorbereiten.

21:42:12

Noras Blick glitt zur Uhrzeit, dann über den Verlauf ihrer Unterhaltung. *Wie? Freunde da? Wir schreiben seit fast 'ner halben Stunde. Hat er seine Kumpels Zigaretten holen geschickt?* Sie runzelte die Stirn. Die nächste Nachricht drängte den Gedanken fort.

Silas

Aber das holen wir am Freitag nach.

21:42:48

Silas

Und dann ist es egal, falls wir nicht schlafen ;)

21:43:12

Nora

Schlaf ist aber schon was Tolles, außer es gibt 'nen guten Grund ...

21:46:53

Silas

Ich freu mich schon auf Freitag!

21:52:21

Nora

Ich wünsch dir noch viel Spaß & eine gute Nacht!

21:55:46

Silas

Dir auch! :) Bis bald!

21:56:35

Das Display erlosch. *Wie cool, wie unkompliziert. Als würden wir uns schon ewig kennen.* Noras Grinsen spiegelte sich. *Vielleicht wird ja doch alles gut. Vielleicht ... doch ... Schicksal.*

Ihr Handy vibrierte und zeigte eine neue E-Mail. *Wenn's läuft, dann läuft's.* Sie schmunzelte und hüpfte in die Nachricht ihres früheren Chefs.

»Termin klappt! Sehr gut.« Sie setzte in der Küche eine Kanne Tee auf. »Er wird mich verstehen. Wenn das seiner Tochter passieren würde, was würde er dann tun? Er ist doch auch Vater.« Sie kaute auf ihrer Unterlippe, sie stierte auf die Signatur der E-Mail, den Namen. »Dazu musst du in jedem Fall eine Meinung haben, Henning. Ich bin gespannt.«

Nora schlenderte zurück in die Küche und packte den Teekocher. Wasser schwappte in die Tasse, dann darüber. Sie zuckte, japste, verbrühte sich noch mehr und hustete wegen des Schmerzes.

Unter dem Wasserhahn betäubte Kaltwasser die

Stelle. »Oder bin ich zu empfindlich?« Sie füllte die Tasse erneut und versenkte einen Beutel Kräuter darin.

Im selben Raum mit anderen Kollegen riskiert er nicht, mich anzuquatschen. Nicht auf diese Weise. Und mein Vortrag war gut. Und kam gut an. Ein Erfolg. Und ich habe einen guten Ruf. Was kann er denn riskieren? Sie stellte das Wasser aus. *Aber ich bin Single und allein und arbeite abends lang und bin nicht dumm und … und der Betriebsrat scheißt auf mich.* »Fuck.«

#18 BEN - TAGEWEISE

Ben löste den obersten Knopf seines Hemds und die Enge um seinen Hals. Er trat von einem Fuß auf den anderen. Immer wieder glitt sein Blick hin und her zwischen den Infos hinter sich, zwischen den versammelten Kollegen.

Daniel harrte auf dem vordersten Platz. Die Technik surrte. Hinter ihm verschwand der Besprechungsraum im Gegenlicht. Ben blinzelte gegen den Scheinwerfer. Schemen traten ein, brummten oder murmelten oder schmissen ein »Guten Morgen« in den Raum, ruckten Stühle. Sitze knarzten. Ben antwortete und hatte keine Ahnung wem. Nicht eine Wimper zuckte in Daniels Gesicht.

Das erste Bild färbte die Wand. Ben versuchte sich an einem Lächeln und dachte an Nora. *Wie übersteht sie jedes Mal diese Show?*

Ein Schattenarm schob sich in die Höhe, eine Frage in den Raum. Die Stimme erkannte er. *Nicht Daniels.* Die Konturen des Kollegen schärften sich. Ben stieß seinen Atem aus, antwortete und linste zum vordersten Platz. Daniels Finger rollten Papier. Hin, her, hin und wieder her und wieder hin.

Ben klickte die letzte Grafik an und endete. »Kollegen, danke euch soweit. Mehr dann von Nora – nächste Woche an diesem Spielort oder in drei Tagen im Büro.«

Die Schemen verließen wieder den Raum, die Technik verstummte, das Licht auf der Leinwand erlosch. Ben räusperte sich. »Daniel? Ist noch was?«

Daniels Finger rollten Papier. »Nichts. Alles fein. Bis dann.«

»Okay.« Ben runzelte die Stirn und entstöpselte die Kabel von seinem Laptop. Er verließ den Besprechungsraum.

Zwischen Mittag und Feierabend irgendwann hatte sich Daniels Körper in seinem Büro manifestiert. Die Hände lagen auf der Tastatur, der Blick auf dem Monitor. Daniels Zimmer schien still, jedes Mal wenn Ben passierte. Kein Geräusch, keine Bewegung gelangte über die Türschwelle. Nicht an diesem Tag.

Am nächsten Tag änderte sich daran nichts: Das Licht vom Flur wagte sich nicht in Daniels Büro. Sein Körper harrte auf dem Stuhl, sein Hemd war ein anderes als jeweils am Tag zuvor – glaubte Ben jedenfalls. Daniels Finger bedeckten die Tastatur, morgens glänzte daneben ein Rand um die Tasse, Kaffee verdampfte darüber.

Das Grau des Tages fiel durchs Fenster über Daniels Finger. Der kreisrunde Fleck vom Morgen verdunkelte die Holzplatte. Die Tasse war verschwunden.

Dämmerlicht streckte sich nach dem Körper auf dem Stuhl, über den Tisch in den Flur, über Bens Füße. Er hustete. Er brauchte Daniels Antwort, die Programmierer warteten darauf, die Entwicklung stockte. »Wegen der App, Daniel …«

»Ja, klar …«, kroch eine Stimme aus dem Raum, »dir auch.« Das Gesicht richtete sich weiter auf den Monitor, die Augen in unbestimmte Leere.

Ben runzelte die Stirn. *Das hat keinen Sinn.* Er nickte, er ging.

#19 NORA - ZEILENWEISE

FRANKFURT/MÜNCHEN

Nora

Hast du noch ein bisschen Schlaf abgekriegt am Wochenende?

16:14:34

Silas

Viiiieeel zu wenig! Und du?

17:37:51

Nora

Ja, hab gut geschlafen und viel.

18:33:12

Silas

Was steht heut bei dir an? Wo bist du eigentlich? Du bist jetzt nicht in München, oder?

18:36:07

Nora

Jetzt bin ich wieder in Frankfurt. Die letzten Tage hatte ich Termine in Stuttgart.

20:05:22

Silas

Ganz schön unterwegs! Bestimmt anstrengend, oder?

20:08:28

Nora

Ich mag's. Sind viele interessante Menschen auf dem Weg. Immer nur an einem Ort zu sein ... da werd ich unruhig ;).

20:13:22

Silas

Und jetzt bist du im Hotel?

20:17:11

Nora

Genau. Hab mich gerade mit einer Freundin getroffen. Jetzt bin ich todmüde.

20:17:42

Silas

Dann schlaf gut und träum schön!

20:18:03

Nora

Gleichfalls :)

20:13:22

Silas

Ich freu mich auf Freitag!

6:53:44

Nora

Guten Morgen :) Ich mich auch! Kannst du nicht eben mal die Zeit vordrehen?

7:14:24

Silas

Das wäre schön! Von jetzt auf Freitag!

7:21:32

Nora

:)

7:21:59

Nora spürte Wärme auf ihren Wangen, ihre Mundwinkel wanderten hoch. *Wie schön.* Sie rollte nochmal durch die Zeilen. *Schön, wenn jemand an dich denkt. An mich. Er.*

#20 FELIX – BEZIEHUNGSWEISE

Was machst du? Wieso grinst du so, wenn du nicht mir schreibst, sondern anderen?« Er flippte aus seinen Schuhen und schubste sich an den Küchenblock neben Tony. Er spähte auf das Telefon.

»Nicht so neugierig, der Herr.« Tony zwinkerte ihm zu, dann wich er aus. »Ich bin mit meiner Liste noch nicht durch. Ich muss noch allen Bescheid geben und ihr Herz endgültig brechen, wenn ich nicht mehr auf dem Markt bin.«

Felix' Lachen räuberte durch die Küche und Tonys stahl sich dazu.

Er stellte einen Würfel auf die Arbeitsplatte neben ihn. »Was ist das?«

Er zuckte mit den Schultern. »Mach's auf, find's raus.«

»Gleich.« Tony tippte weiter, schickte die Nachricht ab. Seine Finger strichen über Walnussholz, zogen den Würfel zu ihm her. Er drehte Felix sein Smartphone hin. »Lies mal! Von Nora.«

»Nora schreibt dir, nicht mir? Ich bin ihr Bruder. Verschwört ihr Euch gegen mich?«

»Du bist ihr Bruder«, nickte Tony und hob den Deckel an. »Und ich ihr Schwager.«

Felix las auf dem Telefon. »Aber warum?«

»Also ich find's gut jedenfalls. Warum genau du jetzt 'n Kerl bist und ihr Bruder …« Tony zog die

Augenbrauen hoch und betonte jedes Wort. »… mh, da sind wohl eure Eltern schuld«, alberte er. Tonys Finger fuhren über die Flächen und Kanten, Raues und Feines.

»Scherzkeks.« Er legte Tonys Smartphone wieder zurück. »Nora hatte keine Idee in Sachen Band, aber in Sachen Fotografen. Und da haben wir ja auch noch keinen. Von Nora haben wir jetzt zumindest eine Riesenliste.«

»Mh«, meinte Tony.

Felix drückte seine Hand. »Perfekt. Jedes Stückerl ist ein Stückerl mehr für unseren Tag. Jeder hilft mit.«

Der Deckel fiel auf die Platte, er holte etwas aus der Schachtel, wog den Gegenstand in der Hand und lachte auf. »Was ist denn das, Felix? Wo hast du das gefunden?«

»Eine …«

Er drehte die Kurbel. Ton für Ton klickte die Trommel unter dem Metallstift. *Wenn ich ein Vöglein wär…* fügten sich die Töne zusammen. *… flög' ich zu dir.* »Eine Drehorgel?«

Er nickte. »Genau. Eine Mini-Drehorgel. Wenn das mit der Band nicht klappt, haben wir einen Ersatzplan.«

Tony schüttelte den Kopf, lächelte, dann wandelte sich seine Miene. Felix ahnte, was Tony erraten hatte. »Die anderen Bands?«

Felix hielt die Handflächen hoch. »Zwei haben schon abgesagt. Ausgebucht.«

»Shit.« Tony stütze seinen Ellbogen auf den Tisch. »Doch einen DJ? Aber Hochzeiten mit DJs sind meist eine Katastrophe. Die Tanzflächen bleiben leer.« Er verzog das Gesicht. »Da rasselt die Stimmung in den Keller. Das haben wir jetzt schon so oft erlebt.«

»Wir kriegen das hin.« Felix nahm ihm die kleine Kurbelmaschine aus der Hand und drehte.

»Denkst du, Nora findet bis zu unserer Hochzeit jemand zur Begleitung?«, fragte Tony.

»Gut vier Monate ist nicht mehr so viel Zeit. Aber vielleicht existiert tatsächlich jemand auf diesem Planeten, der dermaßen bei ihr einschlägt.«

»Mh.« Tony stippte ihm in die Seite. »Aber Nora freut sich doch unter allen Umständen, mit uns zu feiern. Egal! Ich hoffe, dieser Jemand wird ihr gut tun, und sie verrennt sich dann nicht in irgendwas, weil sie denkt, sie muss jemand mitbringen. Hoffnung kann trügerisch sein.«

»Na, Nora und Hoffnung? Sie würde nie zugeben, dass sie das Wort kennt. Lieber ergreift sie die Flucht, ehe einer ihr zu nahe kommt.«, sagte Felix.

»Zumindest schreibt sie, die Organisation deines Junggesellenabschieds läuft gut. Mehr verraten wird sie nicht. Jedenfalls hat sie eine Option gleich zu Beginn gekillt: Es wird keins dieser dummdrögen Einheits-T-Shirt-Besäufnissen.« Tony zuckte mit den Schultern.

»Weshalb auch? Jeder weiß, das ist das Letzte, was du oder ich uns vorstellen.«

»Mh«, sagte Tony nur, er kippelte seine Hand in der Luft.

»Wie meinst du das?«, fragte Felix.

»Es scheint, deine Jungs sehen das anders. Die wollen *deinen letzten Abend in Freiheit feiern.*«

»So ein Quatsch.«

»Ganz ehrlich für mich heißt das: gemeinsam eine gute Zeit verbringen, miteinander Schönes erleben und

Spaß haben. Ganz was anderes als für deine Freunde. Die ziehen lieber mit leerem Blick und lächerlichen Kostümen durch die Innenstädte.«

»Das ...« Felix verschränkte die Arme vor der Brust. »War sicher ein Scherz.«

»Klar.« Tony lehnte sich an die Küchenzeile. »Ich bin gespannt, was meine Freunde sich ausdenken. Meinetwegen können wir auf diesen ganzen Zirkus auch gerne verzichten. Wobei ...« Er zog seinen Mundwinkel nach oben und kreiste seinen Zeigefinger in Felix' Richtung. »Ich hätte dich schon gerne gesehen in einem dieser Ballettröckchen.«

»Urgh. Soviel Alkohol könnte ich gar nicht trinken, um das zu tun. Ich seh' den Sinn in diesem Kostümzirkus nicht. Und was soll diese Albernheit mit den Bauchläden?«

»Schade.« Tony zuckte die Schultern. »Aber ich dachte wirklich, es gäbe einen Sinn dahinter und nicht nur ein Gesaufe. Weshalb sonst sollte man sowas tun und sich zum Affen machen?«

»Puh, frag mich nicht!« Felix warf die Arme hoch. »Aber das große G. kennt bestimmt Antworten. Du weißt schon: www.internet.de.«

»Ob es auch ein paar Bands ausspuckt?«

»Bestimmt.«

Tony legte den Kopf schief. »Und da hast du schon gesucht?«

»Ja.« Felix verengte die Augen. »Klar. Was denkst du, was ich die ganze Zeit tue. Ich schreib mir die Finger wund, hab bei Event-Agenturen rumgefragt, und zig Anfragen gestellt – für Bands und DJs. Sicher ist sicher.«

»Ja, aber viel Zeit ist nicht mehr.« Tony starrte ihn an.

Felix runzelte die Stirn. »Ja, ich weiß. Aber das wird schon.

Tony schnaubte.

»Denkst du, ich kümmere mich nicht genug?«

Tony fuhr sich über den Mund und drehte sich um. »Wer glaubst du, kümmert sich um den Papierkram davor, Essen, die Zeremonie, und so fort? Der Heilige Geist macht das nicht.«

Felix trommelte mit den Fingern auf die Tischplatte. »Ich hab auch noch 'nen Job, und da bin ich grad ziemlich eingespannt. Ich tu, was ich kann.«

»Und ich nicht?«

»Was soll das jetzt, Tony? Wir unterstützen uns doch. Jeder trägt seinen Teil bei. Oder passt dir nicht, was ich tue?«

»Möchtest du ein Sternchen dafür?« Zwischen Tonys Augenbrauen grub sich eine Falte.

Felix schob seinen Kiefer vor. »Nicht dein Ernst jetzt. Du musst mich hier nicht derart angreifen, nur weil du Panik kriegst wegen so 'ner Lappalie wie der Band.«

»Das ist wichtig! Mir ist das wichtig. Dir wohl eher nicht.« Tony schnappte sich die kleine Drehorgel. »Weißt du was: Denk drüber nach. Ich …«

Felix presste die Lippen aufeinander. Er spürte Wut in seinem Bauch, drehte sich zur Tür, drückte den Griff. »Chill' doch du!«

»Weißt du, vielleicht tut ein Aufschub wirklich gut«, rief ihm Tony nach.

Die Tür knallte hinter ihm zu. »Felix!«, hörte er. »Lauf weg, genau! Das liegt ja in eurer Familie.«

»Arsch.« Felix blickte zurück. Er schnappte sich seine Jacke und stieg in die Boots. Auf dem Weg nach draußen schüttelte er den Kopf. »Was, zur Hölle, war das denn jetzt?«

#21 BEN - KETTENWECHSEL

FRANKFURT

Er ist komisch.« Er beendete die Morgenruhe im Büro und erntete ein Rascheln aus Noras Richtung. Der Rest des Raums blieb still. War er immer um diese Zeit. Ben atmete den Duft von Noras Kaffee und von ihrem Parfüm.

»Ähäm?«, sagte sie nur und beugte sich an der Pflanze vorbei mit hochgezogenen Brauen. »Zu wenig Kaffee, Ben? Oder wirkt das Koffein noch nicht?«

»Hey, ich bin wach, keine Sorge! ... schon länger.« Ben verdrehte die Augen. »Anders komisch, meinte ich. Die letzten Tage war er wie ein Geist.«

Nora drängte einen Ast zur Seite und spähte zu ihm. »Und jetzt, Ben?«

»Er hat nicht mal auf deinen Namen reagiert. Kein Joke über dich in deiner Abwesenheit, kein Spruch. Er ist anders komisch.« Ben rieb sich über die Stirn. »Was es noch seltsamer macht.«

»Uff. Und diese Woche darf ich ihn bis Freitag ertragen, weil ich Montag, Dienstag Termine anderswo hatte. Na super.« Nora legte den Kopf schief. »Dir ist klar, wie das klingt: anders komisch?« Nora stand auf und kam zu ihm an den Schreibtisch. Sie setzte sich auf die Kante und zog eine Schnute. »Du weißt doch, was das Einfachste ist, Ben? Wenn du wissen willst, warum, hilft fragen.«

Ben stockte, blinzelte. »Nimmst du mich auf den Arm? Ich soll Daniel fragen?«

»Fragen, Ben! Du weißt schon … sowas wie: Was ist los, Daniel? Kann ich was tun für dich? Wollen wir uns die Haare flechten? Den Rücken kraulen und trösten?« Sie zuckte mit den Schultern, die Miene unbewegt. »Sowas halt. Jungs-Kram.«

»Spinner«, zischte er. Sein Mittelfinger zeigte in ihre Richtung, und sie hielt sich einfach die Handfläche nach außen vors Gesicht.

»Spiegel«, grinste sie nur. »Und sag nicht, das ist Kindergarten. Das funktioniert immer noch.« Nora senkte die Hand. »Du erwartest doch nicht, dass ich ihn frag, oder? Ich, Mrs. Sozialkompetenz?!« Ihr Finger deutete auf die Stelle über ihrem Herzen. »Weil ich aussäh, wie 'ne Frau? Im Ernst, jetzt?!«

Bens Wangen glühten, und er bemühte sich zu sehen, ob ihre Ohren nicht doch spitz zuliefen. *Wie bei Teufeln. Wie bei Elben.* »Spinner«, wiederholte er und grinste und schubste sie leicht vom Tisch. »Kaffee?«

Nora nickte und holte die Tasse von ihrem Tisch. »Danach lösen wir das Rätsel von *komisch anders.*«

Sein Blick fiel auf das schwarze Buch neben ihrer Tastatur. *Was steht wohl in diesen Seiten?* »Ich glaub, ich spül dich mal ordentlich mit Kaffee durch, vielleicht klappt das dann besser mit dem Feingefühl.«

Daniel stand im Türrahmen. *Shit! Wie lang schon steht er da?*

»Wann sind die anderen da?« Daniel starrte von ihm zu Nora.

Sie trat hinter ihre Pflanzenwand und sank auf den Stuhl. Ben sah, wie sie sich duckte. Ihre Augen verengten sich, ihr Kiefer spannte, ihre Hand ballte sich. »Neun. Neun-dreißig«, knurrte sie. Die Rollen ihres Bürostuhls quietschten, sie stützte ihre Hände am Schreibtisch auf.

Daniel trat vor, und Ben platzte zwischen ihn und Noras Platz. »Wolf immer so als Letzter. Neun-dreißig sind alle da. Was ist los, Daniel?«

Daniel wandte sich um und verschwand aus dem Zimmer nach nebenan in sein Büro. Ben drehte sich zu Nora und Nora sich zum Fenster.

»Ja, nee, ist klar …«, murmelte sie über die Schulter. »Was will er hier? Und so früh. Vor acht taucht er nirgends auf.«

»Bisher«, sagte Ben. »Immerhin hat er bewiesen, er findet allein in unser Büro.«

»Ich verzichte gern drauf«, schnappte sie.

»Du …« Ben rief den Moment zurück in seine Erinnerung. »Erst hab ich gedacht, du versteckst dich vor ihm. Aber so sah das nicht aus. Und es klang nicht so.«

»Klappe, Ben! Jeder hat mal schwache Momente.«

»Oder Wut im Bauch? Du hast vor zwei Herzschlägen ausgesehen, als würdest du ihm das Gesicht zerkratzen wollen.« *Yeah! Er hätte es verdient.* Ben schlug in die Flucht, was er empfand und biss sich auf die Lippen. Er sprach es nicht aus. *Ich wünschte, er bekäme zurück, was er verteilt.* Er besann sich auf die Regeln. »Glaubst du, das ist klug?«

»Ach, halt die Klappe«, murmelte Nora.

Ben lugte durch ihre Pflanzenwand. »Ich würd's ja zu gern sehen. Aber ich bezweifle, dass dir das nachhaltig hilft. Schon klar, Support gibt's für dich von keiner Seite.« Er schnalzte mit der Zunge. »Du brauchst einen anderen Plan. Du kannst nicht einfach alle Regeln brechen.«

»Nicht meine Regeln.« Ihr Grummeln wand sich über die Pflanze zu ihm.

Ben nickte. »Das sind nicht deine Regeln, stimmt. Aber du spielst auf dem Spielfeld von denen, die die Regeln gemacht haben.« Er verzog das Gesicht. »Wir alle.«

Nora stutzte. Sie federte hoch und musterte den Raum. »Auf ihrem Spielfeld, in den Ketten, die wir uns selbst angelegt haben.« Ihr Blick glitt in die Ferne. »Ich brauch …« Sie fuhr herum, warf die Hände in die Luft. »Shit. Ich brauch einen anderen Plan« Sie biss sich auf die Lippen und blinzelte, als blinzelte sie einen Traum davon. Nora setzte ein Lächeln auf. »Oder göttlichen Beistand. Du hast Recht. Ich bete einfach lange genug, und dann trifft ihn der Blitz.« Sie schnaubte. »Hab ich jetzt meinen Frieden?«

»Frieden, Kriegerin? Sei vorsichtig, mit dem, was du dir wünschst …«

»… es könnte in Erfüllung gehen – auch mal auf gute Weise«, fiel sie ihm ins Wort. »Da hab ich nix dagegen.«

»Ja, ja. Als ob du's nicht lieber selber erledigen würdest, Kriegerin. Kommst du mit zur Kaffeemaschine?« Er schlenderte vor und hörte hinter sich die Rollen ihres Bürostuhls quietschen. Er winkte in den Gang. Georg trabte heran mit seinem Rucksack in der Hand. »Und wenn meine Adleraugen nicht täuschen, ist der Frieden ohnehin vorbei.«

Der Morgen spülte die anderen an ihre Schreibtische im Zimmer. Die Kollegen pressten ihre Stimmen – ihre Fragen und Forderungen und Vorschläge, rauchende Gedanken, knirschende Entwürfe – durch Telefone. Sie rollten von Tisch zu Tisch, von Ohr zu Ohr und aus dem Raum und wieder herein.

Jemand hustete, dann war es still. Daniel stand da. Köpfe wandten sich zu ihm, dann wieder zurück.

Papier raschelte. *Wann ist er zur Tür rein?* Bens Kaffee schwappte über den Rand. »Au, verflucht!«

»Alles klar, Ben?« Wolf rief quer durchs Zimmer.

»Nur Kaffee auf meiner Hand.«

»Klarer Fall für den Notarzt«, schoss Nora und kassierte das Lachen der Kollegen, Ben lachte mit.

»Mindestens! Wenn dann aber bitte mit ...«

»Kollegen: Einen Moment.« Daniel lehnte seine Hand an den Türstock und gaffte in die Runde. Er trat in die Mitte, hüstelte. Seine Hand fuhr übers Gesicht, die zweite krallte sich in den Oberschenkel. »Kollegen: Meine Frau hat Krebs. Wir wissen es seit dem Wochenende.« Jedes Geräusch im Raum erstarb. »Die nächsten Wochen und Monate werde ich vielleicht nicht so verfügbar sein, wie ihr es von mir gewohnt seid. Ich ...« Seine Stimme brach, er holte Luft. »Meine Frau war .... Ich kann mir nicht vorstellen, wie es ist ohne sie.« Er blickte in die Runde. »Ich will, dass ihr das gleich wisst – und auch von mir erfahrt, nicht über den Flurfunk.« Er drehte sich um und ging.

Der Teppich verschluckte seine Schritte. Alle stierten zu dem Fleck, wo Daniel zuvor noch gestanden hatte. Keiner sprach. Ben erhaschte durch die Blätter, was Noras Miene spiegelte: von Polarkälte bis Höllenhass alles, von Mitgefühl nichts.

»Krass.« Hannes stieß seinen Stuhl zurück. Er schlurfte an seinem Schreibtisch vorbei und schloss die Tür. »Krass«, wiederholte er.

Ben zuckte, sein Blick huschte zu Nora zurück, ihr Gesicht war blass. Die Jungs lösten sich aus der Starre.

Wolf deutete mit dem Daumen in Richtung Daniels Büro. »Ist ja nicht gerade ...« Er drehte sich um. Die

Tür war immer noch zu. Er schnappte nach Luft. »…
der Sonnenschein. Aber: vielleicht gibt es doch etwas,
das menschlich ist an ihm.«

»Fuck, die Arme. Das sollte keiner durchmachen müssen.« Jemand murmelte, die anderen auch. Sie stimmten zu, Nora auch, sie kaute auf ihrer Unterlippe, die Augen schlug sie nieder.

»Mal sehen, was jetzt passiert.« Ben klammerte sich fest an den Henkel seiner Tassen und floh zur Kaffeemaschine.

Heute hasste sie München. Sie hasste die Stadt, so sehr sie sie liebte an anderen Tagen. Eigentlich hasste sie nichts daran. Sie hasste vielmehr den Krebs und die andere Stadt und Zufälle. Das wollte sie nicht hier in ihrem München. Sie hasste die Bahn, und die vollen Abteils, die Uhr, die ihr zeigte, wie verdammt spät sie dran war, die Öffis, aus deren Fenstern schon beinahe die Fahrgäste quollen. Nora zwängte ihren Koffer in die S-Bahn und sich hinterher.

> **Felix**
> Nora, ich glaub, ich hab Mist gebaut.
> 19:29:45

> **Nora**
> Telefonieren, nachher? Bin in 15 Min zu Hause.
> Muss dann aber schnell los. Date und so.
> Countdown für die Hochzeit läuft
> 19:31:01

Nora schob das iPhone in ihre Jackentasche, es vibrierte sofort wieder.

> **Felix**
> Lass morgen telefonieren, oder treffen, okay?
> 19:31:44

Nora

Sicher?

19:31:56

Felix

Ja, ich hab grad noch Puls. Ich muss das erst mal sacken lassen. Drück dich & schönen Abend dir! Genieß es, Große!

19:32:50

Nora

Was zwischen Tony & dir?

19:32:59

Nora spürte ein Flattern im Bauch, registrierte die Uhrzeit. *Ich bin spät. Sauspät. Warum sind die nicht alle längst im Feierabend oder im Wochenende?*

Von der Haltestelle hetzte sie ins Haus und zerrte ihren Koffer die Treppen hinauf. *Na toll, keine Antwort mehr. Oh Felix, was ist los?* Eine Nachricht ging ein.

Silas

Um 20.00 war schon alles weg!

19:39:13

Oh nein. Kälte schoss ihr in den Magen. *Klappt doch nicht?* Nora stieß den Schlüssel ins Schloss, seufzte. *Absage in letzter … vorletzter … Minute. Wahrscheinlich schließt sich da schon ein Eisberg um seine Füße.* Der Koffer rollte hinter ihr in den Flur. *Die Nachricht ein bisschen früher, und ich hätt mich nicht so abgehetzt.* Wie Eiswasser fraß sich die Enttäuschung durch ihre Mitte.

Aber essen muss ich trotzdem. Sie sprengte ihre Gedanken durch die Liste der Restaurants in der Nähe. *Und dann treff' ich mich vielleicht mit Felix.*

> **Silas**
>
> Hab 20.45 geblockt. Auf meinen Namen.
>
> 19:41:17

Zwischen ihren Ohren raste das Blut durchs Hirn. *Na, das ist ja mal schön.* Sie schnaufte aus. *Und plötzlich hab ich sogar entspannter Zeit.*

> **Nora**
>
> Passt :)
>
> 19:42:02

> **Silas**
>
> :) super. Bis gleich.
>
> 19:45:35

Unter dem Wasserstrahl duschte sie die letzten Tage von ihrer Haut. *Wochenende.* Sie rubbelte sich trocken. *Freitagabend und ein Date. Ich hoffe, er ist wirklich da.* Der Duschschaum duftete ihren Körper ein und sowas wie Vorfreude wagte sich in ihr Gesicht.

Gewürze und Gebratenes, Lachen und Fetzen von Gesprächen waberten von der Theke gegenüber zur Eingangstür. Hitze zwängte sich durch den Gang zwischen den Tischreihen. Rechts und links und weiter vorne dampften Schalen und Platten mit gesäuerten Fladen, Gemüse und Fleisch. Die Tür klappte hinter ihr zu.

Eine dunkle Sonne rollte auf Nora zu, und Nora konnte nicht anders. Sie musste dieses Strahlen erwidern. Eine Toga umhüllte die Rundungen der Frau in allen Farben. Die perlenweiße Zahnreihe leuchtete und die dunkle Haut schimmerte im Licht der Wandlampen. Ihr *Hallo* übertönte jede Stimme. Und dann bog sie ab zum Tisch neben ihr. Die Gäste dort evakuierten Blumenvase, Serviettenhalter, Salz, Pfeffer, alles. Schon verschwand der Tisch unter einer Platte mit Strohhaube. Das bunte Geflecht wurde gelupft, und Nora verstand die Vorfreude im Gesicht der beiden.

Sie folgte der Sonne zur Theke und linste nochmal kurz zurück. *Will ich auch!* Ihr Telefon versetzte ihr einen kleinen Kick, sie zog es aus ihrer Tasche. *Doch noch eine …*

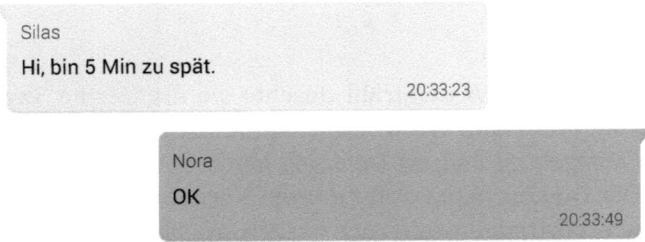

Silas
Hi, bin 5 Min zu spät.
20:33:23

Nora
OK
20:33:49

Ok. Ich bin viel zu früh. Sie wartete dort, den Arm gegen den Tresen gedrückt. Bilder und Holzmasken über den vollbesetzten Plätzen hielten ihre Aufmerksamkeit nur kurz. Das große Fenster neben dem Eingang spiegelte den Raum, draußen lag Dunkelheit, draußen glitten Schemen vorbei. Die Tür ging auf. An den einzigen noch freien Tisch setzte sich ein Pärchen. Das iPhone wanderte zurück in ihre Hand. Dann schnappte sie sich eine der Speisekarten und studierte die Gerichte.

Die Tür öffnete sich erneut. Jemand trat ein. Sein Blick streifte die Tische – beiläufig, und doch, wie um sicherzugehen. Tisch für Tisch schritt er weiter durch den Gang, und Noras Blick folgte ihm. *Er.* Ihr Puls beschleunigte, ihr Mund trocknete aus, in ihre Handflächen bildeten sich Pfützen. *Wann sieht er zu mir?*

Die Grübchen neben seinen Mundwinkeln steckten sie an. »Hi!«, schob sich seine Stimme zu ihr. »Bist du Nora?«

Sie nickte. »Hi Silas! Unser Tisch ist noch nicht frei, aber gleich.«

»Macht nix. Die paar Minuten …« Er winkte ab. »Schon voll hier.« Silas deutete in den Raum. »Aber schön, dass das klappt. Heute. Hier. Mit uns.« Er sah in ihre Augen. »Sorry für die Verspätung. Ich bin nicht früher losgekommen.«

»Schon okay.« Sie strahlte. »Und hier ist zwar voll, aber gemütlich, und es riecht total lecker und sieht super aus, da wächst mein Hunger. Deiner auch?«

Silas zuckte ein wenig, setzte zur Antwort an, dann wandte er sich um. Die Inhaberin stand neben ihnen. »Gleich hab ich den Tisch für Euch«, sang sie mit ihrem eigenen Akzent und lenkte die Blicke in die Raummitte. Das Pärchen an der Wand winkte, lächelte und zwängte sich durch die Lücke zwischen den anderen hinaus. »Was wollt ihr trinken? Ich bringe euch gleich.« Mit zwei Kringeln notierte sie und wedelte ihre Gäste davon.

Der Platz auf der Bank war Noras. Silas zog sich den Stuhl näher an den Tisch. Er schob ihr die Speisekarte hin und fing ihren Blick.

»Hey, wollen wir gemeinsam eine dieser Platten nehmen?« Ihr Finger zielte auf die Nebentische. »Da ist von allem …«

»Hm, Nora, ich muss gestehen: Ich hab grad gegessen.« Silas strubbelte sich durchs Haar.

Sie blinzelte. *Schon gegessen? Gerade eben?* »Wie …?«

Ein wenig senkte er den Kopf, ein wenig legte er ihn schief. Lange Wimpern rahmten seine Augen ein. Graue Augen, wie das Meer. »Also, bei mir war das heute sehr spontan.« Seine Stimme schmeichelte sich in ihren Gehörgang.

Spontan. … spontan …? Sie beugte sich ein wenig näher zu ihm.

»Ich hab noch Freunde getroffen. Also das war schon ausgemacht mit dem Treffen. Die anderen haben dann was bestellt. Und ich auch – leider.« Er furchte die Stirn, seine Mundwinkel wanderten nach unten. »Das Essen kam, und dann hab ich's erst gecheckt.« Seine Geste umschloss das Lokal. »Das wir ja auch zum Dinner verabredet sind.«

Mit Freunden zum Essen? Dann erst ich. Ihr Magen knurrte, ihr Kopf brummte. *Wenn man ein Date hat, ziemlich tough, der Terminplan.* »Und um elf hast du dann das nächste Dinner«, scherzte sie.

»Heute nicht.« Er winkte ab. »Wir haben die ganze Nacht für uns.« Zwei kleine Lacher hüpften hinterher.

Nora suchte seine Miene ab. *Eindeutig zweideutig? Eindeutig?* Er wirkte, als hätte er gerade die Tagesnachrichten verlesen. Ihr Bauch grummelte. Sie entschied sich, zu lächeln – sicherheitshalber – auch in Richtung des Sonnenscheins, der die Getränke einstellte.

»Also lass uns trotzdem die Platte nehmen. Ein bisschen was schaff ich schon noch, und du bist ja halb am Verhungern. Ja?« Ihr Nicken wartete er noch ab und bestellte.

Die Nacht umschlang sie mit kalter Luft und kühlte das Feuer auf Noras Wangen. Ihr Lachen perlte durch die Straße, ihre Augen glühten mit den Sternen um die Wette. Sie sog jede Kontur seines Gesichts in ihr Gedächtnis, die Art, wie das Mondlicht in seinen Augen schimmerte und den Dreitagebart noch dunkler färbte, wie die Häuser seine Stimme zurückwarfen. »Lass uns einfach noch ein bisschen gehen. Einfach durch die Straßen oder rüber Richtung englischer Garten. Die Nacht ist schön, und ich hab viel zu viel von diesem leckeren Essen verschlungen.«

»Wir können die ganze Nacht spazieren, wenn du magst. Und der Gesprächsstoff geht uns sicher nicht aus.« Er schob seine zwei Lacher hinterher. »Stört es dich, wenn ich rauche?«

Raucher. Oh. »Schon okay.« *Muss ja 'nen Haken haben,* maulte ihr Kopf.

Das Feuerzeug zischte und blendete in ihren Augen. Sie bogen ab. Das Licht der Straßenlaternen dämmerte bis in die nächste Seitenstraße und bei jedem Schritt hüpfte das glühende Ende seiner Zigarette in der Dunkelheit. »Hast du keine Angst, wenn du nachts unterwegs bist?«, fragte er.

»Nein, weshalb? Wir sind in München.«

»Und allein so?« Silas deutete auf sie.

»Als Frau?« Sie schüttelte den Kopf. »Ich fühl mich sicher. Ich bin schon in einigen Städten gewesen, am sichersten fühl ich mich hier. Ich würd jetzt auch nicht grad durch jedes Viertel laufen. Aber hier …« Ihre Hand wischte die Bedenken weg.

»Und mit mir?«

Nora musterte ihn. »Wie meinst du …?«

»Wir kennen uns ja erst seit fünf Minuten, etwa. Ich könnte ja weiß Gott was vorhaben«, beharrte er.

»Und?« Sie ging weiter, schlenkerte die Arme an ihrer Seite und bog in die nächste Straße. *Seltsam.* Die Grübchen neben seinen Mundwinkeln lenkten ihre Gedanken ab. »Vielleicht hab ich ja weiß Gott was vor und warte nur auf den Moment, bis du nicht aufpasst«, scherzte sie.

»Dann nehm ich mich wohl besser in Acht.« Die zwei kleinen Lachen hopsten wieder heran.

»Hast du da schlechte Erfahrungen?«, scherzte Nora.

Silas winkte ab. »Na ja, nicht so. Aber mir ist tatsächlich nachts auf dem Heimweg schon mal 'was passiert. Damit hätt ich nicht gerechnet.«

»Wo wohnst du denn? Und was ist passiert?«

»Gar nicht weit von hier, aber bisschen mehr Innenstadt«, erklärte er. »Das war vor zwei Jahren oder so. Drei Jugendliche waren grad dabei, einen anderen blöd anzumachen. Und ich konnte nicht anders: Ich bin dazwischen.«

»Mutig! Find ich gut. Machen die wenigsten.«

Silas langte sich an die Nase. »Dafür hab ich auch gleich einen Schlag kassiert.«

»Oh Shit.«

Er nickte. »Damals hat das Gott sei Dank meine Freundin vom Fenster aus gesehen. Sie hat gleich gerufen, die Polizei sei schon verständigt. Die drei sind sofort abgezischt.«

»Oh, krass. Du bist der Erste, den ich kenne, dem sowas in München passiert ist.« Ein Schauer jagte über ihren Rücken, und noch ein Gedanke flitzte in ihren Kopf. *Wie – Freundin? Also damals, oder? Vor zwei Jahren, damals.* Nora öffnete den Mund.

»Die Nacht ist viel zu schön für trübe Themen«, lenkte er ab, und wieder waren da seine zwei Lacher. »Lass uns von was Schönerem reden.« Silas strahlte mit dem Licht der Laternen. »Jede Jahreszeit riecht auf eigene Art. Ich mag das.«

»Ich mag Gerüche.«

»Alle?« Er stupste sie an und grinste.

»Na, nicht alle. Zigaretten nicht so. « Sie lachte zurück. »Aber …«

»Aber Geruch ist wichtig, finde ich auch«, ergänzte er.

»Für manches genügt ein Duft.« Nora verfolgte die Schattenwolken am Nachthimmel. »Und dann ist alles wieder da, auch was schon tief verschüttet war an Erinnerung.« Sie schloss die Augen – nur für einen Moment. Seine Schritte verstummten, sie spürte ihn neben sich, seine Wärme. Dann ging sie weiter.

Silas räusperte sich. Seine Hand streifte ihren Handrücken, sie schauderte. Er beobachtete sie lächelnd. In einer Nebenstraße ging der Alarm eines Autos los.

»Weißt du«, sie richtete sich nach vorn, »ich denk, es ist so: Alles hängt zusammen irgendwie. Wenn ich agiere, reagiert irgendwer …«

»… oder irgendwas.«

»Oder Irgendwer. Chemie und so. Wie bei …« Sie kaute auf ihrer Lippe, dann fand sie ein Bild in ihrem Kopf. »Ich glaube, jeder Mensch ist wie eine Säure – treffen zwei zusammen, …« Ihre Fäuste prallten aufeinander.

»… reagiert jede der Säuren. Da kann man vielleicht die Reagenzgläser schütteln, dann blubbert das ein wenig mehr am Anfang. Vielleicht lenkt der Blubber von der eigentlichen Reaktion erst mal ab.« Sie zuckte mit den Schultern. »Aber die Grundreaktion ändert sich nie – egal was man tut oder nicht tut. Jeder reagiert auf eine bestimmte Weise auf den jeweils anderen. Es passt, oder es passt nicht. Es entsteht was Schönes, Buntes, Leuchtendes, oder es frisst sich selbst.«

»Mh«, sagte er und ging noch ein Stück, aus dem Augenwinkel beobachtete sie sein Profil. Silas nickte. »Toller Vergleich. Sehr …«

Was »sehr«? Was denn? Der Messerwerfer hibbelte voller Ungeduld.

Er blieb vor einem Baum stehen. In ihrer Nähe rauschte der Bach vorbei und gluckste und gluckerte in die Dunkelheit. »Das Bild knallt so auf den zweiten Blick. Hast du das irgendwo gelesen?« Silas drehte sich zu ihr.

Nora schüttelte den Kopf. »In der Betriebsanleitung fürs Leben, meinst du?« Sie lachte wieder.

»Was bist du dann für eine Säure?«

Nora klappte den linken, dann den rechten Fuß nach oben, verdrehte sich um ihre Achse nach links, nach rechts, studierte ihre Handflächen. »Steht nix drauf«, brummelte sie. »Das muss ich wohl noch rausfinden.«

Silas stupste sie und fiel in ihr Lachen ein. »Eine funkelnde, glitzernde bestimmt.«

»Glitzer? Ich glaub nicht.«

»Na, wer weiß …?« Er drehte sich zu ihr, und sein Duft schlich sich in ihre Nase und ihren Kopf. »Im Mondlicht leuchtest du. Und du leuchtest wunderschön.«

#23 BEN – SCHRITTE & SCHNITTE

Was *tu ich denn?* Ben rieb sich die Augen. Sein Spiegelbild gähnte im dunklen Fenster. Er starrte auf sein Telefon, dann auf den Laptop vor sich, dann auf das Papier daneben. Seine Liste. Pro und Contra: Greta. Vor einer Stunde hatte er den Stift beiseitegelegt und den Laptop gestartet. *Freitagabend. Ich versteck mich hinter Arbeit und knechte mich für jemand, der mich an die Wand stellt, wenn sich nur die Gelegenheit ergibt.* Er schloss die Augen. Daniels Geständnis im Büro kratzte wieder in seiner Erinnerung, Noras Bericht, ihr Gesicht. *Erst lechzt er nach was Frischem, dann ist er plötzlich der betroffenste, leidenste, mitfühlendste Mann der Welt.* Ben klappte den Rechner zu und fuhr sich übers Gesicht. *Was wirft das Leben über einen? Wie kommt so viel Bitterkeit, Hass und Gier und Neid auf alles und jeden in einen Menschen?* Ben stierte in die Nacht. *Und erst eine Katastrophe bringt die Menschlichkeit zurück.* Sein Spiegelbild war immer noch da und runzelte die Stirn, als wüsste es die Antwort und verriete ihm nichts. Er zeigte ihm den Mittelfinger. »Unsere Entscheidungen.« Ben murmelte. »Unser Zögern.«

Sein Telefon plingte, riss ihn aus den Gedanken.

Leander

Na, Alter, wie steht's?

21:36:38

Ben verzog das Gesicht. *Unverändert.* Das Wort knirschte durch sein Denken in seinen Bauch. Shit. *Die Ausreden sind genauso noch da, wie unser Leben nebeneinander her. Ist das der Beginn und ein Daniel-Leben das Ende?* Er räumte den Laptop weg, stellte sein Glas an die Spüle. *Shit!* Seine Jacke nahm er vom Haken und schlüpfte in seine Schuhe, löschte das Licht, hinter ihm glitt die Wohnungstür zu und seine Schritte über die Stufen. *Ich muss das mit Greta auf die Reihe kriegen. Beenden. Sauber.* Bis zum ersten Stock – dann schnellte er herum und wieder hinauf.

Ben schnappte seine Liste vom Küchentisch und ging erneut los. Er wählte die Nummer aus seinen Kontakten, das Freizeichen klingelte ins Leere. *Geh ran! Geh schon ran.* Das Rad im Erdgeschoss brachte ihn zum Stolpern, er fing sich an der Tür. Die Tram bimmelte und das Bimmeln war zu nah. Er rannte los, sein Blick fixierte die Haltestelle. Die Straßenbahn rauschte heran. Autos schossen vor ihm Richtung Reichenbachbrücke. Sein Blick huschte über die Schulter. Immer wieder ging die Tür der Kneipe am Eck auf und zu und verschluckte plappernde, kichernde Leute. Eins und eins und eins und wieder eins. Pärchen und strahlende Gesichter. Der Blechfluss vor ihm riss nicht ab. Sein Weg war blockiert. Die Tram hielt gegenüber. Weitere Fahrzeuge brausten heran.

Die Wagontüren öffneten. Sie saugten die Wartenden vom Gehsteig und auch ein wenig vom Beleuchtungslicht. Bens Jacke flatterte hinter ihm her, seine Lunge brannte. Zehn Armlängen trennten ihn noch von der Tram. Die Türen schlossen. Bens Finger zielte auf den Knopf, das Licht erlosch, er streifte noch den Außenring des Knopfs.

Drinnen zog die Alte ihre Hand wieder zurück und packte die Leine ihres Dackels fester, er sah, ihre Falten und das Bedauern in ihren Augen. Er sah das Baseballcap, das von ihm zur Tür, zu ihm und wieder zurücksah, und das Mädchen, das die Blase ihres Kaugummis platzen ließ und auf das Etwas in ihren Händen starrte.

Shit. Er wählte die Nummer erneut und spickte auf den Aushang am Wartehäusl. Neunzehn Minuten. *Shit.* Ben legte auf und wählte wieder. Er hackte eine Nachricht in sein Telefon und aktualisierte sekündlich. *Komm schon, geh ran!*

Die nächste Tram nahm ihn mit. Sie kroch die Haltestellen entlang. Jede Minute, die sein Akku schrumpfte, schrumpfte die Geschwindigkeit seines Fortbewegungsmittels. Das Telefon in seiner Hand starrte ihn an und verweigerte jede Reaktion. Er wog das Krumpelwerk an Papier in seiner anderen Hand, er faltete es auf und las zum dreiundachtzigsten Mal.

Die Tram bremste. *Ach fuck.* Ben sprang auf. Die Tram schmiss ihn zurück auf seinen Sitz und der Alte vor ihm fiel, Bens Herz pumpte. Er schoss hoch, knallte sein Knie gegen eine Haltestange, und in seinen Armen landete ein papierleichter Körper.

»So a Glück, so a Glück aber o'.« Der Alte richtete sich auf und stich seine Hosen glatt. »Ts, ts, ts, do hob'n mir zwoa Glick g'habt.« Er tätschelte Bens Arm. Dann zeigte der Alte auf das Stück Papier in Bens Hand. »Lesen's ihr'n Liabesbrief weiter. Dia Sach'n fürs Herz, junger Mann, wissen's, am End' sind's die, die zähl'n.« Er setzte sich zwei Reihen weiter.

»Ähm, Glück, ja ...«, plapperte er nach. »Ähm ...« Ben lugte dem Alten hinterher. »Danke.« Mehr brachten seine Lippen nicht zustande, er senkte den Kopf und seufzte. *Liebe? Wenn du wüsstest.* Ihm fiel sein Telefon ein, er wählte.

Das Freizeichen tutete, dann endete der Ton. Sein Akku war beinahe leer. *Was ist denn nur los heute Abend?* Das Smartphone schrillte los und er schmiss es beinahe aus der Hand.

»Hey?«, krächzte Ben.

»Ja? Ben?«

»Leander! Endlich. Ich wähl mir die Finger wund und lauf ins Leere.« Ben sah aus dem Fenster der Tram.

»Mensch, Ben, was' los? Hast du schon mal auf die Uhr geguckt? Freitagabend, kurz nach zehn. Glaubst du, mir ist nach langen Telefonaten? Dein Glück, dass ich zu Hause bin. Unterwegs hätt ich dich nicht gehört.«

»Glaubst du, ich will dir ein Ohr abkauen? Du kennst mich doch besser!« Ben hörte Geräusche am anderen Ende der Leitung.

»Also Kumpel, was gibt's?«

Ben räusperte sich. »Alter, ich krieg Greta nicht ans Telefon. Und …«

Leander antwortet. »Und?«

»Und es ist wichtig. Und deine Wohnung liegt mitten im Glockenbach. Kann ich kurz vorbeikommen?« Bens Stimme zitterte. »Und ich hab kaum Akku.«

»Mann, du suchst also Greta? Und bist mit 'nem leeren Handy unterwegs? Was ist denn los mit dir?« Leander gähnte. »Klar, komm vorbei, wenn du denkst, das hilft. Beschwer dich aber nicht über meine Shorts und den Bademantel.«

»Okay.« Sein Akku schaltete aus. *Shit.*

Leanders Tür quietschte grüßend. »Immer noch nicht geölt.« Ben deutete auf die Angeln und schüttelte den Kopf. »Fauler Hund, du!« Er schlug in Leanders Hand ein. Mit dem Telefon zwischen Daumen und Zeigefinger winkte er dem Kumpel zu.

»Oh, Ben? Sag mal: Hast du keinen Strom bei dir daheim? Lädst du nicht, bevor du außer Haus gehst?« Leander lenkte ihn zu den Kabeln.

Ben knurrte. »War so nicht geplant.« Er wischte sich mit der Hand übers Gesicht. »Du weißt doch noch: unser Gespräch letzte Woche?«

»Samstag?«

»Ich hab's Greta noch nicht gesagt.« Er stieß seinen Schuh gegen den anderen.

»War mir klar. Und jetzt willst du das durchziehen? Jetzt?«, brummte sein Kumpel. »Woher die Panik? Du hast das doch nun über ein Jahr schon ausgesessen. Bis morgen kann das wohl warten?«

Ben riss den Kopf hoch, sein Herz pochte in seinen Ohren. »Greta ist heut' mit einer Freundin los. Keine Ahnung, wo sie unterwegs sind. Was, wenn sie was ahnt?«

»Alter!« Leander trat rückwärts ins Wohnzimmer und winkte ihn herein. »Du brauchst erst mal 'ne Flasche Baldrian! Komm mal runter.«

»Mh.« Ben flappte aus seinen Chucks und strümpfte hinterher. »Frauen haben einen siebten Sinn.«

Leander kehrte zurück und streckte ihm eine Flasche entgegen. »Besser als Baldrian.«

Das Bier kühlte erst seinen Mund, dann seine Kehle, dann langsam seinen Bauch und seinen Kopf. Ben lehnte sich auf der Couch zurück und drückte die Faust auf die Stirn. »Eigentlich hab ich nur«, erklärte er, »die ganzen Dateien sortiert und gesichert, unsere Bilder, und so. Und, na ja: Natürlich hab ich auch nochmal nachgedacht. Deswegen hab ich Greta nichts gesagt. Das ist auch richtig so.«

»Wie jetzt?« Leander lehnte sich nach vorne zu ihm. »Willst du mir sagen, du bist jetzt doch plötzlich happy und willst so deine Zukunft leben – nebeneinander her? Ben, sag mal: Hast du die Hosen voll, oder was?«

»Ach Quatsch«, wischte er die Worte davon. »Nein. Unsere Beziehung zu beenden, ist schon richtig.«

»Aber?«

»Aber ich will mit Greta vernünftig reden.« Er zuckte mit den Schultern und zog seinen Kopf ein.

Leander verdrehte die Augen. »Oh, Junge. Jetzt, oder was? Wolltest du das ganze Viertel durchkämmen, um sie zu finden und dann sie und ihre Freundin auseinanderreißen? Ist ja total vernünftig.«

Feuer schoss in Bens Wangen, er sackte zusammen auf der Couch.

»Wahnsinnsplan.« Sein Kumpel stand auf, schüttelte den Kopf und holte noch zwei Bier. Mit einem Plopp flog der Korken in die Spüle, Leander schlurfte zurück. »Ich erklär dir das mal: Hier in dieser WG lebt auch 'n Mädl. Die ist total gechillt, meistens ist die eh nicht da, und unser anderer Mitbewohner hat gekündigt. Sie ist eine meiner besten Freunde, kriegt ihren Shit auf die Kette, tritt mir ab und an in den Arsch, dass ich meinen geregelt krieg. Ich glaub, das ist jetzt längst überfällig, Ben: Wie hart soll ich dich treten, damit du endlich den Schlussstrich ziehst – bevor du Greta verletzt, weil das Leben oder die Liebe dazwischen kommt.

Und – mieses Karma, aber – wenn Liebe dazwischen reinkommt, dann kommt irgendwas unter die Räder: Greta, du, die neue Liebe, oder alles drei.« Ben setzte an, Leander hob den Finger und verbot ihm das Wort. Er hob die Flasche und Bier gluckerte in seinen Hals. »Ich bin noch nicht fertig! Ich wiederhole: Unser Mitbewohner ist weg. Ein Zimmer frei. Wenigstens übergangsweise. Wenn das kein Zufall ist, Ben. Regel das mit Greta endlich. Und bitte: …« Er lehnte sich wieder vor und fixierte Ben. »Tu. Es. Bald.«

Ben atmete aus und fiel zurück in die Couch, murmelte, dann öffnete er wieder die Augen und deutete auf seinen besten Freund, dann zu sich. »Oh Mann. Tut mir leid. Echt. Ich wollte nicht …«

»Schon gut.« Leander drückte ihm das Bier in die Hand. »Ist nicht einfach, die Jahre aufzugeben und wegzuschneiden, was man gemeinsam hat.«

»Ich mag Greta. Ich will nicht, dass sie es von jemand anderem erfährt. Sie hat mehr verdient.«

»Schon klar, Kumpel.« Leander lachte. »Dann zieh es endlich durch, Ben. Meine Nerven halten das nicht aus.« Er hob das Bier, sein Finger zielte auf seinen Bauch. »Und meine Leber auch nicht. Das ist ja schlimmer, als vor eurer *offiziellen* Beziehung. Mann: Entscheid dich und zieh's durch.«

»Die Leber ist auf der anderen Seite, du Knaller«, grinste Ben und prostete ihm zu.

#24 NORA – NACHTLEUCHTEN

Ja klar, blubberte der Messerwerfer in Noras Kopf und aktivierte ihre Sensoren. Ihre Muskeln spannten sich. *Netter Spruch.* Sie lauerte auf seine nächste Reaktion.

Silas drehte sich zur Trauerweide an der Brücke. »Ich kann mir nicht helfen: Immer erinnert mich das an diesen Film in Paris von Woody Allen. Den Namen weiß ich nie, nur das Cover brennt in meinem Kopf: der Mond und der Fluss und die Sterne über der Stadt, die Pinselstriche wie bei Van Gogh.« Wind strich durch ihr Haar und trieb die Zweige der Weide über den Fluss. Silas setzte den Spaziergang fort.

»Ich weiß, was du meinst. Schöner Film.« Sie lächelte. Ihre Schritte federten in Silas' Tempo, ihre Arme schwangen im Takt. »Das goldene Gestern, das ungewisse Morgen – dazwischen müssen wir uns entscheiden, wohin wir unseren Weg und unsere Gedanken lenken. Wählen wir das Bekannte, oder schaffen wir Neues? Da fallen mir gleich noch einige ähnliche Filme ein.«

»Und viele Bücher«, ergänzte er. »Bei einem Glas Wein könnten wir bis zum Morgen dazu philosophieren.«

»… bis ins nächste Jahr, vermutlich.« Nora deutete in Richtung Münchner Freiheit. »Mit den ganzen Bars in dieser Ecke – da finden wir sicher ein Glas Wein oder zwei. Ich hab gehört: Die verkaufen das sogar.«

»Nicht dein Ernst!« Silas schlug die Hand vor den Mund. »Das ist ja ungeheuerlich. Das sollten wir prüfen.«

Nora folgte seinem Blick zum Kirchturm. *Halb zwei.* Sie verengte die Augen und starrte weiter auf die Uhr. *Halb zwei. Wo ist die Zeit hin gerast?*

Silas zögerte. »Freitag sind die Bars ziemlich voll. Dann haben wir Wein, aber keine ruhige Minute mehr.« Er sah sie an, suchte ihren Blick. »Lieber höre ich noch eine Weile deine Stimme und verzichte auf Wein.« Er lachte und schob das Echo seines Lachens wieder hinterher.

»Wenn du schon nicht beides haben kannst?«, scherzte sie.

»Genau!« Er legte den Kopf schief und die Nacht legte Dunkelheit über sein Gesicht. »Beides oder das Bessere.« Wolken versteckten den Mond. »Der Abend mit dir ist einfach zu schön.« Zwei Lachen stahlen sich durch die Straße davon.

Nora runzelte die Stirn. »Mh«, sagte sie. Der Wind zupfte in ihrem Nacken, ihr Bauch grummelte. »Danke«, sagte sie und lächelte ihn an. Sie ging weiter, er nicht. Seine Miene veränderte sich, etwas darin stimmte nicht. Ihr Messerwerfer ging in Position, ihre Neugier zippelte.

»Nora«, sagte er, und sie blieb stehen. Er nahm ihre Hand. »Nora, ich habe eine Freundin.«

Ein Güterzug knallte auf Noras Hirn. »Was?« *Freundin? Wie: Freundin-Freundin?* Das Kinn des Messerwerfers klappte zu Boden. »Wie? Also du bist noch in einer Beziehung?«

»Hast du mir vorhin zugehört?«

Ihr Kopf nickte. Sie riss die Augen auf. Sie murmelte. »Damals. Ich dachte, du hast damals gesagt. Aber …« Nora sah sich um. *Wo bleibt die Kamera?* »Warum bist du dann in der App? Ist das ein Scherz?«

Er schüttelte den Kopf. »Sieh mal, es ist so …« Er wich ihrem Blick aus. »Nora, da läuft nichts mehr. Seit zwei Jahren ist das eine Fernbeziehung. Meine Freundin … « Er fuhr sich übers Gesicht, dann durchs Haar. »Wir haben uns kennengelernt, und zwischen ihr und mir, das war eine Affäre. Und dann wurde eine Beziehung daraus, schließlich eine Fernbeziehung. Wir reden kaum noch.«

»Und jetzt?«

»Und jetzt …« Er sah sie an.

Nora sah an sich hinab, sah wieder hoch und an ihm vorbei. »Äh …« der Güterzug in ihrem Hirn hupte, und jeder ihrer Gedankenfetzen sprang davon.

Silas lächelte sie an. »Die Zeit mit dir ist so schön, Nora. Du bist wunderschön. Ich will dich wiedersehen.« Er hob ihr Kinn.

Rauch schmeckte sie, und sie schmeckte Minze. Weich ahnte sie seine Lippen an ihren und warm. Sie atmete den Duft seiner Haut. Er wartete, blieb Haut an Haut, und seine Wimpern neckten ihre Wange. Sie spürte Wärme in ihrem Rücken. Sein Körper war näher bei ihr. Seine Finger berührten ihre Stirn, sie strichen ihr Haar zur Seite.

Nein! Der Messerwerfer stampfte.

Nur ein *Kuss!*

Ihr Hirn schmiss hin, die Neugier übernahm. *Ein Kuss.* Lust stahl sich heran.

Sie fühlte seine Lippen, wollte sie kosten. Sie schloss die Augen. Er war herb und zart. Seine Zunge touchierte

ihren Mund, lockte ihre, und sie fand ihn. Ihre Hand
wagte sich an seine Brust, wanderte über sein Kinn. Sie
streckte sich, suchte ihn und fand.

Die Welt versank. Ihr Kopf war still. Ihr Körper glühte.

Sie riss sich los. Ein Lächeln verklebte ihr Gesicht. Ein
Lächeln spiegelte sich auf seiner Miene. Seine Augen
waren zu. Ihre Hand hielt er noch immer. Er drückte
sie. »Ich will dich wiedersehen, Nora. Willst du das
auch?«

#25 FELIX – GEWITTERTAGE

Sie hatte diesen Blick, und sie sah ihren Milch-Kaffee an, als wäre er der einzige auf der Welt. Ihre dunkelblaue Clutch nahm den halben Tisch ein, und Nora notierte in ihr Buch, als ginge es um ihr Leben. Felix wusste, er fände Nora hier. Fast immer. Hier war sie, wenn sie sich samstags aufraffte, wenn ihr die Wohnung zu klein wurde, die Stille zu laut, und die Pläne und ihre Sehnsucht zu groß.

Er beobachtete Nora noch ein wenig durchs Fenster. Er wusste, weshalb sie das mochte. Im Hintergrund – am langen orangenen Tresen – zählte eine Familie das Geld für die Eintrittskarte ins Museum ab. Felix ging entlang am Glas und an den Kanten und an den Zitaten auf den Fensterfronten und bog um die Ecke. Er fragte sich, warum das so schön sein konnte, dieser Kontrast. Die rauen Steine zu diesem Würfel gefügt, der Kubus aus Glas, die goldenen Dreiecke darin. Zelte. Die Spitzen und Bögen, die Rundfenster und Türme, das Museum der Stadt gegenüber. Der freie Platz. Das passte nicht. Und das passte doch zusammen. Es war fremd, und es war schön, wenn man sich einließ darauf. Er mochte den Platz, das Café, und Nora mochte das auch. Und hohe Räume und Bücher in der Nähe. Seit immer.

Sie sah nicht auf. Er stand an ihrem Tisch, blickte auf ihren Scheitel. Sie erwartete ihn nicht, niemanden. Felix erhaschte einen Blick auf Grafiken, auf skizzierte

Zeitpläne und eine Liste von E-Mail-Adressen und Websites und Notizen dazu. Ihr schwarzes Buch.

Felix zog den Stuhl über die Steinplatten, und sie schreckte auf. Dann lächelte sie. Nora sprang auf.

»Was machst du hier?« Sie fiel um seinen Hals. Wie dünn sie war.

Er lächelte und setzte sich. Sie sah ihn an, nahm seine Hand. Die andere Hand räumte den Tisch frei und schob ihm die Speisekarte hin. Ihre Augen ließen ihn nicht los. Er konnte nicht anders als schmunzeln. Sie zog die rechte Augenbraue hoch, dann nickte sie.

»Kaffee hilft gegen alles. Und für alles auch. Die haben guten hier.« Sie checkte die Uhrzeit auf ihrem Telefon, und ein Lächeln leuchtete auf und verglomm. Sie drückte die Nachricht weg. »In 'ner Stunde ist auch Wein okay, Bruderherz.«

Felix tippte auf die Seiten vor ihr, sie griff nach dem Stift und vervollständigte einen Satz. »Was wird das, Nora?«

Nora kaute auf ihrer Unterlippe und machte ihr Mafiagesicht. Sie senkte den Kopf, die Stimme und sah ihn unter ihren Wimpern hervor an. »Kann ich dir vertrauen, Signore?« Sie betonte jede Silbe, lehnte sich vor und duellierte sich mit seinem Blick. Dann nickte sie. Sie drehte das Buch ein wenig und schob es zu ihm hin. Ihre Finger fuhren über die Grafiken.

Er runzelte die Stirn, blickte sie an und wieder ihre Notizen. Felix nickte. »Wow, Schwesterherz. Das sieht gut aus, die Skizzen und so. Ist das …?«

»Meine Spielerei im Moment.«

»Klar.« Er legte den Kopf schief und verneinte.

Nora presste die Lippen aufeinander. Sie zog das Buch zurück, klappte es zu, klemmte ihren Schatz vor die Brust. »Okay. Es ist mehr.«

»Das sieht nach 'nem Plan aus. Ein Business? Deines?« An der Theke gegenüber schredderte die Mühle Bohnen klein, Felix studierte die Tafel darüber. Sie pries Flammkuchen an, mit Feigen und Ziegenkäse.

»Japp. Aber …« Nora seufzte, seine Aufmerksamkeit war wieder bei ihr. »Ich muss noch rausfinden, ob und wie viel Interesse besteht, wenn ich das auf die Beine stelle, wie hoch die Einnahmen und Ausgaben sind. Und ich muss rechnen, ob ich das leisten kann. Und vielleicht auch, welche Unterstützung es gibt.«

Felix deutete auf das Buch. »Klingt ja sehr geheimnisvoll. Was genau machst du dann, Nora. Ist das dein Rettungsseil?«

Sie schüttelte den Kopf. »Das ist erst mal eine Idee. Ich hab ja einen Job, den ich mag, und der zahlt meine Miete.« Ihre Hand griff zur Tasse. »Und das da.« Sie trank einen Schluck, und Felix bewunderte den Milchschaum, der nicht nur den Kaffee, sondern nun auch ihre Oberlippe zierte.

Er grinste, zeichnete ihr den neuen Bart an und genoss ihr kleines bisschen Verlegenheit. Bei dem Café-Mitarbeiter bestellte er einen für sich. Milchkaffee. Und Flammkuchen. »Also schiebst du's erst mal auf die lange Bank, bis dir jemand anders zuvorkommt, oder«, er räusperte sich, »bis etwas anderes sich zuspitzt. In deinem Frankfurt.«

»Gar nicht. Und das ist nicht mein Frankfurt. Sicher nicht. Aber so einfach ist das nicht«, beharrte sie. »Da gibt es viel zu bedenken, viel Organisatorisches. Da muss ich auch erst mal durch und eventuell auch durch ein bisschen Behördenkram.«

»Crazy Shit. Die Welt lässt dich also gar nicht so allein mit deinen Plänen.« Felix rückte näher. »Aber ich sag dir was: Wer will, der macht. So ist das und nicht anders. Also: pack's an! Versteck dich nicht hinter Ausreden.«

Sie schob ihr Kinn vor, verengte die Augen. Ihr Buch drückte sie noch fester an sich.

»Und fang jetzt ja nicht an«, kam er ihr zuvor, »dass ich von dem ganzen Thema und dem Aufwand keine Ahnung hab. Pack dich selbst an der Nase.«

Nora schoss Blicke auf ihn. Sie blieb still. Er wandte die Augen nicht ab, beinahe wie früher. Und wie früher würde sie ihn anknurren, wenn das Café nicht wäre. Sein Milchkaffee kam. Hinter der Theke knallte ein Glas zu Boden, zerbrach. Noras Miene änderte sich. Felix sog Luft ein, er lehnte sich zurück und vertiefte sich ganz schnell in den Milchkaffee.

»Apropos, mein Bruderherz: Was machst du hier?«

Er stellte die Tasse ab und verschränkte die Finger auf dem Tisch.

Sie sah sich um. »Ohne Tony?«

Felix nickte. Er zog die Schultern hoch. »Vielleicht war das mit der Hochzeit doch keine gute Idee.«

»Oh, Felix!«

»Was denn?«

»Ihr habt gestritten«, erinnerte sich Nora.

Felix drehte seine Handflächen nach oben. »Alles nur wegen nichts. Eigentlich.«

Noras Augenbraue zuckte hoch, sie nickte ihm zu, forderte mehr Infos.

»Ich hab immer noch keine Band gefunden. Also schließt er, mir sei das nicht wichtig, und an ihm bliebe alles hängen.« Felix verdrehte die Augen und griff erneut zum Kaffee. Sein Kiefer spannte sich. »Vielleicht sollte ich beim Junggesellenabschied doch besser den letzten Abend in Freiheit feiern, bevor ich mir die Ketten anlegen lasse«, grimmte er.

»Hey, Bruderherz …«

»Vielleicht haben diese Kostümclowns recht mit ihren albernen Spielen: Nach der Hochzeit ist alles vorbei.«

»Felix?« Nora beugte sich über die Tischplatte und fischte nach seiner Hand.

Seine Augen wurden Schlitze, irgendwo in seiner Mitte kochte eine kleine Flamme einen Topf voll Zorn. »Was?«

»Du weißt doch, wie das ist. Der eine sagt: Was ist das für ein Gewürz im Essen? Der andere versteht: Es schmeckt nicht. Und zack: Schon hast du ein hübsches Missverständnis. Vielleicht war der eine aber einfach überrascht von dem neuen, ungewohnten Geschmack und hatte wirklich Interesse an der Antwort. Und der andere einfach 'nen schlechten Tag.«

»Ernsthaft? Kommunikationstheorie?«

»Felix, vielleicht glaubt Tony, dass er dir nicht wichtig genug ist.« Sie lehnte sich zurück und beobachtete ihn.

Er wandte den Blick ab. »Hallo? Wir heiraten, offiziell und vor der ganzen Welt. Ist das kein Beweis? Was braucht er denn noch?« Felix knallte die Tasse auf den Tisch und überschwemmte den Untersetzer. »Shit. Ach, was weiß denn ich.« Mit seiner Serviette trocknete er die Kaffeesprenkel vom Tisch. »Tony sollte es besser wissen. Und wenn ihm das nicht genügt, genüge ich ihm dann?«

Ihre Haare fielen ihr über die Schulter, als sie nickte. »Felix. Das ist nicht euer erster Streit, der letzte auch nicht. Aber Tony ist der, mit dem du an deiner Zukunft bauen willst. Hat sich daran was geändert?«

»Nein.« Er musterte Nora. »Ich denke nicht.«

»Du denkst nicht?« Sie zog die Stirn in Falten. »Tolle Antwort«, ätzte sie. »Hör mal, Felix: Tony und du, ihr seid ein tolles Team. Denk drüber nach. Bitte brich jetzt nichts übers Knie.« Sie seufzte. Und ich glaube, ihr beide solltet mal reden. In Ruhe.«

Felix verdrehte die Augen. Er atmete tief ein.

Zwei Tische weiter saß ein Mann. Falten gruben sich in sein Gesicht, er stierte vor sich hin, die Hand am Stil des Weinglases zitterte. Seine Kleidung war schwarz, sein Blick leer wie das Glas. Hatte er jemanden verloren oder gab es niemanden?

Felix spürte: Das Feuer in diesem Mensch war erloschen, und auch das in seiner Mitte war gelöscht.

#26 NORA – SHOW & SCHEIN

Durch seine Haut drückten die Knochen, schwarze Ringe umschatteten die Augen. Daniels Notizbuch blieb geschlossen, sein Blick wankelte über die Anwesenden im Besprechungsraum bis zu ihr. Er presste die Lippen aufeinander, hing in seinem Stuhl, niedergedrückt.

Ekel brodelten von Noras Fingerspitzen bis in ihren Bauch und Wut. *Wovon eigentlich?,* ätzte ihr Kopf.

Sie krallte sich in ihren Sitz. Sie atmete, lockerte den Griff. *Ich bin schlecht. Schlechte Gedanken.* Nora lehnte sich zu ihren Notizen und las. *Die Frau hat Krebs, und es nimmt ihn mit. Und die Kinder. Er ist ihr Mann, immerhin.*

Der dich angebaggert hat. Unpassend, bellte die andere Stimme in ihr. *Und jetzt heuchelt er Sorge und Schmerz.* Die Worte bissen durch ihre Gedanken. *Sie ist nicht krank, weil du darum gebeten hast.*

Schnauze. Sie unterdrückte ein Schaudern. *Er ...* Sie kniff die Lider zusammen. Ihr Blick zuckte zurück vor seinem, der immer noch auf ihr lag. *Er ...*

Der Messerwerfer knurrte. *Nein, nicht. Da sind keine Gefühle und keine Moral. Belästigung geht gar nicht. Er hat eine Frau.*

Nora zuckte und drängte das Bild vom Wochenende fort. Sie lehnte sich im Stuhl zurück. *Voll daneben,* stimmte sie zu, dann richtete sie sich auf. *Aber nicht alles ist schwarzweiß.*

Und einen Arsch wegen sexueller Belästigung anzuge-
hen, dessen Frau Krebs hat und er drunter leidet – da-
für fehlen dir die Eier. Ihr Messerwerfer stampfte auf.
Scheiß-Karma.

Klappe da drin. Nora runzelte die Stirn. Sie starrte
auf die Tür und auf den letzten Kollegen, der gerade
eintrat.

Daniel sprach, der Stift in seiner Hand zitterte. »Guten Morgen ...« Seine Zunge schlüpfte über die Lippen.
»... zusammen. Starten wir in die Woche. Nora ...« Er
sah ihr in die Augen. »Fängst du an?«

Nora zog ein Lächeln auf ihre Miene, stellte die Kaffeetasse ab. *A...* Im letzten Moment erwischte sie den
Henkel und zog sie zurück auf den Tisch. *Aber sicher.*

»Sicher.« Der Raum wurde dunkel, der Beamer stellte sie ins Licht, alle Augen waren bei ihr. Keiner sah
etwas anderes. Daniel drehte sich nach vorn, wandte
sich ab von den Kollegen. Er lehnte sich zurück, seine
Lider sanken ein wenig, seine Mundwinkel hoben sich.
Nora krampfte sich an ihr Lächeln. Ihre Kehle schnürte
sich zu, sie räusperte sich, atmete tief durch. Er maß
ihre Boots, ihren Rock, zählte die Knöpfe ihrer Bluse.
Sie ahnte, in Gedanken startete er sein persönliches
Kino. Sie konzentrierte sich auf den Vortrag, auf die
Kollegen, auf Ben.

Zur Hölle. Nora drückte die Fernbedienung, hinter ihr
erschien die erste Grafik an der Wand. *Mein Job. Meine
Bühne. Nur weil er seinen Sabber neben mir auskippt, heißt
das nicht, dass ich rutsche, dass ich falle.*

Sie lenkte die Zahlen und Bilder hinter sich, sie zeigte
ihren Kollegen ein Gipfelkreuz und den Weg dahin.
»Fragen?« Daniels Hand war in der Luft. *Du nicht.* Die

Worte blieben in ihrem Kopf. Und Nora hasste sich dafür. *Weshalb ... können sie nicht einfach raus?*

»Niedlich. Hast du eigentlich verstanden, was diese Zahlen bedeuten, die du auf die Folien gepinselt hast?«

Nora trat einen Schritt vor. Sie klickte noch einmal auf die Fernbedienung, ein weiteres Bild erschien hinter ihr. »Das ist die Zahl, die entsteht, wenn wir das alles nicht umsetzen.«

Daniels Mund öffnete sich für eine Antwort, doch der Raum blieb still.

»Wir können zusätzlich Papier, Wege und Arbeitsschritte sparen. Unsere Auftraggeber und Kunden haben geringeren Aufwand damit. Auf welchem Stand welcher Auftrag ist, lässt sich jederzeit finden, die Infos werden elektronisch abgelegt, die Bearbeitung wird klarer und kürzer. Mit demselben Personal bearbeiten wir mehr, gleichzeitig schaffen wir Raum. Die Aufgaben können überall bearbeitet werden. So schaffen wir sogar mehr Zeit – zum Beispiel mehr Zeit für die Familie.« Der Satz schnitt durch das Zimmer.

»Oh«, sagte er.

Nora holte die Kollegen ein. An deren Seite diskutierte sie sich aus Daniels Reichweite. Hinter ihrem Schreibtisch verbarrikadierte sie sich und hackte ihre Worte und ihre Wut in die Tastatur. Erst der Abend brachte Ruhe über sie. Das Licht in Daniels Büro war längst erloschen, das Echo seiner Stimme im Gang schon seit Stunden verstummt.

»Das war gut, Nora, richtig gut.« Ben stand an ihrem Tisch und grinste. »Daniel hast du's heute gezeigt! 'Nen Drink zur Feier des Tages? Ich nehm auch den ausstehenden Kaffee.

Sie stützte die Arme auf den Tisch und bettete das Kinn in ihren Händen. »Nach feiern ist mir nicht.« Auf ihrem iPhone leuchtete eine neue Nachricht, ihre Gedanken schweiften ab.

»Ach was! Krieg deinen Arsch hoch, Kriegerin! Das hast du gut gemacht. Jeder hat mitgekriegt, was für ein Kaliber du bist. Das ist der beste Weg, Daniel in seine Schranken zu weisen. Das ist ...«

»... wohl auch der einzige Weg überhaupt.« Nora knurrte, ihre Mimik kippte in Schieflage.

»Kein schlechter, würd ich sagen.« Ben musterte sie. »Ach, Nora, was willst du denn? Gottes Blitz und Donner auf ihn?« Er wandte sich über die Schulter um. Außer ihnen war niemand mehr auf dem Stockwerk. »Irgendwie ist das ja sogar der Fall.«

Sie rollte weg vom Tisch, federte hoch. »Ach, verdammt nochmal. Ich weiß es nicht. Gerechtigkeit. Das wär 'ne gute Sache für den Anfang.« Nora warf die Arme in die Luft. »Aber so, wie es jetzt ist?« Sie schüttelte den Kopf.

Ben trat um den Tisch und besetzte die Kante. »Weißt du, Nora: Rache serviert man kalt am besten. Daniels Verhalten ist das Letzte – besonders als Vater von zwei Kindern, als Partner seiner Frau.« Er schüttelte den Kopf. »Dafür hat er jegliche Konsequenz verdient. Ich glaube, für dich wird die Gelegenheit kommen, aber nicht so schnell, nicht jetzt.« Er deutete auf sie. »Das Schlimmste, was du jetzt machen kannst: Die Sache zu überstürzen und zu verdrängen, wie gut du bist. Halt dich doch nicht selbst davon ab, das Leben zu feiern.«

»Hey! Das sind drei Sachen, Ben! Mindestens.« Sie reckte ihre Zunge gegen ihn, dann seufzte sie. »Die Zeit kommt?« Sie zog die Augenbrauen hoch. »Das denkst du?«

»Deine Zeit kommt. Und unsere Zeit ist jetzt! Auf: Lass uns feiern.«

Nora schnaubte ein Lachen. »Ich krieg dich vorher eh nicht los, was, Ben?«

»Keine Chance! Du hast fünf Minuten. Dann ziehen wir los.«

Auf dem Weg zum Fahrstuhl erhaschte sie einen Blick auf die Nachricht.

> Silas
>
> Freitagabend war wahnsinnig schön. Ich hoffe es gibt eine Revanche. Bald!
>
> 19:47:28

Ein Lächeln überfiel sie. Sie zwang es mit dem nächsten Wimpernschlag davon. Ben brauchte das nicht zu sehen. *Verdammt, was tu ich nur? Silas hat eine Freundin.*

Und Daniel eine Frau. Der Schwarzseher trollte durch ihren Kopf. *Interessanter Maßstab.*

Die Beziehung ist tot.

Sagt er. Aber er beendet sie nicht.

Nora erinnerte sich an Silas' Erzählung. *Die Beziehung ist aus seiner letzten Affäre entstanden.*

Und jetzt hoffst du auf den Sonnenuntergang und den Prinz mit … Schimmel. Ihr Messerwerfer lachte sich krumm. *Der Schimmel-Prinz.*

Ach, Shit! Was weiß denn ich. Der Abend war schön.

Der andere flüsterte. *Seit einer langen Zeit. Ein schöner Abend mit einem Date.*

Nora bog um die Ecke und durch die Glastür. Ben hielt den Fahrstuhl für sie auf. Der Motor ihres Gedankenkarussells rumpelte, stolperte, bremste. Sie steckte das Telefon weg und sprang in den Lift. »Los!« Sie warf ihm ein Nicken zu. »Und du kriegst nur Kaffee, ist dir schon klar!«

Draußen in den Seitenstraßen vor den Glücksspielkneipen rotteten Gerippe mit dunklen Augenhöhlen. Der Wind blähte die Ansammlung von Kleidern und Verzweiflung auf und wehte sie beinahe hoch zu den Turmmonstern, die ihre Schatten warfen. Dämmerlicht schummerte aus den Sexshops daneben. Die nicht jungen Mädchen davor spürten die Kälte auf ihrer nackten Haut seit langem nicht. Nora sehnte sich nach Handschuhen, ihre lagen in der Wohnung in München auf dem kleinen Board.

Die erste Bäckerei löste die Stripclubs ab. Nora marschierte weiter und Ben hinter ihr. Eine Querstraße und noch eine Seitenstraße. Die Bar war hinter dem Spiegel, die Stühle leer, der Tresen schwarz. Nur die Tischplatte leuchtete rot. Der Wein schimmerte golden im Glas, kupfern, wenn das Glas auf dem Tresen stand und rot, dann war es leer, und Noras Kopf kribbelte.

> **Nora**
>
> Danke. Hoffe, du hast noch ein wenig Schlaf abgekriegt. Ich fand den Abend auch sehr schön.
>
> 20:41:15

> **Silas**
>
> Wann seh' ich dich wieder? Bald!
>
> 20:41:15

Wann? Sie starrte das Display an und spürte ihre Mundwinkel wandern. *Vielleicht* ... Ben kam zurück und lächelte ihr auf seinem Weg von der anderen Seite der Bar zu. Nora stopfte ihr Smartphone zurück in die Tasche.

Ihr Bauch schmerzte und ihre Bauchmuskeln noch mehr. Nora japste nach Luft und hatte Tränen in den Augen, doch Ben kannte kein Erbarmen, und jedes Mal setzte sie auf die Geschichte, die er ihr servierte, noch eins drauf.

Wann hatte ich zuletzt so einen Abend? Ihr Kopf war leicht und alles hell, ihre Gedanken kreiselten und sprangen, und der Kellner teilte den Rest der zweiten Weinflasche auf ihre Gläser. »Ups«, sagte sie. »Das muss verdunstet sein.«

»In deiner Kehle«, konstatierte Ben.

Nora wehrte ab. »In deiner! Sieh mich an, wo sollte das denn alles hin? Ich bin ja nur ungefähr halb so groß wie du.« Sie stand auf. Sie schlug die Hände vors Gesicht. Die Bar drehte sich ein wenig weniger.

»Aber doppelt so betrunken!«

»Oh je!«, sagte sie und plumpste zurück auf den Hocker. »Ich muss heim.«

Ben schob die Gläser zur Seite und winkte nach der Rechnung. Er beugte sich zu ihr. »Wir zwei müssen das. Ich bring dich zu deiner Wohnung.«

»Das kannst du gern versuchen, Ben«, grinste sie. Sie schlüpfte vor ihm aus der Tür der Bar. »Ist aber ein bisschen weit nach München.«

»Echt jetzt, München?« Ben stutzte und musterte sie. »Stimmt, dann hast du ein Hotel hier. Dann begleite ich dich dorthin.«

Er roch nach Frische, nach Sternenhimmel und dem Fluss, der durch Steilwände von Gebirgen ins Tal rauscht.

Nora setzte sich auf, krächzte. »Nein.« *Ben ist ein Kollege. Mit dem ich mich gut verstehe. Punkt.* Sie räusperte sich, fand ihre Stimme. »Nein, Ben, das schaff ich schon. Allein«

Er runzelte die Stirn und musterte sie. »Mein Hotel liegt auf der anderen Seite des Bahnhofsviertels.«

»Dein Hotel? Du bist nicht aus Frankfurt?« Nora hob den Kopf.

»München. Wie du. In welchem Viertel bist du im Hotel?«

»Europaviertel. Das schaff ich ganz gut dorthin.« Sie ballte die Faust und schob ihren Kiefer vor. »Ich bin schon groß, keine Sorge. Aber bis zur U-Bahn haben wir den gleichen Weg.«

Ben drückte sie zum Abschied, schlang seine Arme um sie und hielt sie fest für mehr als einen Moment. Er sah ihr in die Augen. »Sicher?«

»Komm gut heim, Ben. Und Danke für … Du weißt schon.« Nora wischte in Richtung der Wolkenkratzer und übers Bahnhofsviertel.

»Gern«, sagte er. »Immer.« Der U-Bahn-Schacht verschlang ihn, und die Rolltreppe brachte Nora in die andere Richtung. Sie grinste. *Was für ein Abend!* Die Gedanken in ihrem Kopf schwummerten noch hin und her.

> **Silas**
>
> Freitagnacht hat sich in meinen Kopf gebrannt. Ich kann nicht anders, als ständig dran zu denken.
>
> 22:52:35

> **Silas**
>
> **Wann?**
>
> 23:41:17

Er. Ein Lächeln zuckte in Noras Mundwinkeln.

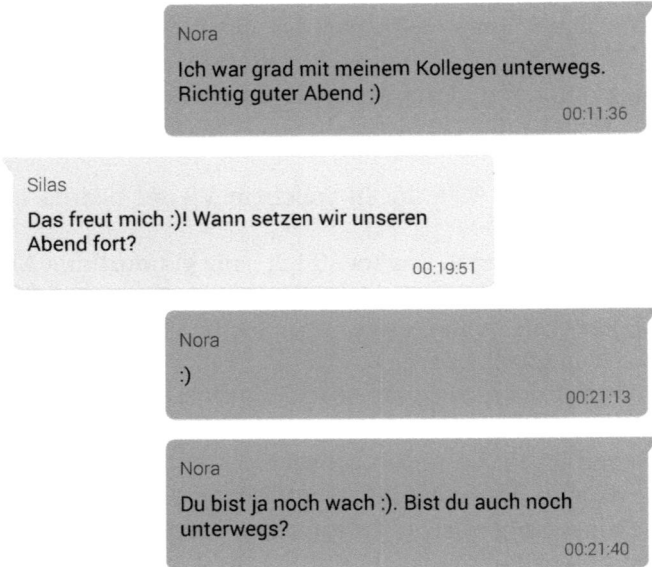

Sie seufzte und tippte. *Ja, verdammt. Den Sonnenuntergang, den will ich. Liebe ist eine Entscheidung, oder nicht?*

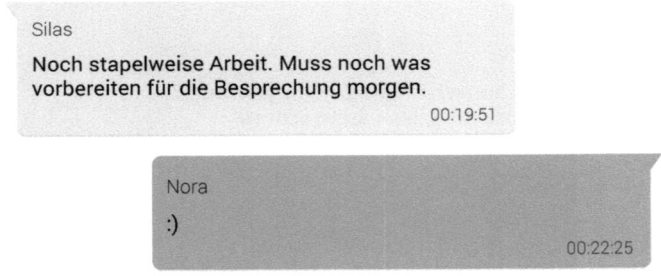

Nora

Wie sieht es Sonntag bei dir aus? Oder Donnerstagabend. Dazwischen bin ich in Zürich bei Freunden. Ist zwar noch eeeeeewig hin, aber ...

00:25:40

Silas

Sonntag kann ich nicht. Ich schau wegen Donnerstag.

00:26:07

Nora

Okay! Dann erst mal gute Nacht und schlaf gut!

00:26:53

Silas

Du auch und schöne Träume! Ich träum von dir.

00:28:07

Sonntag nicht. Der Alkoholnebel löste sich nach und nach. Nora grinste nicht mehr.

Sonntag ist er bei ihr, giftete der Messerwerfer durch den Krissel in ihrem Hirn. *Aber das wolltest du. Liebe und so ...*

Meine Entscheidung, grummelte sie.

Der Messerwerfer knurrte. *Liebe ist eine Entscheidung. Schon klar. Aber: Was, wenn sie auf den Falschen fällt?*

Klappe! Sie presste die Augenlider zu.

DIENSTAG

> **Silas**
> **Donnerstag geht!**
>
> 07:01:48

Oh Mann, will ich das wirklich? Nora legte das Handy auf den Nachttisch. Unter der Dusche brühte sie sich den Schlaf von der Haut. Ihr Schädel pochte hinterher noch schlimmer. *Will ich nach vier Jahren so jemanden? Erst wenn Netz und doppelter Boden gezogen sind, macht er den Schritt – oder den Schnitt.* Regen fraß sich ab dem ersten Schritt nach der Haustür durch ihren Mantel und in ihre Knochen. Wenigstens das Büro war noch leer.

Die Kaffeemaschine ratterte die Bohnen klein. Sie rieb sich die Schläfen. Bei jeder Umdrehung hüpften die Schmerzen gegen ihre Schädeldecke, bei jedem Tastaturanschlag genauso. Der Kaffee spülte nichts davon weg. Aber er schmeckte, und er wärmte. Sie spickte durch die Pflanze. Bens Platz blieb leer. Der zweite Kaffee linderte die Schmerzen in ihrem Kopf, mit dem dritten Kaffee kamen die Kollegen.

Sie verkroch sich hinter ihrem Drachenbaum. Ihr Telefon klingelte.

»Nora?« Ben stöhnte durchs Telefon. »Dich kriegt nichts klein, oder? Ich komm später, mein Kopf explodiert gerade. Oh Gott. Und ich nehm den Rest der Woche Urlaub.«

Sie nickte, dann erinnerte sie sich daran, zu sprechen. »Ja, Ben, bis dann. Gute Besserung.« Noch immer war die Nachricht auf dem Sperrbildschirm ihres iPhones. *Wird er der Grund in München zu bleiben? Weg von hier. Er will mich wiedersehen.* Ihr Blick gleißte durchs Büro, aus dem Fenster, auf die Türme. *Gefunden, verloren, wiedergekriegt.* Sie zerrte an der Erinnerung von Freitagabend. *Das erste Date war perfekt. Unsere Unterhaltung, sein Kuss …*

Seine Freundin …, warf die andere Stimme ein.

Nora entschied.

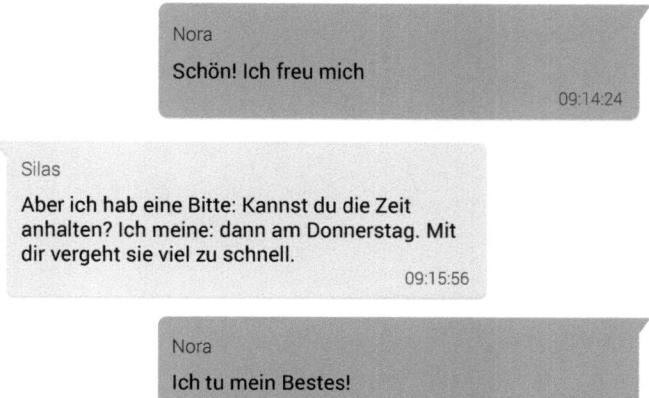

Nora

Ich bin grad durch den Regen – und jetzt hier im 13. Stock. Mein Blick aus dem Fenster: die Straßen, der Fluss hupender Autos, die Wolken, Frankfurt – mausgrau. Ich wünschte, ich wär in München.

10:55:23

Silas

Und du hier bei mir.

10:59:11

Nora

:). Dann hoff ich aber, dass du grad viele Kopfschmerztabletten in deiner Nähe hast.

11:22:08

Silas

Die Kopfschmerzen kriegen wir schon weg ;). Komm erst mal zurück.

11:25:32

Nora

:)

12:11:13

Silas

Mittlerweile schneit es hier.

15:35:53

Nora

Hier wagt sich die Sonne raus.

16:25:11

Nora

Trotzdem könnt ich mir 'nen besseren Ort vorstellen.

16:27:46

Silas

Hier musst du erst durch 'nen Schneesturm.

18:57:24

Nora

Alles klar: Wo ich bin, ist das bessere Wetter ;)

19:02:19

Nora

Bin in meiner Lieblingsbar in Frankfurt. Könnte dir auch gefallen, denk ich.

20:46:45

Silas

Ich werd noch eine Weile Unterlagen für morgen vorbereiten. :(

22:43:36

Nora

Dann bin ich mal still. Hoffe, du kommst gut voran.

22:45:28

Silas

Hätte dich jetzt gern bei mir. Zum Quatschen ...

22:48:41

Nora

Ne gute Nacht dir. Ich leg mich jetzt mal ab.

22:59:53

Silas

Gute Nacht :)

23:01:07

MITTWOCH

Nora

Klappt das mit Donnerstag? Vielleicht schaff ich's sogar ein wenig früher zurück aus Frankfurt.

10:45:22

Silas

Ich fühl mich total erkältet seit heute morgen, hab den Tag fast nur geschlafen.

21:32:44

Nora

Oh nein!

21:47:12

Silas

Ärgere mich mega über mich. Ich hoffe, ich krieg's noch weg bis morgen. Tut mir echt leid.

21:48:01

Nora

Vielleicht ist es ja morgen besser. Gib einfach Bescheid.

21:49:22

Silas

Hoffe, du bist nicht sauer.

21:50:06

Komischer Gedanke. Wieso sauer? Nora rieb sich das Kinn. Sie tippte weiter.

> **Nora**
> Die Erkältung hast du ja nicht mit Absicht ;)
> 21:53:19

> **Nora**
> Oder?
> Gute Besserung dir erst mal und schlaf dich gesund.
> 21:54:07

> **Silas**
> Danke dir! Ich meld mich morgen nochmal.
> 21:55:38

#28 BEN - LOS
MÜNCHEN

n der Küche klebte er fest. Ben verdrehte die Finger ineinander, und zum letzten Mal sah er sich um. Er nickte. Greta kaute auf ihrer Unterlippe und wandte immer wieder die Augen ab. Ben musterte seine Hand. Leer. Greta blinzelte, wenn der Schmerz Tränen in ihre Augen trieb.

Er wischte die Hand ab an seinem Shirt. Er war der Schuldige, hatte das Messer geführt, mordete einen Todgeweihten – die gemeinsame Beziehung. Das Schuldgefühl blieb. Die Zukunft zementierte sich über die letzten sieben Jahre, verfestigte sich in seinem Bauch, Herz, Kopf. Nichts brachte den Kloß weg aus seinem Hals.

Gretas Körper hing in seinem Arm, zerfloss beinahe, die Knochen verschwunden. Dann spürte er den Ruck durch ihren Körper, sie verfestigte sich. Er ließ los.

Der letzte Karton verschwand im Transporter, und Ben sackte auf den Sitz. Leander quälte den Motor, und der Motor schickte ein Ruckeln durch das Gefährt, Leander schaffte die Schaltung in den richtigen Gang. Sie fuhren los.

Ben fuhr das Fenster runter. Er atmete die ganze Stadt. Er hielt dem Wind seinen Schmerz entgegen und den Zementblock seiner Vergangenheit. Er blickte nach vorn.

#29 NORA – VORBOTEN

FRANKFURT

DONNERSTAG

> **Silas**
> Ist schlimmer heute. Ich hätte dich so gern gesehen. Wir holen das ganz bald nach!
> 12:33:47

Ja, ist klar. In letzter Minute Rückzieher. Ist seine Freundin heute schon da? Ihr Zweifler bohrte die Fragen in ihren Kopf. *Das wird doch so nichts.*

Nora drückte den Knopf an der Kaffeemaschine und das Mahlwerk häckselte die Stimme weg. *Erkältung kriegt jeder mal.*

> **Nora**
> Werd erst mal gesund! Gute Besserung
> 12:43:18

> **Silas**
> Sonntag geht nun doch bei mir. Klappt das bei dir noch?
> 12:43:57

> **Nora**
> Erst mal muss deine Erkältung weg. Erhol dich, und dann schreiben wir, wenn's dir besser geht.
> 12:57:26

Silas

Ich freu mich unglaublich auf unser nächstes Wiedersehen.

23:48:43

FREITAG

Nora

Ich mich auch! Gute Besserung weiterhin.

10:26:34

Silas

Vielleicht schaffen wir ja Sonntag uns zu sehen für 1-2 Stunden. Früher geht es leider nicht. Bin nicht fit und hab viel zu tun. Aber besser als gestern.

10:38:15

Nora

Bin in der Schweiz bis Sonntag.

11:56:42

Silas

Aber Sonntag bist du wieder da?

11:58:03

Nora

Sonntag lande ich gegen Mittag. Nachmittag müsste klappen.

12:24:22

Der Schwarzseher trat ihr gegen den Kopf. *Dann kann er dir sagen, seine Freundin ist Geschichte, und er ist bereit für die große Liebe mit dir?*

Ach, Klappe!

> **Silas**
> Schön! Hab 'ne gute Zeit in der Schweiz.
> 12:26:06

> **Nora**
> Erhol dich gut!
> 12:39:19

SONNTAG

> **Silas**
> Passt halb vier?
> 13:41:24

> **Nora**
> Schon wieder fit?
> 13:48:16

> **Silas**
> :) Fit und voller Vorfreude. Hast du Lust auf 'nen Spaziergang?
> 13:48:59

> **Nora**
> Gerne.
> 13:49:47

Silas

Ich hol dich ab. Freu mich sehr auf dich!

12:26:06

Nora

Vielen Dank für den wundervollen Spaziergang.

20:47:19

Silas

War viel zu kurz, total schön.

21:46:38

Nora

Ich hab fast 'nen Frischluft-Schock. o.O. Aber:
Vier Stunden Spaziergang waren noch nie so
kurz wie heute :)

21:59:32

*Wie ihm Flug. Und unser Gespräch ging weiter und weiter.
Endlos. Bis ...* Der Kofferanhänger landete im Müll, die
Fotos von der Schweiz sicherte Nora auf ihrer zusätz-
lichen Festplatte. Sie zündete die Duftkerzen an und
packte ihren Rucksack aus, grübelte. *... zu dem Kuss.*
Sie schloss die Augen, und die Hitze, die Berührung
seiner Lippen spürte sie noch auf ihren.

Wo führt das hin?, quengelte die Stimme. *Und wo ist
er jetzt? Mit wem?*

Hey! Wir waren spazieren. Da ist mehr zwischen uns.
Die Gedanken fuhren Karussell.

Und das ist genug?

Silas

Hast du gesagt, du bist diese Woche in München? Ich hoffe, ich hab mich nicht verhört. Ich kann's kaum erwarten, dich zu sehen.

15:24:13

Nora

Gut aufgepasst! Ich hab Urlaub, genau.

18:16:46

Silas

:) Was machst du morgen Abend?

18:17:15

Nora

Morgen treff ich eine Freundin. Mittwoch ist noch leer.

18:18:29

Silas

:(Donnerstag?

18:18:57

Mittwoch passt selten bei ihm.

Nora

:) Donnerstag geht auch.

18:21:54

Silas

19 Uhr? Erst essen? Ich hol dich ab und denk mir was Schönes aus!

21:50:06

Nora

Gerne.

22:08:50

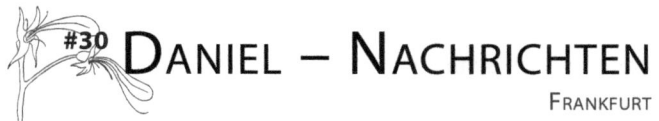
Irgendwie musste jetzt alles schnell … . Daniel telefonierte, seine Ohren schmerzten noch vom Gespräch davor. *Fuck. Krebs. Niemand geht, niemand verlässt irgendwen.* Sein Denken wurde weiß, sein Blick leer. *Nicht bei der Diagnose.* Sein Kiefer klappte auf, eine Tür – irgendwo in seinem Innern – klappte zu. Er beantwortete eine Frage, hörte zu, sein Blick glitt über die Rechnung vom Arzt. Er nickte und beharrte auf seinem Wort, wurde lauter. Dann sprang er die Treppe hoch, er riss den Schrank auf. *Ich muss los. Dringend.* Aus den Schubladen zerrte er Shorts und Shirts und schmetterte sie in den Koffer. Er schüttelte Blusen vom Bügel und Hosen auch und warf sie dazu. Irgendwo fand er den Beutel. Er stopfte Zahnpasta und -bürste hinein und Duschgel und Fläschchen aus dem Bad, die seine Frau benutzte.

Er legte auf und horchte. Das Auto stand unten vor der Einfahrt, er hoffte, in dem Moment musste keiner vorbei. Daniel donnerte durch den Flur und warf noch einen Blick in die Zimmer der Kinder. Ein Sturm hatte Bücher, Comics und Klamotten ineinander gefegt, der Schulranzen seiner Großen lag im Haufen der Bettdecke. Bei seiner Kleinen im Zimmer herrschte Frost. Er balancierte über die Lego-Quader weg, kickte das Klamottengerümpel zur Seite und stieg auf die verbleibenden leeren Stellen am Boden. Er schloss das Fenster und wagte sich zurück.

Den Waschbeutel drückte er noch in den Kleiderberg des Koffers und quetschte die Schalen zusammen. *In guten wie in schlechten Zeiten.* Er legte sich darauf und zwang den Reißverschluss zu. *Fuck off. Wer geht, ist ein Arschloch. Für immer. Für alle.* Den Schweiß wischte er mit dem Hemdsärmel von seiner Stirn. Das Monster musste noch in den Kofferraum. Er sah auf die Uhr.

Sein Telefon vibrierte schon wieder, er betrachtete ein Bild. *Unser Lieblingsessen bei Oma,* stand darunter und schob seine Mundwinkel hinauf. *Wenigstens das ist gut.*

Das Getriebe ächzte, krachte, dann gab es nach. Daniel setzte das Auto zurück. Das Krankenhaus lag dreißig Minuten entfernt. Er hoffte, er käme noch rechtzeitig an. Unter seinen Achseln war sein Hemd nass, er schaltete die Klima hoch und trat das Gas. Er wählte die Nummer ihres Telefons, seine Frau ging nicht ran. Er sah sie noch vor sich mit ihren großen Augen, mit ihrer Angst. Ihre Hände waren kalt gewesen, ihr Mund stumm. Er hatte nicht gewusst, was er sagen sollte. Der Arzt sagte: Sie darf nicht heim.

Die OP. Sie wollten doch warten.

Die Gangschaltung krachte. *Vielleicht nicht.* Dann klingelte sein Telefon. *Vielleicht wacht sie wieder auf. Oder.*

DONNERSTAG

Nora schloss die Tür hinter sich. »Hey, Henning«, warf sie in den Raum. »Freut mich, dass du Zeit hast.«

Er umrundete den Schreibtisch und erwiderte ihren Händedruck. »Klar doch, wenn du was besprechen willst, bin ich da, Nora.« Er deutete auf den Stuhl, in seinem Sessel legte er sich gegen die Lehne, sein Fuß lag locker über seinem Knie. »Was gibt's denn? In deiner E-Mail hast du ja nicht viel verraten. Wie läuft es in Frankfurt mit deinem Projekt?«

Sie legte die Clutch auf ihre Oberschenkel. »Die Arbeit läuft gut, Henning. Darüber wollt ich mit dir reden.«

»Prima! Bleibst du dort, oder führen dich deine Ziele wieder anderswo hin?«

»Mal sehen.« Nora richtete sich auf, stellte beide Füße auf den Boden. »Ich bin nicht sicher, wie der Abteilungsleiter das Thema Mitarbeit und Engagement verstanden hat.«

Henning verschränkte die Arme vor der Brust. »Wie meinst du das?«

Nora ließ die Augen bei ihm. Sie erzählte. Der Abend vor den Aufzügen, Daniels Anmerkungen, Vorschläge. Hennings Augenlider zuckten. Er schwieg.

»Wär ich 'n Kerl, würd er kaum fragen, ob ich ein Sex-Date hab. Oder vorschlagen mit einem älteren Semester und zwei Stunden Matratzensport meinen Kopf freizukriegen. Oder mir ein Date unterschieben wollen. Meinst du nicht?«

Henning lehnte sich mit den Unterarmen auf die Tischplatte und beugte sich zu ihr. »Mensch, Nora. Jetzt sieh das mal nicht so eng.« Er rutschte in seinem Stuhl hin und her. »Daran musst du doch gewöhnt sein, oder immer noch nicht? Ist doch nicht das erste Mal. Du bist hübsch, und sowas kommt halt vor.« Sein Blick glitt in die Ferne.

Nora starrte ihn an. *Echt jetzt? Bin ich schuld?* Sie sah, wie seine Lippen sich bewegten, sie hörte die Worte. *Weil ich so ich bin, und hier bin, und mich so verhalte, muss ich mit solchen Sprüchen rechnen? Klasse.* In ihrem Kopf flammte Feuer und Eis in ihrem Bauch. *Danke.* Ihre Faust umschloss die Quaste des Anhängers, drückte zu.

Er tippte den Zeigefinger in die Luft wie mit einem Zeigestab. »Ich erinner mich: Vor paar Jahren war doch auch schon mal sowas.«

»Das war unpassend, aber zumindest deutlich höflicher«, warf sie ein.

Er winkte ab. »Dann gräbt er dich halt an, oder bringt mal 'nen derben Spruch. Da ist doch nichts dabei. Du weißt doch: Männer sind Jäger. Wenn er dir gefällt, genieß es. Wenn nicht, sei vorsichtig und vergiss es einfach. Vielleicht kriegst du ihn ja schneller von der Backe als den anderen damals. Du arbeitest für ihn, vergiss das nicht!«

Ihre Lunge brannte. Nora erinnerte sich, sie atmete wieder ein. Ihr Kopf schmerzte, sie räusperte sich.

»Ähm, findest du das nicht ziemlich krass von jemandem, der ein Kollege ist – oder ein Kunde, oder einfach nur jemand, den du eigentlich überhaupt nicht kennst und der eine Grenze überschreitet.«

Er wiegte den Kopf hin und her, dann hob er die Arme und drehte die Handflächen hoch. »Was soll ich sagen, Nora? Krass? Ja, vielleicht. Aber ehrlich: Er ist halt zu weit gegangen. Verbal. Willst du Taschentücher und dich ausheulen, weil er gemein war zu dir?« Henning lehnte sich wieder zurück. »Leg dir einfach ein dickeres Fell zu, Nora.«

Nora fühlte sich, als hätte jemand alle Worte rausgepustet, zu einem riesigen Klumpen gekehrt und in ihren Magen gesteckt. »Gegen *Gemein* kann ich selbst. Das ist anders.«

»Siehst du, Nora«, Henning schüttelte den Kopf. »Ich dachte, du willst auch vorwärts kommen. Und das ist der Grund, weswegen meistens die Männer Karriere machen. Die Frauen sind manchmal einfach zimperlich, denken über alles hundertmal nach. Vergiss es doch schlicht. Ist ja nicht so, dass dir was passiert wäre, oder? Vergewaltigt hat er dich ja nicht.«

»Muss das erst passieren?« Nora grub ihre Fingernägel in den Jaquard der Tasche. *Im Ernst jetzt? So ist es nicht schlimm, erst wenn es körperlich wird?*

Seine Hand wischte die Worte davon. »Nein, nein. So meinte ich das nicht. Ich schätz mal: Dann wäre das mit der Karriere ja auch nicht unbedingt einfacher. Aber das ist ja nicht passiert, richtig?« Er rutschte auf seinem Stuhl zurück, griff nach dem Wasser. Ein paar Tropfen landeten auf dem Tisch und auf seinem Hemd. Er musterte sie.

Mitleid? Angst? Panik, handeln zu müssen? Für mich? Nora beobachtete jede Falte in seiner Miene. *Was ist das in seinem Blick?*

Henning fand sein Lächeln und nickte väterlich. Er richtete sich auf in seinem Stuhl und blickte auf sie herab.

»Nein, das ist ja nicht passiert.« Nora setzte auch ein Lächeln in ihr Gesicht. Sie zog die dunkelblaue Tasche an sich wie ein Schild, nickte. »Klar, war nur ein blöder Spruch.«

»Siehst du! Da stehst du doch drüber«, bekräftigte er. »Das ist doch nicht so schlimm.«

»Nein, das ist nicht so schlimm, stimmt.« *Das ist viel mehr.* Sie rang und fand ihre Fassung. *Was man mit gutem Training und ein wenig Schauspielerei alles meistert.* Sie räusperte sich. »Ich glaub, das ist das Beste: Ausweichen und Weghören.« Nora sah ihm in die Augen. Er sah weg. »Ich bin froh, dass wir darüber gesprochen haben, Henning.« *Danke für Garnichts.*

Doch! Ihr Messerwerfer klopfte die Klingen aneinander. *Doch. Punkt. Das Gespräch hatte einen Sinn. Und jetzt überleg: Welchen? Fang an, und mach ein Feuer aus dem Funken deiner Wut!*

Sie knallte die Wohnungstür hinter sich zu, schleuderte die Tasche neben sich auf die Couch und fluchte. Sie rauschte in die Küche, zerrte ein Glas aus dem Schrank und schüttete es voll mit Wein. Sie schmiss sich auf die Couch, riss ihren Laptop auf und klappte ihn wieder zu. Sie stierte in die Wand. »Im Ernst jetzt?« Ihre Kehle tat weh. Ihr Schrei hallte ihr noch in den Ohren. »Im Ernst«, murmelte sie. »Dickeres Fell?« Sie fluchte, und weil sie in ihrem Wohnzimmer war, fluchte sie laut. »Wieso?«

Daran bist du doch gewöhnt, oder immer noch nicht? Sowas kommt vor – nicht zum ersten Mal in deinem Leben. Dann baggert er dich halt an ... nichts dabei. ... Männer sind Jäger ... genieß es ..., sei vorsichtig. Du arbeitest für ihn, vergiss das nicht!

»Zur Hölle. Ich? Was soll denn das?« Sie trank und das Glas war halb leer, und der Wein hing sauer und schwer auf ihren Geschmacksnerven fest. »Ist das denn meine Schuld?« Sie stürmte in die Küche. Der Rest landete im Ausguss. »Warum ärgere ich mich? Unpassende Sprüche zum Feierabend und tagsüber: Alles wie immer. Und andere Kerle segnen's auch noch ab.« Ihre Gedanken ratterten weiter.

»Krieg ich eigentlich immer nur so einen Mist?« Ihr Spiegelbild im Fenster antwortete nicht. »Verfluchter Mist!«

Denk nach, flüsterte der Messerwerfer in ihrem Kopf.

Nora stellte sich ans Fenster und stierte hinaus. Regen prasselte an die Scheiben, er verstummte. Sonne glitzerte in den Tropfenresten. Nora blinzelte. Sie las eine Nachricht auf ihrem Telefon, antwortete.

Zwei Stunden noch. Das Gespräch mit Henning klinkte sich in die Wiederholungsschleife in ihrem Kopf.

Ihr Messerwerfer ging in Position. *Ein Ausschnitt aus deiner Welt. Gespräche wie diese, Menschen, wie diese. Damit füllst du die Stunden deines Lebens.*

Puh. Ja. Sie zog ihr Notizbuch ran, den Stift. »Neues Kapitel«, notierte sie. Strich die Worte aus.

»Neubeginn.« Sie schüttelte sich und rollte die Buchstaben durch ihren Kopf. Die Worte fühlten sich nicht passend an. »Leben. Zukunft. Nora.«

Sie langte zu ihrem Telefon, sie wählte Felix' Namen und Nummer und drückte den grünen Button. Dreimal tutete der Rufton in ihrem Ohr. Dann legte sie auf. Sie hörte am anderen Ende der Leitung das Klicken noch. Felix. Und Felix rief zurück. Sein Bild auf dem Display brannte sich in Noras Netzhaut. Sie lächelte, und sie spürte den Stein in ihrem Bauch und den Riesenknoten in ihrem Mund. Immer wieder klingelte es. Dann legte Felix auf.

> Nora
>
> Sorry, Bruda – hab mich vertan. Alles gut!
>
> 17:59:13

Oh Fuck. Sie kaute auf ihrer Unterlippe. *Warum ist keine Umarmung da, wenn man mal eine braucht?*

Sie wär da. Ihr Schwarzseher war wieder am Start. *In 'nem Fingerschnippen.*

Ja, ich weiß, aber der Schmerz bleibt und der ganze andere Scheiß. Und Felix geht.

Und du verlängerst deinen Aufenthalt zwischen den Stühlen, frotzelte er. *Ich mein: klar, das is einfacher, als seinen Arsch hochzukriegen und sich für eine der beiden Sitzflächen zu entscheiden.*

Nora knurrte.

Oder die Frage auszusprechen. Er bohrte in die Wunde mit einer seiner Klingen.

Sie verschränkte die Arme vor ihrer Brust, schob ihren Kiefer vor. *Ich kann das.*

Die Frage stellen? Er schüttelte sich vor Lachen. *Ja, klar, kleines Schmollmädchen.*

Noras Herz schlug bis zum Hals. *Ob ich damit mein Leben verbringen will?* Der Puls füllte ihren Magen und brannte in ihr Hirn. *... meine Zeit mit Menschen wie diesen verleben will? Fuck! Ich kann die Frage stellen. Ich kann das.*

Und die Antwort aussprechen? Er bohrte die Klinge tiefer rein. *Du hörst nie auf! Nie, oder?* Er. Sie.

Sie lief ins Bad, stellte die Dusche an. Das Wasser rauschte über die Stimme hinweg. Verdammt. *Ich will doch einfach nur ein bisschen Glück. Oder ... ein bisschen ... Mehr.*

Dann ...

Klappe! Sie presste die Augenlider zu. *Ich muss meine Miete zahlen.*

Überleg dir was dafür!

Sie trocknete sich. Das Frottee schlang sich um ihre Brüste und fiel über ihre Hüften. An ihrem Rücken saugten die Fasern die letzten Tropfen von ihrer Haut, schmiegten sich um ihren Po, schrubbten die Haut von ihren Knochen, die Stimme in ihrem Kopf blieb. Im Wohnzimmer klappte sie ihren Rechner auf und loggte sich ein. Ihre Bank warf ihr die Konten aus und Nora notierte die Zahlen. Dann rechnete sie. Sie schlang das Handtuch enger. Ihr Stift füllte die Karos in ihrem Buch. Der Gebirgsblock in ihrem Magen schmolz. Die Zahlen auf dem Blatt passten sich aneinander und ergaben Sinn und Möglichkeiten.

Dafür hast du so lange gebraucht? Der Messerwerfer lachte sie aus. *Keine Brücke, keine Parkbank. Oh Wunder. Sieht ja gut aus, mit deinem Leben und der Miete. Mit dem Feuer.*

Um ihre Hüften krümpelte sich ein Frotteegebirge auf der Couch. *Könnte klappen, wenn …* Und dann plingte ihr phone.

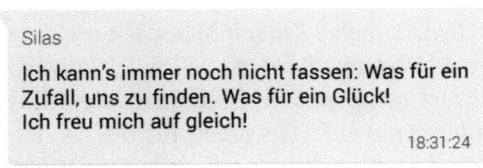

Silas

Ich kann's immer noch nicht fassen: Was für ein Zufall, uns zu finden. Was für ein Glück!
Ich freu mich auf gleich!

18:31:24

Gute Nachrichten …
… ziehen einander an?

Nora

Dito :)

18:31:39

Glück, das stimmt. Ihr Lächeln wagte sich zurück. *Ein wenig Glück ist da doch in meinem Leben.*

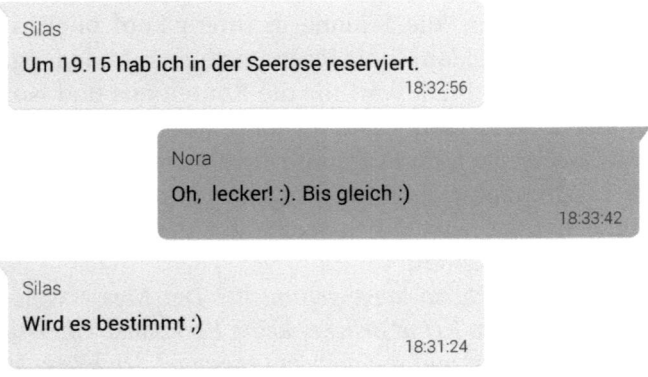

Silas

Um 19.15 hab ich in der Seerose reserviert.

18:32:56

Nora

Oh, lecker! :). Bis gleich :)

18:33:42

Silas

Wird es bestimmt ;)

18:31:24

Silas

Brauch noch ein paar Minuten.

19:12:41

Silas

Wow. Das war wahnsinnig toll! Schlaf gut!

23:58:56

Nora

:) Das war es – unglaublich schön. Schlaf du auch gut & träum von mir :)

00:07:42

#32 SILAS – ABWASCH

Er zog die Schuhe vorher aus, drehte den Schlüssel und huschte durch den Spalt in die Wohnung. Silas lauschte. Über den PVC-Boden im Flur glitt er ins Bad, führte die Tür hinter sich ins Schloss. Hemd und Hose faltete er auf dem Boden. Kein Knopf, kein Metall, kein Gürtel schepperte auf die Fliesen. Noch einmal atmete er ein. Er sog den Duft an seinem Körper in sich auf. Seine Zunge kostete den Geschmack von seinen Lippen – er schmeckte nach ihr, nach Salz. Sie schmeckte so gut in ihrer dunklen Mitte. Er sah sein Spiegelbild und nickte ihm zu. Sein Herz schlug gleichmäßig in seiner Brust. An seiner Haut - überall – war sie, von seinem nackten Oberkörper, seinem Schwanz, seinen Schenkeln. Er berührte sie.

Wasser benetzte seine Hände, er drückte den Spender, wieder und nochmal und wieder mehr. Und er schäumte die Seife auf. Das Schaumtier schlang die Lust von seinen Fingern, er drückte es in sein Gesicht. Seife und Wasser spülten sie aus seinem Bart – ihren Geschmack, ihren Geruch.

Im Türstock verharrte er. Er hörte Ines' Atem, draußen rauschte ein Auto vorbei, er hörte ein weiteres Heranfahren und schlich ans Bett. Er schlüpfte unter die Decke, als das Rauschen am lautesten war. Die Matratze gab nach, ihr Schlaf blieb tief.

Silas schloss die Augen. Seine Hand wanderte über den Bauchnabel nach unten. Seine Gedanken wanderten zwei Stunden zurück.

#33 NORA – ZWISCHENRAUM

FREITAG

Silas

In meinem Kopf hat nichts anderes mehr Platz.
Ich kann nur noch daran denken. Nur an DAS.

12:23:33

Nora

Die ganze Zeit schon ist gestern Abend im Kopf
... hab unglaublich Lust auf dich ... so sehr ...

12:25:33

Silas

:) Geht mir auch so! Würde am liebsten die Zeit
zurückdrehen – oder anknüpfen wie vor ein
paar Stunden. Ich wär jetzt so gern bei dir ... in
dir ... tief in dir drin. Lass uns da bald
weitermachen.

12:50:37

Nora

Wenn ich nur dran denke, dich in mir zu spüren
...

12:54:01

Silas

Wie unsere Körper sich treffen, aneinander
reiben ...

12:54:47

Nora

Wie meine Finger hinab wandern, Millimeter für Millimeter forschend, findend, den Duft deiner Haut einatmend. So nah. Deine Hitze steckt mich immer mehr in Brand. Ich erfühle deine Konturen, entlang des Schwungs deines Schlüsselbeins, weiter über deine Brust, über die Bögen deiner Rippen streift meine Hand immer tiefer. Und ich spüre deine Lippen auf meinen, schmecke dich, dränge mich an dich, fester, näher, fühle deine Hände fest auf meiner Haut.

13:10:01

Silas

... und ich schiebe mich in dich, und in dir wird mein Schwanz immer härter. Wie du mich berührst, deine Hände auf meinem Körper, ich atme deinen Duft und schmecke dich ... - ich wünschte, du wärst hier ...

13:14:52

Silas

Die Bilder, die Gerüche füllen meinen Kopf. Ich will mehr davon mit dir erleben. Und die Fortsetzung von Donnerstag.

13:16:17

Nora

Heute?

13:30:36

Silas

Heute kann ich nicht. Aber bald.

13:31:09

Silas

Ganz bald. Versprochen! Ich will dich unbedingt bald wiedersehen.

13:31:26

Nora

Und spüren!

19:28:58

SAMSTAG

Silas

Hab Hunger ...

10:52:21

Nora

Donnerstagabend in der Seerose war soooo lecker.

11:22:43

Silas

Das Essen sah gut aus und war's – du aber noch viel mehr!

11:35:46

Nora

:)

11:37:01

Silas

Ich kann immer noch nur daran denken; deine Lippen auf meinen, meine Hände auf deiner Haut.

12:48:17

Nora

Meine Hände wandern tiefer, lösen deinen Gürtel, die Knöpfe deiner Hose. Wie du riechst, wie du schmeckst, mir mein Kleid vom Körper streifst, mich berührst und mich hältst.
Und ich spüre, wie du immer erregter wirst.
Ich bin unglaublich feucht – und endlich – ganz langsam – erlöst du mich, tauchst in mich ein und ich spüre dich so intensiv – ganz nah bei mir - in mir … wie unfassbar gut du dich anfühlst, hart und fest und mit jedem Stoß tiefer …. mmmmmhhhh – die Zeit würd ich so gern zurückdrehen … Und ich will so gern sooo viel mehr davon ;)

13:00:52

Silas

Ich will mich ganz tief in dich reinstoßen.
Ich will spüren wie feucht du bist. Alles ganz feucht um mich herum.
In dir würd ich immer noch härter werden.

13:03:22

Nora

Wann sehen wir uns wieder? Morgen?

13:04:02

Silas

Ich versuch ganz bald, okay? Sonntag könnte wieder klappen :)

13:04:49

#34 NORA – NORA – VOR-ÄNDERUNG

SONNTAG

Die Stille weckte sie. Nora blinzelte. Sie rieb ihre Beine am Laken, wackelte mit ihren Zehen in der Luft. Die Nacht und der Traum schwanden, sie krallte sich noch ein wenig darin fest. Es war Sonntagmorgen – viel zu früh, um das Bett zu verlassen.

Sie träumte sich zurück, strudelte durch die letzten Tage zum Donnerstagabend. Ihre Finger rollten durch den Chat.

> **Nora**
>
> Mit dem ersten Licht des Morgens wache ich auf,
> entdecke dich neben mir, schlafend.
> Ich recke mich ganz leicht - nur ein wenig, spüre deine Wärme, schmiege mich an dich, kurz.
> Vorsichtig löse ich mich aus deinen Armen, betrachte auf deinem Gesicht das leichte Lächeln, zufrieden, satt nach den letzten Stunden.
> Ich lasse meine Blicke über deinen Körper wandern, dann ganz sanft, federleicht meine Finger, Hände. Meine Lippen folgen,
> hauchen Küsse auf deine Haut, meine Zunge wandert deinen Hals hinab, fährt tiefer über deine Seite entlang der Rippenbögen zu deinem Nabel.
> Ganz leicht bewegst du dich und der Druck meiner Zunge wird stärker, neben deinem Hüftknochen entlang nach unten

findet sie den Weg, den meine Hände erkundet haben.
Dein Körper reagiert,
deine Erregung wächst.
Je tiefer meine Lippen wandern, je mehr.
Meine Zunge skizziert die Konturen der Innenseite deiner Schenkel. Ich erreiche deine Mitte, setze kleine Küsse auf jedes Stückchen Haut, fasse dich an.
Meine Zunge wandert entlang, fordernd, du spürst meine Hände, regst dich, bewegst dich ganz leicht nur, wirst immer erregter, spürst was meine Hände mit dir tun, spürst meine Zunge, meine Lippen immer mehr ...

08:17:38

Nora öffnete die Schublade. Ihre Hand glitt hinein, suchte, fand glitt mit jenem schwarzen festen schmalen, harten, weichen Fischlein wieder heraus. Sie schob den Vibrator unter ihre Decke, er fand seinen Weg.

Draußen, die kalte Luft frischte ihr Gesicht. Sie mümmelte sich in die Jacke, zog den Schal enger. Ihre Stiefel schmatzten auf dem Teer, die Pfützen weiter vorn spiegelten die Äste der Bäume, die Häuser mit ihren Rillen um den Fuß, den eckigen Augen, den Giebeln, die sich in die Wolken spießten. Die Farben der Fassaden wehrten sich gegen das Regengrau. Im Park glänzten noch die Tropfen an den Zweigen, und die Bänke im Englischen Garten hatten sich vollgesogen mit dem Nass. Auf dem See platschten die Enten mit ihren Jungen, auf den Wegen schrieen die Gänse. Jeder Atemzug prickelte bis in die Spitzen ihrer Glieder.

> **Nora**
>
> Der Regen hat aufgehört.
> Die Luft so voll Erwartung und Leben
> - ein Schritt pulsierender Energie nach dem
> anderen -
> den richtigen Soundtrack im Ohr
> - ah - irgendwie: kleine Momente
> explodierenden Lebens -
> und ich trinke einen großen Schluck davon.
>
> 17:31:45

Sie konnte die Häkchen sehen. Blau = gelesen. Er war online, immer wieder, er antwortete nicht.

Sie packte die Nudeln aus ihrem Vorratsschrank, das Pesto, aus ihrem Kühlschrank kam Rucola, Tomaten. Sie mischte, sie kochte, sie würzte, sie aß. Ihr phone schwieg.

> **Nora**
>
> Wie sieht es aus, heute?
>
> 18:12:37

Nora zerrte ihren Koffer hinter dem Bett hervor. Sie sortierte ihre Kleidung, checkte die Wetter-App. Sie packte. Ihr iPhone schwieg. *Fuck.* »Nein« *wäre auch eine Antwort.* Ihr Bauch knurrte Wut. *Als hätt ich nichts zu tun, als auf ihn zu warten.*

Sie buchte ein Ticket für den Zug. Ihr Laptop klappte auf, und Hennings Bestätigung des Termins war noch da. Sie schlug den Bildschirm wieder zu.

Nora nahm ihr Telefon und wählte. »Hey«, antwortete sie und ein wenig Wärme kam zurück in ihr Herz.

»Oh, Nora!« Felix' Stimme veränderte sich, und Nora hörte ihren Bruder lächeln. »Schön, dich zu hören. Alles gut bei dir?«

Nora schloss die Augen. »Dacht mir, ich klingel mal durch. Was macht Eure Band-Geschichte?«

»Puh, hör mir auf …« Felix schnaubte. »Das ist echt ein Drama, und uns läuft die Zeit davon. Aber irgendwie wird's schon werden. Kannst du dir nicht einfach 'nen Schlagzeuger angeln oder 'nen Bassist oder so – und dann spielt dessen phänomenal gute Band an unserem Tag der Tage?«

Felix' Vorschlag brachte sie zum Schmunzeln. Wider Willen. »Hah! Vielleicht sollte ich das mal probieren.« Nora biss sich auf die Zunge. Sie ahnte, wie Felix sich aufrichtete am anderen Ende der Leitung.

»Ah. Was ist los?« Ihr Bruder räusperte sich. »Nora, sag jetzt nicht: Es ist nichts.«

Nora begann.

»Hat der sie noch alle?« Felix knurrte. »Also beide? Sowas ist Führungskraft?« Die Schritte ihres Bruders donnerten durch einen Raum, eine Tür knallte zu. »Oh Mann, Nora. Ich dachte, das passiert nur in schlechten Filmen. Musst du eigentlich jeden Mist auf deiner Tanzkarte haben?

»Mhhh«, knirschte Nora.

»Ich fass es nicht. Genießen, wenn er dir gefällt? Ist das ein Witz?«

»Nein.«

»Noch dazu … als hätte das was mit Aussehen zu tun. Trottel. Wenn ein Kerl ein Arschloch ist, hilft ein hübsches Gesicht auch nicht.«

»Na, irgendwie schon, aber nur kurz«, warf Nora ein. »Langfristig baut Zusammenarbeit auf Respekt, auf Anziehung und Gegenseitigkeit – und Beziehung auch.«

Felix schnaubte durchs Telefon. »Klar. Aber packst du bitte mal das Verständnis für die anderen weg und das für dich aus.« Nora hörte ihren Bruder atmen. »Und klar: Viele Paare treffen sich am Arbeitsplatz, schau mich an und Tony. Aber das baut sich langsam auf.«

»Genau. Und natürlich gibt's Flirts, und natürlich versteht man sich auch mal gut und natürlich ist dann auch einfach nix. Aber niemals zwängt man dem anderen das auf. Und noch dazu ist er mein ... Vorgesetzter – sowas in der Art.«

»Und dann hat er auch noch Frau und Kinder?«

Silas. Ihr Messerwerfer war aufgewacht. *Der betrügt »nur« seine Freundin.*

»Ach, Nora.« Felix seufzte. »Ganz ehrlich: Ich weiß nicht, was schlimmer ist: Dieses Verhalten, oder die Antwort, die da kam von deinem ehemaligen Chef.«

Nora überlegte. »Die Reaktion«, sagte sie, »segnet ab, was ein Typ wie der in Frankfurt tut. Ein OK: Er darf Arschloch sein.«

»Oh, Mann«, schnaubte Felix. »Das ist ziemlich tief in den Köpfen drin.«

Noras Herz schlug schneller, sie kaute auf ihrer Unterlippe. »Wenn ich das anseh, dann ist das wie ein Fernrohr in die Köpfe. Wie viele denken das? Wie viele Chefs, Manager, Verantwortliche.«

»Es ist bequem zu denken, das sei okay, an dieses Verhalten sind alle gewohnt. Ist das nicht schon immer so passiert? Schau, dir die Bauern von früher an und die Herren, denen waren ihre Weiber nicht genug. Vorgesetzte und Angestellte – ist da so viel Unterschied?« Ihre Schwester ergänzte die Gedanken. »Stell dir vor, er würde sich gegen das Verhalten von Daniel stellen. Das zu tun, wäre anstrengend.«

»Anstrengend.« Nora ballte die Hand. »Unterstützen strengt an, wegsehen, kleinreden ist einfach.« Sie trabte durch die Wohnung, sie riss ihr Fenster auf. »Das ist so feige und faul. Daniel tut, was er will. Er überschreitet Grenzen. Die Konsequenzen sind ihm egal.«

»Er muss sich nicht mal die Arbeit machen, sich die Konsequenzen zu überlegen.«

»Er schiebt Verantwortung ab – auf andere. Auf mich.«

»Seine Ausrede: Du kannst ja *Nein* sagen. Deine Entscheidung.«

»Nur wollte ich diese Entscheidung nie. Wieso muss ich sie treffen? Ich such mir gern selbst meine Entscheidungen aus.«

Die andere Stimme knurrte. *Wirklich? Oder hast du entschieden, dass Silas die Wahl zwischen dir und seiner Noch-Freundin treffen darf?*

»Drecksack«, fluchte Felix. »Das ist so typisch: Die anderen werden's schon richten. Fuck. Was ist das für ein Scheiß-System?« Pause. »Wie geht's jetzt weiter bei dir, Nora?«

»Ich ...« Noras Stimme brach. »Oh, Felix. Ich weiß es nicht.«

Felix hustete, und Nora hörte das Lachen. »Klar, Nora. Ich weiß schon: Machen ist dein Ding, nicht reden. Erzähl, wenn du bereit bist. Du musst morgen da wieder hin, oder?«

»Ich ...« Ihre Finger trommelten auf dem Holztisch. »Ja, morgen bis Donnerstag.«

»Puh. Kannst du dem nicht aus dem Weg gehen?«

Nora schüttelte den Kopf. »Nein. Ist ja mein Job. Im Moment hab ich meine Ruhe vor ihm. Seine Frau hat Krebs, das weiß er seit zwei Wochen, und der Schock wirkt nach.«

»Krasses Karma. Muss erst sowas passieren, damit unsere Perspektive sich ändert – oder wir?« Felix seufzte. »Wenigstens verschafft dir das Luft, oder?«

»Ich weiß es nicht, Felix.«

»Oh.«

»Ich mach das Beste draus.« Nora knautschte ihre Lippen zusammen, dann fiel ihr etwas ein. »Felix, wie geht's deinen *Kalten Füßen*?«

Er räusperte sich.

»Mit Tony und dir?«, schob sie nach.

»Also, wir haben geredet über unseren Streit«, sagte er. »Ich meine, ich denke, die Hochzeit – da ist ja jetzt alles organisiert.«

»Felix?«, hakte Nora ein. »*Überzeugt* klingt anders.«

Atemgeräusche im Telefon. »Ist ja noch bisschen Zeit bis dahin. Wird schon. Jetzt guck erst mal auf dich! Pass auf dich auf, Große! Hab dich lieb.«

Die Wohnung war still.

Sie las sich noch einmal durch die Nachrichten zwischen Silas und ihr.

Mit dem ersten Licht des Morgens wache ich auf ..., stand da. *Mit dem letzten Licht des Tages schlafe ich ein. Gelesen, unerhört, unerwidert.*

... spürst was meine Hände mit dir tun, spürst meine Zunge, meine Lippen immer mehr ... kleine Momente explodierenden Lebens – und ich trinke einen großen Schluck davon. Endete die zweite Nachricht. *Ich Idiot.*

#35 NORA — RESERVEBANK

FRANKFURT

> **Silas**
>
> Wow. Deine Lippen, deine Hände, deine Zunge auf meiner Haut. Das ist, was ich will. Wahnsinn. Ich spür dich beinah. Ich wünschte, ich wär bei dir.
>
> 04:08:57

Der Alarm weckte sie. Ihre Hand patschte auf das Display, ihr Hirn fand einen Fluch, ihr Körper koordinierte Arme und Beine in Bewegungsabläufen. Nora tapste ins Bad. Sie las die Nachricht erneut.

Bei mir ...? Warum bist du's nicht? Warum sagst du nicht wenigstens ab, sondern blockierst meine Zeit?

Warum lässt du ihn? Ihr Zweifler streckte sich. Ein anderer Gedanke baute sich auf und rollte an. *Du bist das, du selbst: Du ... blockierst deine Zeit.*

Der Bahnsteig war voll, und das Abteil im Zug quoll über. Nora bat den Fremden von ihrem Platz aufzustehen und sackte auf den Sitz. Der ICE schloss die Türen, der Zug setzte an und glitt unter der Brücke hindurch, an den Büroquadern und den Glasaugen vorbei. Sie schloss die Augen. Diesmal trug der Schlaf sie nicht davon.

> **Silas**
>
> Tut mir sehr leid, aber ging einfach nicht dieses
> Wochenende. Alles okay?
>
> 07:13:32

> **Silas**
>
> Donnerstag oder Freitag klappt aber bei mir.
>
> 7:52:43

> **Silas**
>
> Ganz sicher!
>
> 8:03:42

> **Silas**
>
> Ich würd so wahnsinnig gern mit dir aufwachen
> morgens.
>
> 8:04:56

Ihr Schwarzseher setzte an, doch sie knallte ihm einen Maulkorb hin. Die Reisenden nahm sie im Parcours zwischen den Metallhäuschen in der Bahnhofshalle. Sie wich Koffern aus, Trenchcoats und wandelnden Stofffetzen und strähnigen Haaren. Nora atmete durch den Mund, sie kämpfte sich durch zu Starbucks und dem rettenden Kaffee. Vorbei an Pappkartons mit Bettlern, Bierflaschen, glasigen Augen und Gerippen, die noch Haut überzog. Sie überholte Anzüge und Krawatten. Highheels klapperten neben ihr und wurden leiser.

Sie hetzte, bis der Lift hinter ihr die Metalltüren schloss, und hetzte weiter vorbei an Daniels Büro. Es war leer, und Nora atmete aus.

Ihr Kopf steckte noch in München oder im Zug oder in diesem Telefon, ihr Bauch brodelte und schirmte sich gegen Frankfurt, ihr Herz rotierte zwischen Werten und Wollen, ihre Pläne sprangen auf und ab zwischen Pflicht und Sinn. Sie stoppte vor ihrem Büro. Sie packte ihr Lächeln und die Einzelteile dieser Puzzle-Version. Dann war sie drin.

Die Jungs echoten ihr Hallo, lächelten. Sie fragten die Fragen, die man fragt, und tauchten zurück in ihre Bildschirme und Tastaturen. Nora verschwand hinter ihrer Pflanze. Ben war noch nicht da. *Hat er Urlaub?* Sie startete ihren Rechner. *Shit, ich weiß nicht mal das von ihm.*

Die E-Mails der letzten Woche versüßten ihr den Start. Daniel blieb die nächsten zwei Wochen bei seiner Frau.

Es gibt auch noch gute Nachrichten. Manchmal.

Der Messerwerfer giftete dagegen. *Klar, und am Ende wird alles gut, alles war ein Missverständnis und alle singen. Ende gut, alles gut.*

Nora stellte ihn sich vor mit einem Schwert in jeder Hand. *Und wenn es nicht gut ist, ist es nicht das Ende,* knallte sie zurück. *Klappe jetzt. Von ganz allein wird eh nix gut. Aber manchmal passen die Dinge zusammen, manchmal gibt es Schützenhilfe vom Glück.*

Ihr Messerwerfer stichelte weiter. *Auch wenn man die eigenen Werte und Regeln bricht?*

Regeln kann man biegen, man muss sie nicht brechen.

Silas

Ich will dich wiedersehen, Nora!

10:25:13

Schützenhilfe vom Glück. Nora wagte ein Lächeln. Sie legte das Smartphone zur Seite und arbeitete sich durch ihren Tag.

> **Nora**
>
> Hi Silas! Das will ich auch … und mit dir einschlafen.
>
> 19:43:11

> **Silas**
>
> …und dort weitermachen, wo wir aufgehört haben :)
>
> 20:12:54

> **Silas**
>
> Wann bist du zurück am Donnerstag?
>
> 20:14:31

> **Nora**
>
> Ich denk spätestens 20 Uhr, eher früher. Sehen wir uns dann?
>
> 20:15:02

> **Silas**
>
> Ja! Ich freu mich auf dich.
>
> 20:15:32

Sie tippte weiter. Ihr Bauch kribbelte wie von zu viel Cola nach einem heißen Tag. Sie starrte auf den Text und rollte in der Unterhaltung zurück und kaute auf ihrer Unterlippe. Dann tippte sie weiter. *Wer nichts wagt …*

> **Nora**
>
> Kann's kaum erwarten.
>
> 20:20:37

Silas

Schönen Abend noch dir! Ich treff mich gleich
noch mit Freunden – das wird sicher später ;)

20:30:45

Nora

Viel Spaß dir!

20:32:51

Nora

Ich hab nur eine Bitte: Sag mir, wenn's
aussichtslos ist mit Donnerstag, dann weiß
ich's lieber gleich. Und wenn's einfach nicht
passt, dann lassen wir es grundsätzlich lieber.

07:06:44

Silas

Ich sag Bescheid, falls sich was ändert.
Versprochen.

09:12:34

Nora

Freu mich auf Donnerstag!

11:08:12

Ich dachte, das klappt sicher? Wie, jetzt?

Ein Telefon klingelte im Raum, riss den Gedanken ab.
Ihr Blick schweifte zurück zum Dokument auf ihrem
Bildschirm, sie ordnete weiter die Grafiken an.

Der Tisch vibrierte erneut. Sie las den Namen in der Vorschau und hielt die Luft kurz an. *Bitte lass es klappen für Felix, bitte nicht wieder ein Nein!* Ihr Kopf turnte schon durch verschiedene Szenarien und ging Alternativen durch. *Ich werd noch wahnsinnig.* Nach den ersten Worten lächelte sie. *Das wird gut für Felix und alle am Junggesellenabschied. Mit dieser Überraschung rechnet keiner.* Nora bestätigte die Uhrzeit, ein Grinsen überfiel ihr Gesicht. *Freut euch jetzt schon mal.* Sie reservierte danach die Location fürs Abendessen. *Läuft. Glück und so …*

Der Messerwerfer grummelte irgendwo in der hintersten Ecke.

#36 SILAS – MANÖVER

Silas sprang in seine Schuhe und schnappte den Schlüssel. Er sah nochmal auf die Uhr. *Knapp, aber zu schaffen. Hoffentlich erwisch ich die U-Bahn. Vielleicht hat ihr Zug ja auch Verspätung.* Er checkte das Schlafzimmer. Das Laken und das Bettzeug waren frisch, hinter den Schranktüren steckte Chaos, aber nichts quoll daraus hervor. Die Papiere auf dem Schreibtisch vor dem Fenster stapelten sich wie mit dem Lineal gezogen. Das Geschirr in der Küche tropfte auf der Ablage ab, er musterte die Anrichte. Irgendwas ... Ein Schritt brachte ihn zum Müll, ein Handgriff und er zerrte den Beutel raus.

Alles fein. Er schmiss die schwarze Containertonne wieder zu. *Das gefällt ihr.*

Auf dem Weg zur Haltestelle vibrierte sein Telefon. Er hetzte weiter. Die Nachricht musste warten, bis er in der U-Bahn war.

> **Nora**
>
> Hi Silas! Ich häng grad in der Luft. Klappt das heut' Abend?
>
> 13:13:11

Shit, Shit, Shit. Er fluchte und starrte die Worte an, dann die Uhr. Der Zug traf am Hauptbahnhof um 13.40 Uhr ein. *Voll vergessen ... Shit. Ich hab ihr nicht geschrieben.*

Shit. So ein Mist. Er drückte die Nachricht weg. Sein Puls
raste, er schwitzte. *Hoffentlich geht das gut.* Die U-Bahn
fuhr in die nächste Station ein und hielt. Seine Finger
trommelten auf seinem Oberschenkel. Er las das Plakat
am Ende des Abteils zum dreiundfünfzigeinhalbsten
Mal. Dann fiel es ihm auf: Der Zug fuhr nicht weiter.
Shit, Shit, Shit, das gibt es doch jetzt nicht. Er wischte
seine Hand ab an der Jeans. *Ein bisschen ist noch Zeit,
sonst bin ich zu spät. Bitte fahr!*

Aus dem Lautsprecher rauschte und dröhnte eine
Durchsage. Die Wiederholung verstand man genauso
gut. Silas starrte auf das Gerät an der Decke. *Oh Mann,
fahr! Ich will da sein, ehe ihr Zug eintrifft.*

Das Signal piepte los. Die Türen knallten zu. Silas
atmete aus.

> **Nora**
> Kein Bild, kein Ton seit Montag – ich weiß grad
> echt nicht, wie ich dran bin.
> 14:19:07

Silas hörte den Reißverschluss ihres Koffers. Er wusste,
was sie als nächstes tun würde, wie sie jedes Mal dasselbe tat – seit beinahe zwei Jahren. Gleichgültig, an
welchem Tag sie zurückkam. Ein paar Tage nach München. Geplant. Gemeinsam. Überraschend. Gestohlen.
Anfangs hatte er sie ausgezogen.

Er linste in den Flur. Dann schob er die Küchentür
ein Stück weiter zu, zog sein Handy hervor.

Silas

Ich bin die ganze Zeit unterwegs, da fällt das Schreiben untern Tisch manchmal. Sorry.

17:30:46

Sein Blick glitt zur Tür. Er steckte sein Telefon weg, atmete leise, lauschte. Es vibrierte in seiner Hosentasche.

Nora

Find ich nicht schlimm, wenn du nicht gleich antwortest. Aber nochmal: Was ist nun heut' Abend?

17:32:51

Nora

Das war doch der Plan, oder? Wann sehen wir uns heut'?

17:54:27

Er drückte die Nachricht weg, dann sah er sich um, dann tippte er wieder. Im Schlafzimmer rollte der Koffer über den Boden. *Ein paar Augenblicke noch.* Die Badezimmertür schloss.

Silas

Ich denk an dich – die ganze Zeit :). Wenn du nix von mir hörst, musst du mir nicht gleich irgendwas unterstellen. Ich will dich bald wiedersehen.

17:55:08

Nora

Du hast es echt vergessen. Ich hatte dich gebeten, ehrlich zu sein. Keine Spielchen, kein Hinhalten - dann lassen wir's halt.

17:55:53

Er schaltete das Telefon aus und schob es in die Tasche. Sie kam zurück in die Küche und schloss ihn in die Arme.

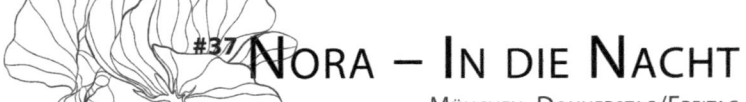
WTF?! Da stand Donnerstag. Ganz sicher.
Sie las die alten Nachrichten nochmal. *Arsch!* Wut raste durch ihren Körper, brüllte und überschwemmte Noras Kopf. Ihr Herz tobte in ihrer Brust und jagte die Hitze durch ihr Blut. Ihre Finger zitterten. Sie packte das Telefon weg.

Ihre andere Stimme blieb still.

Ist das echt sein Ernst? Verdrängung?

Die Quader an der Donnersbergerbrücke rollten an ihr vorbei, das Riesenterrarium mit dem Baum. Der Zug glitt unter die Hackerbrücke am Oval des Busbahnhofs vorbei zu seiner Endstation am Gleis. Er stoppte sanft. Nora übersah die Mitreisenden, die Koffer und Körper, das Dröhnen in ihren Ohren übertönte den Lärm. Irgendwann zerrte sie ihren Koffer hinter sich her, stieg aus, stieg ein in die S-Bahn, stieg aus und hievte das Ding die Treppen hoch zu ihrer Wohnung. Die Tür donnerte ins Schloss.

Arsch!

Ihr Koffer rumste in die Ecke und erntete einen bösen Blick. Die Dielen bebten unter ihren Füßen. Erst als alle Fenster offenstanden, als die Kälte von außen die Hitze drinnen fraß, bremste sie ihre Runde. Sie endete im Bad. Wasser rann über ihre Hände, eiste ihre Finger. Sie schnappte Luft, und Tropfen fielen von ihrem Gesicht hinab, die Wasserspuren nahmen die Wärme von ihrer Haut.

Die Wimpern verklebten, Tusche zerfloss über ihren Wangen. Der Spiegel klagte sie an. »Du mich auch«, bellte sie ihm entgegen. »Er betrügt seine Freundin. Weshalb erwarte ich, dass er mir die Wahrheit sagt.«

Nora löste die Knöpfe, der Stoff rutschte von ihrem Körper. Die Dusche eiste ihr beinahe die Haut vom Leib, dann erlaubte Nora sich ein wenig Wärme. Sie warf sich im Handtuch auf die Couch. Ihre Finger hackten in die Tastatur. Ihre Wut schoss auf die Buchstaben.

Du hast mich vergessen. Vielleicht hast du deine Gründe. Einen Scheiß denkst du an mich ...

Nora löschte die Sätze wieder, las weiter.

Im Leben gilt: Wer will, der macht. Für das was zählt, sucht man Wege, Fenster, Türen, eine Lösung. Und umgekehrt: Wer nicht finden will, hat seine Gründe.

Wenn etwas wichtig ist, vergisst man es nicht.

Nora zögerte, speicherte den Entwurf. *Wer nicht will, hat seine Gründe.*

Sie atmete bis in die Tiefen ihrer Lunge, richtete sich auf. Aus ihrem Schrank griff sie die Hose, die sie am meisten mochte, und das Shirt. Sie schlüpfte in ihre Boots, warf einen Blick auf ihr Buch, ihre Clutch, seufzte. Dann warf sie sich in Schal und Jacke, stapfte los. Ihre Gedanken blockte sie weg. *Links, rechts. Ein Schritt, der nächste, und einer mehr. Fersen heben, senken, abrollen.* Das Licht fiel grün auf die Straße, der Schriftzug leuchtete über der Tür in die Dämmerung.

Der Platz hinten an der Bar wartete auf sie. Die ganze Bar wartete auf sie. Es war noch früh und die Bar beinahe leer. Philipp hinter der Bar nickte ihr zu, und sie nickte zurück. Er runzelte die Stirn, musterte sie, dann holte er den Weißwein aus dem Kühlschrank. Sie kletterte auf den Hocker und hing die Jacke an den Haken unter dem Tresen. Er schob das Weinglas zu ihr hin. »Sieht aus, als ob das das Richtige für dich wär.«

Ein Lächeln übermannte ihre Lippen. »Genau richtig!« Sie prostete ihm zu. »Ich bin zu oft hier, oder?«

Philipp winkte ab. »Nicht oft genug! Aber wenigstens früh.«

Nora trank und weckte ihr Telefon. Sie öffnete die Notiz und ihren Textentwurf von zuvor. Sie bemerkte aus ihrem Augenwinkel eine Bewegung an der Tür.

Sophie. Das Lächeln der Französin schmolz sich in Fragezeichen. Sie musterte die Theke, dann Nora. »Du …« die Französin hob die Hand und winkte Philipp. Dann war sie neben Nora. »Du hast dein Buch nicht dabei. Und deine Tasche fehlt«, sagte sie. Sophie bohrte ihren Blick in Nora. »Du hast deine Pläne nicht weitergemacht in dein' Buch.«

Nora stutzte. »Wir haben uns nicht mehr gesehen seit dem Abend mit dem Wein auf meinen Klamotten. Woher …?«

»Ich seh es an deinem Gesischt. Ich seh es an dir. Und die Tasche war sehr schön. Wenn du nicht mehr magst, ich nehm sie.« Sophies Finger wirbelte in der Luft über Noras Statur. Dann stieß sie ihr Glas an Noras. »Du siehst scheiße aus. Ich glaub du brauchst viel mehr *vin* heute. Und dann du erzählst, was is los!«

»Hah.« Noras Augenbraue sprang nach oben, ihr Mundwinkel hievte sich zu einem halben Lächeln. »Ich glaub, besser ist, du erzählst, was bei dir passiert ist. Meinen Mist kenn ich ja schon.«

Sophies Mund formte das perfekt O, ihre Finger legten sich davor, sie mimte Entrüstung. Das stimmt! Aber dein Mist sieht viel interessanter aus. Also ich spute mich.« Kurz schloss sie die Lider mit den perfekten langen Wimpern. »Ich hab deine Tipps ausprobiert mit den Restaurants und Cafés und Museen angeschaut, ich war Essen mit meine *collègues* und ich war hier und weiß, was Philipp studiert. *Voilá.* Jetzt du!« Ihre Augen blitzten auf, ihr fiel noch etwas ein. »*Un moment!*« Sie schob Nora das Weinglas in die Hand und packte ihres. »Auf ex!«

»Auf ex? Im Ernst jetzt?«

»Voller Ernst! Ex. Das man sagt doch so, oder?«

»Bei Schnaps sagt man das.« Nora bewegte den Kopf auf und ab, nickend. *Das wird ein Abend ...*

Sie trank, und sie erzählte, und sie trank, und Sophie trank mit. Die Bar dröhnte von Menschen und Musik, die Worte schossen aus ihrem Mund, die Gedanken feuerten, tanzten, rannten. Bass brummte bis in ihren Magen, die Luft erwärmte sich. Alle rückten näher. Weinwolkenwatte füllte ihren Kopf und begann zu kreisen. Ihre Blase vermeldete den maximal erreichten Füllstand. Sie bedeutete Sophie ihr Vorhaben.

Nora zwängte sich durch Gespräche und Lachen, vorbei an Oberkörpern und Armen. Die Gesichter verschwammen zu einem Nebel aus Augen und Nasen und Mündern. Der Kerl vor ihr blockierte den Weg, wischte seine Hände und Arme wild durch die Luft. Nora wich einem Ellbogen aus und drängte weiter.

LEANDER – VERSCHÜTTET

#38

Verflucht.« Der Negroni schwappte über. Tropfen trafen den Sitz, sein Handgelenk, spritzten Rot aufs weiße Hemd.

»So Sorry!« Ihre Augen waren Bergseen. Bergseen, deren Fokus ein wenig unscharf geraten war. Leander schmunzelte. Sie kämpfte um ihr Gleichgewicht. Der Typ vor ihr hatte nicht mal bemerkt, dass er sie geschubst hatte. Er blockierte den letzten freien Weg zwischen den anderen Gästen und holte aus mit dem Arm, als wäre die Bar leer. Sie bog sich an der Geste dieses Stiernackens vorbei.

Ihr Blick fand Leander, ging ihm bis ins Mark. Sie zuckte die Schultern. »Keine Absicht. Sorry nochmal.« Dann schlüpfte sie vorbei.

Er blinzelte, sah ihr nach. Er blinzelte wieder, vergaß Ben neben sich.

Für diesen einen Moment in seinem Kopf leerte sich die Bar. Sie war in der Mitte der Lichter. Ihre Fersen hoben sich, sie drehte, sie stob auf den Fußspitzen durch den Raum, ihre Arme senkten sich, glitten durch die Luft wie Flügel. Sie strömte mit der Musik, setzte ihre Schritte zum Beat der Drums. Ihre Augen strahlten.

Der Schlag donnerte von seinen Schultern durch sein Kreuz. Leander knallte fast vom Stuhl, sein Glas rumste auf die Ablage. Der Hocker schwankte. Ben grinste. Leander blickte sich um.

Ben nickte ihm zu. »Alter? Erde an Leander: Bist du noch in dieser Sphäre mit mir oder fliegst du schon davon?«

Leander stach den Finger gegen Bens Brust. »Ich check nur aus für dich, was geht. Greta war 'ne total Liebe, Trennung tut weh – und so ... Nach sieben Jahren mit der falschen Frau kann man ja mal auch ein wenig sein Jagdgebiet erweitern und den Markt ausloten, meinst du nicht, Ben?«

»Red keinen Schmarrn, Kumpel! Ich hab echt keinen Bedarf. Ganz sicher nicht hier in der Bar.«

»Ich versteh dich, Ben, und unsere Mitbewohnerin auch. Nur: unsere Couch als Bett ... Die bist du doch auch langsam über, oder nicht?« Leander stellte seine Bierflasche ab. »Wie wär's denn mal mit einem richtigen Bett? Einem eigenen? Oder willst du doch lieber eine eigene Wohnung? Ich weiß: Du suchst dir einfach 'ne neue Liebe mit Bett und Wohnung. Zwei Probleme, eine Lösung. Zack.« Sein Finger zeigte auf breite Schultern und den Stiernacken. »Den zum Beispiel.«

»Depp!« Ben stieß ihn in die Seite und grinste noch breiter. »Dann such mir wenigstens was richtig Hübsches.«

»Andererseits: Vielleicht ist er total nett. Man muss auch mal über den Tellerrand gucken.« Der Schalk lachte aus Leanders Augen. »Sei offen! Und dann machst du ihn vielleicht doch gleich klar und ziehst bei ihm ein.«

»Nicht ganz mein Typ«, stieg er in Leanders Spiel ein. »Die Couch ist das neue Bett. Und eure ist maximal bequem. Beschweren kannst du dich auch nicht, Kumpel: Immerhin ist das Wohnzimmer ein eigener Raum mit Tür, und nachts stör ich euch nicht. Mein eigener Kram ist ja in meinem Zimmer«, sagte Ben. »Plus: Ich bin die meiste Zeit in Frankfurt. Also bin ich gerade mal drei Nächte pro Woche auf der Wohnzimmer-Couch.«

Leander lehnte sich zu ihm. »Suchst du 'ne neue … in Frankfurt?« Er grinste, räusperte sich, »… Wohnung?«

»Nein!« Bens Blick glitt aus dem Fenster, dann grinste er. »Ich bleib hier. München ist meine Stadt, und die Menschen hier sind zumutbar.«

»Bestimmte Menschen hier?«, hakte Leander nach. Er zeichnete kurvige Konturen mit seinen Händen in die Luft. »Ben, du Schelm. Warst du ohne mich aus und hast eine gefunden?«

Ben wackelte seine Hand in der Luft. »Wer weiß …«

Leander nickte, dann runzelte er die Stirn. »Nur, damit ich das richtig verstehe … Und du willst sie mit deiner mächtigen, nicht-eigenen Couch erobern und verführen – die Couch im Wohnzimmer einer WG? Diesen bestimmten, besonderen Menschen.« Leander kratzte sich am Kopf. »Hm, mh. Wahnsinns-Plan.«

Ben legte den Mund schief, sein Zeigefinger zeichnete Kreisel in die Luft. »Du meinst, das beeindruckt die Ladys nicht so? Komisch auch.« Er kratzte sich über-ausgiebig an der Stirn und verdrehte die Augen. Er schnaubte. »Ja, schon klar. Shit! Ich seh's ein: Das wird so nix.« Er hob seinen »Basil Smash«, die zwei stießen an. »Aber, Junge, ich sag dir … München und Wohnungen – als suchtest du …«

»…'nen Eiskaffee in der Hölle«, ergänzte Leander den Vergleich.

»Oder: 'nen Drink in der Bar Samstagnacht«, ergänzte Ben.

Leander runzelte die Stirn. »Na, hat dir Greta deine Eier versteckt, oder was, du Pantoffel? An 'nen Drink zu kommen, ist zu schaffen. Wo warst du die letzten sieben Jahre am Wochenende?« Er umrahmte die Augen mit kleinen Quadraten. »Filmabend auf der Couch, du Schnarchnase. Gut, dass wir für dich jetzt Donnerstag schon mal mit dem Aufwärmen beginnen.«

»Nullo«, wehrte sich Ben. Er leerte den Drink, dotzte sein Glas auf das Holz. Er nickte Leander zu. »Oder besserer Vergleich, wenn du willst: 'Ne Frau mit Herz und Seele zu finden in diesen Türmen in Frankfurt.«

Leander klatschte sich mit der Hand an die Stirn und schüttete ein Lachen in den Raum. »'n Mensch mit Herz und Seele? Du hast ja Ideen. Jemanden zum Altwerden suchst du dir doch auch nicht an der Höllenpforte aus. Da hält's keinen lang. Entweder man verbrennt, oder man läuft davon.« Er klopfte Ben auf den Arm. »Ausnahmen regelt das Leben, natürlich. Sag bloß, du hast nicht auch längst deine Seele verkauft, Ben. Das macht ihr doch alle, da in diesen seltsamen Türmen!«, stichelte Leander.

Ben lupfte sein Shirt und lugte in den Ausschnitt. »Nope, keine Narbe. Bin bislang knapp davongekommen, schätz ich.« Von seiner Stirn wischte er sich imaginären Schweiß.

»Gut! Glück gehabt, Ben. Seele, Herz und Couch vorhanden«, listete Leander. »Das mit der Frau ...« Er wackelte seine Hand und verzog das Gesicht. »... und der Wohnung ... mh. Vielleicht doch eine andere Stadt?«

»Trottel!«, grinste Ben zurück. »Ich kümmer mich um die Drinks!«

Leanders Blick sprang durch den Raum. Er suchte. Unter all den anderen Gästen fand er sie nicht wieder, nicht die Augen, nicht die Bergseen.

D as Spiegelbild auf der Toilette schwitzte und strahlte und schaukelte ein wenig wie die ganze Bar. Nora presste sich durch fremde Körper zurück. Und sie lachte und sie trank, und Sophie erzählte auch.

Nora erspähte die neue Nachricht auf dem Display, Sophie riss ihr das Gerät aus der Hand.

»Is das er?«, schrie sie durch die Musikwand. Nora streckte sich, Sophie hielt das Display vor ihr Gesicht, aber aus ihrer Reichweite. »*Non, non, non*! Du weißt genau: *merde* Idee.«

Nora las.

> **Silas**
>
> Ich weiß, das war scheiße. Nora, tut mir leid!
>
> 22:58:31

> **Silas**
>
> Meine Mum hat morgen früh einen Arzttermin in München. Sie kam heut spontan.
>
> 23:00:24

Deine Mum? Ernsthaft? So spontan, dass du nicht wenigstens gegen Mittag schreiben konntest? Oder war es nicht doch jemand anderes. Sie las weiter.

Ich hab da nicht mit gerechnet. Hab sie vom Bahnhof abgeholt und den Nachmittag mit ihr verbracht.

23:59:12

Tut mir echt leid, Nora. Sehen wir uns nächste Woche? Ich hab dich die ganze Zeit im Kopf – uns!

00:09:38

Nora langte nach dem iPhone und griff daneben. Sie beugte sich zu Sophie. »Ich schreib ihm! Gib her, Sophie. Er kann sein *Tutmirleid* vögeln, und seinen Kopf meinetwegen gegen die nächste Wand hauen, und abholen, wen er will.« Sie versuchte das Drehen aus ihrem Blick zu halten. Ihr fiel noch etwas ein. »Oder seinen Schwanz.«

Sophies Augen blitzten. »War das gut zwischen euch? Sex?«

Noras schob ihren Mund vor, zog die Augenbraue hoch und grinste.

»Bis zum Schluss für euch beide?«, bohrte Sophie weiter.

»Wie meinst du das?«

Die Französin seufzte. »Ich meine: Sex is gut, aber warst du fertig bis zum Ende? Hat er dich gemacht ...« Sie runzelte die Stirn, kaute auf ihrer Unterlippe. »Das richtige Wort ... ich denke ...« Sie rieb sich die Stirn. »Hat er dich fliegen gemacht?«

»Ich ...« Nora krauste die Lippen, kniff die Augen schmal.

»Hat er geschafft, dass du fliegst?« Sophie beugte sich vor. »Mit seinem ...« Sie deutete auf ihre Mitte. »... oder mit seinen Fingern oder dem Mund?«

Nora wandte ihr Gesicht ab, ihren Blick.

»Nicht einmal?«

Nora schüttelte den Kopf. »Ich ... Es war gut. Guter Sex.« Sie schnappte nach ihrem Telefon in Sophies Hand. »Sein Körper fühlte sich gut an auf meinem. In meinem.«

Sophie schoss vor, sie packte Noras Handgelenke. »Non. Das ist egal! Das ist nicht genug. Hörst du? Beide müssen fliegen, und wenn einer schneller ist, dann holt er den anderen nach. Du löschst ihn. Er verschwendet deine Zeit.« Sie lehnte sich zurück. »Er hat dich nicht gut geachtet.«

»Aber ...« Nora schüttelte den Kopf. »Ich kann das doch nicht so beenden: einfach nichts sagen. Das ist doch albern. Das hat keinen guten Stil.«

Die Französin widersprach. »Du hast ihm gesagt, was passiert. Er ist alt genug, die Konsequenzen zu kennen. Er hat nicht achtgegeben auf dich. Das ist falsch. Weshalb glaubst du, du musst achtgeben auf seine *sentiments*?« Sie räusperte sich. »Gefühle? Hör auf, und sei gut zu dir.«

Nora starrte sie an, dann starrte sie nach vorn. Nebel verschleierte in ihrem Blick die Bar.

Du wolltest das so. Du wusstest es, und du hast lieber gehofft und gefühlt als gedacht. Die Nachrichten, die Treffen, der Sex. Die Stimme bohrte sich durch ihren Kopf.

Klappe, schrie sie ihn an.

Okay, er darf ein Betrüger sein, blaffte er weiter.

Klappe endlich! Nicht mal anschreien kann ich ihn.

Arsch. Dieser. Verdammte. Noras Knöchel traten an ihren Fäusten hervor. Der Messerwerfer schwieg.

Sophie hob das Glas und Nora ihres. Sie schmeckte Trauben auf den Lippen und Sonne und Rausch. Der Kelch kühlte ihre Hand, ihre Wangen, ihre Lippen. Die Stunden liefen in die Nacht, dimmten die Stimmen, trugen Gäste hinaus in die Stadt. Philipp räumte die Gläser ab, dunkelte das Licht. Hinten im Eck fanden sich noch zwei, in die Dunkelheit vor der Fensterfront starrten zwei. Noras Fuß wippte den Takt, das Lied aus der Box schmiegte sich bis unter ihre Haut, und sie fühlte sich gut.

Sophies Platz war leer. Die Stühle an der Bar, die Tische vor der Wand waren verlassen. Drei Jungs quatschten noch in der Ecke hinten, zwei klebten vor der Fensterfront, starrten in die Nacht, in die Stadt, zwei Freundinnen schickten von der anderen Seite der Bar Blicke zur Fensterfront. Wo sich zuvor andere drängten, war Raum. Die Menschen waren verschwommen, sie blieben es. Fremde. Nora wollte die Gesichter nicht sehen. Niemanden, nichts. Kein Grund zu sehen, Fremdes vertraut zu machen, zu erkennen. *Hat mit Silas schon nicht geklappt,* blubberte durch ihren Kopf. *Lieber die Unschärfe.*

In der Mitte war Sophie und winkte sie zu sich. Nora drückte sich an die Wand und verschränkte die Arme. Nein.

Die Französin stapfte zu ihr, löste sie von ihrem Platz und zog sie mit. Nora gab nach. Musik war überall. Ihr Körper fand den Takt, ihre Füße die Schritte. Ihre Hüften erinnerten sich und folgten der Melodie. Nora schloss die Augen. Sie fühlte einfach nur. Ihre Muskeln streckten sich, spannten sich, ihre Knöchel fingen die Schritte auf, federten sie weich ab, drehten sie um ihre Achse. Nora fühlte das Lächeln auf ihrem Gesicht und Sophies Nähe.

Nora spürte Blicke. Das Ungefühl in ihrem Kopf schob sie davon, schauderte. Die zwei am Fenster überblendete sie, ihre Lider sanken.

Vorbei am Schleier ihrer Wimpern erspähte sie Sophies Mund. *Rosé.* Sophies Haut: Seide, Sophies Tanz: Samt. Der helle Stoff der Bluse war Nebel über ihren Konturen.

Nora glitt in die Musik und vorbei an Sophies Rücken. Sie roch Lavendel im Haar, Thymian, Pfeffer. Eine Strähne streifte ihr Gesicht. Hauchzarter Flügelschlag. Zwei Fingerbreit trennten sie, ihre Schritte drehten, fanden Halt. Nora spürte Wärme. Rhythmus strömte durch ihren Körper, und ihr Körper strömte in den Tanz. Nora blieb hinter Sophie. Fing ein, fing auf. Ihre Bewegung spiegelte die andere. Ahnte den nächsten Schritt, ahnte, wohin die Muskeln sich wanden, die Knie sich beugten, die Spitzen ihrer Füße sie streckten und weiter wirbelten.

Sophies Haar fiel nach hinten, entblößte den Hals. Ihr Puls bebte unter der Haut, ihr Mund öffnete sich leicht, schimmerte feucht. Sophie neigte den Kopf, wandte sich um. In ihrem Blick glomm Meergrün. Im Feuer glühte Noras Bild, und Nora sah sich in den anderen Augen.

Sie trank von dem Lächeln, sie trank den Moment, und ihre Seele sog sich daran satt. Sie blieben, sie tanzten. Wanden sich in der Musik. Sie berührten ihre Seelen, ihre Körper nicht. Sie tanzten, und Nora schloss die Augen.

Sie war frei.

Ben studierte das Glas in seiner Hand. *Viermal Gin, einmal zu viel?* Im Fensterspiegel wirbelten zwei Frauen, dunkel und hell, ihre Schemen flossen ineinander. *Niemand tanzt in einer Bar.* Er spähte über die Schulter. Für einen Moment glaubte er, sein Herzschlag setzte aus. Sie war hier. Aufgetaucht aus dem Nichts. *Weshalb? Hier? Heute? Ist das* ihre *Bar?* Sein Blick folgte jeder ihrer Bewegungen, jedem Flügelschlag. *Nora.* Ihr nackter Rücken schimmerte, ihre Arme glitten durch die Luft auf, ab, bestimmten ihre Schritte. Licht und Schattenfinger zeichneten ihre Konturen nach, legten dunklen Glanz auf sie. Ihre Muskeln spielten über den Schulterblättern. Sie zogen, sie stießen unter der Haut – immer weiter, schneller. *Nora.*

Wie ein Schatten floss sie um die andere Tanzende. Ihre Arme wogten um die Blonde wie schützende Flügel. Nora nahm die Bewegungen auf, dann führte sie den Takt. Ihre Wimpern flatterten, wie der Herzschlag an ihrem Hals. Zwischen den Lichtwesen auf der Tanzfläche glühte der Raum.

Sie leuchtet. Ich muss zu ihr. Ben blinzelte. Für einen Moment drehte sich die Zeit. Seine Erinnerung war in Frankfurt, Nora hinter ihrem Schreibtisch, im Besprechungsraum. *Erloschen.* Der Käfig des Lebens dort bändigte sie, zwängte sie zu einem Schatten.

Er stellte sein Glas ab, rutschte vom Barhocker und wandte sich zur Tanzfläche. Zu ihr. Eine Hand hielt

Ben an der Schulter. Leanders Stimme explodierte in seinem Ohr. Eine Frage drängte Bens Gedanken fort, den Sinn verstand er nicht. Er antwortete irgendwas. »Nein.« Leander umschloss sein Handgelenk, schüttelte den Kopf. Er sah von ihm zur Mitte der Bar, hob die Augenbraue, seine Augen wurden schmal.

»Lass die Beiden tanzen, Ben. Stör' nicht.« Leanders Augen hingen an den Lippen der Tanzenden, den fließenden Schritten. Sein Blick verfing sich an Nora. »Die Dunkelhaarige … Sie ist wie aus einer anderen Welt.« Leander riss seinen Blick los. »Ist besser so.« Er nickte. »Nach deiner Trennung musst du erst mal heilen.«

Ben las im Gesicht des Freundes. *Nora. Sie zieht ihn an.* Spürte einen Stich. Eifersucht. *Wenn ich sie jetzt anspreche, öffne ich die Tür. Für ihn. Shit. Verfluchter.* Ben fuhr sich übers Gesicht. *Shit.*

Er griff nach seinem Glas, raste durch seine Gedanken, suchte den richtigen Hebel, den richtigen Absprungpunkt in ein anderes Thema. »Und bei dir?« Ben brüllte durch die laute Musik, wischte mit der Hand vor Leanders Sichtfeld, gewann die Aufmerksamkeit. »… da müssen wir die Richtige erst backen.« Er lehnte sich gegen den Tresen am Fenster, wickelte den Freund in ein Gespräch. *Weg von dem Tanz.*

ORA – DÄMMERUNG

MÜNCHEN, DONNERSTAGNACHT

D ie Tür fiel hinter ihr zu. Jeder Muskel in ihrem Körper kribbelte wohlig. Nora wägte kurz ab und wandte sich nach links.

Die Nacht war lau, ein letztes Mal vielleicht. Nicht kalt, nicht heiß, ein Zwischenweilen in Vergänglichkeit, bevor Leben fordert, was es braucht: Veränderung. Vorwärts. Evolution.

Nora atmete die Stadt, erspürte jeden Schritt auf ihrem Weg nach Hause. Erinnerung glühte nach. Sie schlang ihren Schal um sich, schulterte die Tasche.

Die Hausfassaden hallten wieder vom Stakkato der Schritte hinter ihr. Noras Hand glitt suchend über den Mantel in die Tasche. *Nichts vergessen, alles da.* Sie wandte sich zurück, blieb stehen. Sophie holte sie ein.

»Nora«, schnaufte sie, nahm die Hand in ihre Hände. »Nora, *merci* für den Abend.«

Nora runzelte die Stirn. *Was?*

»Nora, ich glaube, du weißt nicht, wie du bist. Du bist …« Sophie kaute auf ihrer Unterlippe, sie suchte das Wort. »… kostbar. Du siehst nicht, wer lächelt, nur weil du da bist in dem gleichen Raum. So wie du bist, ich mag dich als ein Mensch.«

Wärme wanderte in ihre Wangen, ihr Blick in den Boden. Sie schwankte ein wenig zurück, schwenkte ihre Augen zuletzt doch auf Sophies Gesicht. Kein Spott. *Einfach so.* Etwas wie ein Krächzen fiel aus Noras Mund.

»Nicht dafür! Du brauchst dich nicht zu bedanken.«
Sie fasste ihre zweite Hand. »Du musst mir etwas versprechen.« Sophie näherte sich ihrem Gesicht, und Nora
fiel beinah ins Meergrün. »Sei gut zu dir! Versprich es
mir!«

Nora lehnte sich zurück, Sophie packte ihre Hände
fester. »Du hast die Verantwortung für dich. Deine *Liaison* bricht deine Werte, er hat kein' Respekt für dich.
Hat er geschrieben dir nochmal?« Sie löste ihren Griff.

Nora fischte das Telefon aus der Tasche, weckte es,
und ihr Leuchten erlosch.

> **Silas**
>
> Ich bin ehrlich, und es gibt keine Spielchen,
> Nora.
>
> 02:47:12

> **Silas**
>
> Ich hab einfach versucht, dir die Situation zu
> erklären. Ich hab dir nichts versprochen.
>
> 04:26:58

> **Silas**
>
> Manchmal kommt halt was dazwischen.
>
> 04:32:45

»Wenn du antwortest, dann machst du weiter. Du
schützt ihn, du schlägst dich. Du erlaubst ihm, dass er
dich behandelt wie Dreck.«

»Ein letztes Mal, Sophie. Ein Ende. Sonst bin ich wie
er.« Nora tippte, sie drehte das Display, Sophie las.

> **Nora**
>
> Wer will, der macht, Silas. Ich will nicht mehr. Ich will dich nicht mehr.
>
> 04:59:53

Sophie starrte sie an. »Bitte, versprich mir: Sei gut zu dir!«

Gut zu mir. Die Worte hallten in ihrem Kopf. Nora blinzelte. Sophie war fort.

#42 BEN - NACHTSCHATTEN

Er schwenkte den Rest *Munich Mule* im Glas, die letzten Eissplitter torkelten im Gin aneinander. Ben hob den Kopf, stutzte. Leander tippte ihn an und deutete in Richtung hinter der Bar. Ben nickte. Sein Blick folgte dem Freund kurz, glitt ab, suchte Nora. Er runzelte die Stirn, beugte sich vor, um mehr zu sehen. Spürte den Stich. Enttäuschung. *Shit. Sie ist weg. Wann ist das passiert?* Ben sah zur Bar.

Leander kehrte vom Waschraum zurück. Ben fischte nach seiner Jacke. »Wir packen's, Kumpel.«

»Aber …« Sein Freund sah sich um in der Bar, seine Miene spiegelte die Enttäuschung, die Ben zuvor empfunden hatte.

Er schob Leander zur Tür. »Die Show ist vorbei, und kleine Jungs müssen nach Hause.«

Durch die Fensterfront versuchte er, noch etwas zu erkennen, suchte die Schemen in der Bar, Leander auch. *Vielleicht ist sie doch noch da.*

»Ich hätte sie fragen sollen«, murmelte Leander. »Hast du sie gesehen? Die Dunkelhaarige.«

Ben seufzte. »Wer nicht. Aber du fragst nie jemand, Alter, nicht mal nach dem Weg. Vier Negroni im Gesicht erhöhen auch nicht gerade deine Chancen auf Antworten bei so einer Frau«, tat er die Bemerkung ab. »Und sie sah nicht aus wie jemand, der angesprochen werden will.«

Leander blieb kurz stehen. *Will er zurück?* Bens Puls beschleunigte. Dann stapfte Leander weiter. »Ich frag, wer sie ist. Ich …« Er drehte sich nochmal zurück. »Die in der Bar wissen das bestimmt.«

Ben hakte sich bei Leander unter und zerrte ihn weiter. »Das nächste Mal.«

Wieder wandte Leander sich zurück, seine Augen suchten durch die Nacht. »Du weißt noch, wie die heißt, oder? Die Bar?«

»Jupp. Weiß ich.« Ben ging weiter. An der Kreuzung drehte er sich noch einmal zurück, dann folgte er Leander in Richtung Süden. Er suchte den Himmel ab nach vertrauten Bildern, nach dem Mond. Ein Taxi rauschte an ihnen vorbei, entließ ein paar Meter vor ihm einen Nachtschwärmer in sein Zuhause.

Zehn Minuten Fahrt. Ben überlegte, Leander auch. *Vierzig Minuten zu Fuß.* Leander stieg ein. »Ich brauch noch Luft, Kumpel, und du brauchst immer so lange im Bad, bis dein Make-up runter ist.« Er streckte ihm den Finger entgegen.

»Depp!«, grinste Leander, »nur weil du mit deinem immer so nachlässig bist.« Er winkte. »Wir seh'n uns gleich.«

Ben lief vorbei am Taxi, atmete die Geräusche der Stadt. *Heute München. Morgen …* An der Ziegelmauer entschied er sich für den Umweg. Sein Blick fiel durchs Gitter. Er rüttelte, das Schloss gab nicht nach. Ben schob seine Arme durch die Zwischenräume, fühlte das kalte Metall an seinem Gesicht. Der Mond schälte die verwitterten Grabsteine aus der Dunkelheit, versilberte Pfade und nachtschwarze Wege schwangen sich vorbei an den Baumriesen durch den alten Nordfriedhof. *Oh*

Mann, Kumpel. Jahre nicht donnerstags unterwegs gewe-
sen, und dann hier, heute. Und Nora ist auch da, und ich
nicht allein. Was für ein beschissener Zufall. Er schnaubte.
Warum hab ich Leander nicht einfach abgeschüttelt?

Ben seufzte. Die Ruhe zog ihn an, er spürte sie unter
seinen Fingerkuppen kribbeln. Die paar Metallstäbe
trennten ihn von ihr. *Heute bleibt der Weg versperrt.*
Er löste sich und wanderte weiter, gähnte. *Später ...*
schlafen, packen. Frankfurt. Ben schrubbte sich übers
Gesicht. *Nora.*

Vorne an der Kreuzung war ein Schemen in der
Nacht. Eine Frau. Zierlich. Er holte auf. Ihre Haltung
erinnerte ihn an sie. *Nora.* Die nächste Querstraße würde ihn näher zu seinem momentanen Zuhause bringen.
Er zögerte.

Sie ging los.

#43 DANIEL – WIE IN SCHLECHTEN ZEITEN

FRANKFURT

Er ärgerte sich über den Brief. *Genesungswünsche und noch mehr Genesungswünsche. Alles für sie. Als gäbe es nur Kranke.* Dann schob er ihn zurück ins Kuvert und drückte die Klebelasche wieder zu. Daniel zögerte, wog das Papier in seiner Hand. *Weg damit.* Er schob seinen Unterkiefer vor. *Weg damit. Papiermüll.* Er sah zur Spüle, fluchte. Daniel riss die Verpackung von dem angelieferten Blumenstrauß. Der Kopf einer Rose knickte ab, er rupfte ihn weg und schoss ihn in die Spüle. »Als wären es im Krankenhaus nicht schon genug gewesen.« Er knurrte. »Jetzt geht dieser Blumenwahn auch noch bei uns zuhause weiter. Als würde dadurch irgendetwas besser. Für …sie.« *Mich.*

Glas klirrte auf den Boden. Er stopfte die Blumen in eine Vase und trabte aus dem Zimmer. Im Türstock nebenan stoppte er. »Ver …« Er würgte das Wort weg und schnaubte. *Ruhig. Das passiert.* Er öffnete die Faust. Seine Frau krümmte sich auf dem Bett, die Decke verdeckte fast vollständig ihren Körper.

Er atmete ein, atmete wieder aus. *Sie ist krank. Sie ist schwach. Das ist so nach einer OP, sagen die ganzen Schwestern. Sie wird Hilfe brauchen. Immer noch.* Sein Blick fiel auf den Stapel Genesungskarten, auf die Geschenke, die Bilder der Mädchen. *Noch mehr davon. Worte und Geschenke. Was ist mit denen, die sie pflegen?* Die Blumensträuße welkten nach zweieinhalb Wochen. Die Orchideen in ihren Töpfen verdursteten. *Endlich.*

Sie starrte ihn an, sie zitterte. »Tut mir leid, Daniel, so leid.«

Er nickte, griff sich den Besen neben der Tür, er kehrte. »Nur ein Glas«, murmelte er und brachte die Scherben weg. Er spürte ihren Blick in seinem Rücken selbst noch im Zimmer nebenan. »Wieder.«

Er klappte den Laptop auf und bearbeitete die Nachrichten. An seinem Hals pochte die Ader, an seiner Schläfe auch. Noras Name sprang ihm entgegen, sein Kiefer mahlte.

»Daniel?« Ihre Stimme schaffte kaum, aus dem Zimmer zu kriechen bis zu ihm. Er überhörte sie, öffnete die nächste E-Mail, las, prüfte die Empfängernamen. Diese Nachrichten hatte er nur zur Kenntnis erhalten. *Randnotiz.*

»Daniel.« Er wechselte vom Tisch zur Küchenzeile, hantierte mit dem knisternden Müllbeutel und wischte die Spüle nach und öffnete das Fenster zum rauschenden Verkehr. Stoff raschelte, Decken. Rollen kratzten über Holzboden. »Daniel?« Flüstern.

Daniel verdrehte die Augen, schnaubte, trabte nach nebenan.

»Daniel.« Sie stützte sich auf die Gehhilfe. Die Muskeln an ihrem Hals spannten und sie hievte ihren Kopf nach oben und zuckte zusammen. »Ich …« Ihre Stimme brach.

Er lugte auf sie herab, wartete einen Moment im Türrahmen, dann trat er auf sie zu.

»Ich hab …« Sie versuchte ein Lächeln. »Ich hab gedacht, du hörst mich nicht.« Es klang nach einer Entschuldigung. Ihre Augen wirkten riesig über den Wangenhöhlen, sie sank in sich zusammen. Die Haare klebten an ihrer Kopfhaut.

»Ich hab dein Geruckel schon gehört. Ich hab gerade gearbeitet.« Er rümpfte die Nase. Das Zimmer roch wie ein Krankenhaus, wie sie. »Du erinnerst dich? Ich hab'einen Beruf – neben meiner Tätigkeit als deine persönliche Krankenschwester.«

Ihr Kinn sank auf die Brust. »Ich muss …« Ihr Blick glitt aus dem Zimmer in Richtung Bad. »Ich …« Sie nuschelte.

»Du konntest nicht warten.« Er zog die Augenbraue nach oben, bemerkte, dass sie schauderte.

»Nach dem …« Sie stockte. »…letzten Mal …«

Zu Recht. »Der Sturz.« Er fiel ihr ins Wort. »Du bist gefallen, verdammt. Deine ganze Seite war blau. Die Mädchen hatten Angst um dich. Sie schliefen kaum in den Nächten danach. Muss das …«

»Ich dachte, ich bin stark genug. Aber es wird besser. Jeden Tag.« Ihr Körper ruckte, sie watschelte ein Stück. »Ich hab's aus dem Bett geschafft. Allein.« Wieder hob sie den Kopf. Sowas wie Stolz lag in ihrer Miene. Erleichterung vielleicht. »Heute endlich.«

»G…« Daniel räusperte sich. »Gut. Wirklich. Noch ein Sturz wäre echt schlecht.«

Ihre Lippen bebten, er sah das Flattern um ihre Augen. »Es wird jeden Tag besser. Ich spüre es, Daniel. Langsam geht mehr.«

»Ja, langsam«, wiederholte er. Er rückte zur Seite, er biss sich auf die Unterlippe und leckte an dem Schmerz. »Langsam ist gut. Besser als gar nicht.«

Sie seufzte, zwang sich einen Schritt weiter und wackelte an ihm vorbei. »Ich weiß, Daniel, im Moment ist es viel für dich. Ich weiß, du machst viel. Und viel für mich.« Sie suchte seinen Blick. »Danke, Daniel.«

»Ja«, sagte er.

»Und für die Kinder.« Sie mühte sich zum Türstock, pausierte. Ihr Atem rasselte. Sie blickte zurück. »Nächste Woche geht es sicher schon allein. Dann kannst du wieder zurück ins Büro. Meine Eltern kommen. Sie sind tagsüber da.«

»Heilung dauert.« Er trat neben sie und reichte ihr seinen Arm zur Stütze. »Einer muss ja das Geld verdienen. Für die ...« Er blies Luft aus seiner Nase. »... Familie.«

#44 NORA – WOLKENZERKRATZER

FRANKFURT, MONTAG

D er Montagvormittag verhielt sich wie immer. Oder beinahe. Ihr Telefon schwieg, Daniel war wieder da, die Kollegen saßen um den Besprechungstisch. Und Ben auch. Irgendwie. Nora beobachtete ihn unter ihren Wimpern hinweg. Sein Blick hüpfte durch den Raum, er zappelte auf seinem Stuhl. Immer wieder drehte sich sein Kopf zu ihr, presste die Lippen zusammen, prüfte die Uhrzeit.

Das Licht im Zimmer erlosch, die Woche begann. Scheinwerferlicht blendete Noras Augen, das Gegenlicht verbarg Daniel. Stühle rückten, Augenpaare hingen an ihr. Ben nickte ihr von weiter hinten zu. Schatten verdunkelten seine Augen. Während der Besprechung starrte er nur vor sich hin. Aus dem Augenwinkel sah sie ihn nicht einmal blinzeln. Erst als das Licht anging, die Tür sich öffnete.

Nora klemmte ihren Laptop unter den Arm und huschte an seiner Seite hinter den Kollegen aus dem Raum. Sie sah ihn nur an. »Wochenende mit Freunden. Wir ...«, begann er. Dann donnerten Schritte heran, schlossen auf.

Nora drehte sich nicht um. Sie musste sich nicht umdrehen. *Geh vorbei. Geh einfach vorbei.*

»Nora!« Daniel räusperte sich. »Ben ...« Er nickte einen Gruß. »Nora, ich wollte ...«

»Ich hab gehört, deiner Frau geht es besser, Daniel. Das freut mich.«

»Äh, ja«, antwortete er.

»Sie hat die OP gut überstanden, richtig?« Nora konnte das Büro sehen. Sie beschleunigte ihre Schritte, Ben hielt mit. »Das ist wirklich toll, Daniel. Das tut sicher deiner ganzen Familie gut.«

»Äh, ja. Ich …«

Sie überging seinen Versuch, zu Wort zu kommen. »Ich find das so wichtig, dass du dir ein paar Tage frei genommen hast für sie. Das sind schwere Zeiten, aber das schweißt auch zusammen.«

»Ja.« Ben stimmte ihr zu. »Krebs ist schrecklich. Wir alle wünschen deiner Frau gute Besserung.«

Sie erreichten Daniels Büro und hielten inne. Er blickte von ihr zu Ben, stand in der Tür. Seine Zunge fuhr über die Lippen. »Nora …«

»Ja, das ist wirklich wichtig, dass sie wieder gesund wird. Das verstehen alle hier, Daniel.« Nora nickte. »Und wir wissen, dass wir dich besser in Ruhe arbeiten lassen.« Sie erfasste Bens Blick, gleichzeitig wandten sie sich ab. Daniel blieb zurück.

»Danke.« Nora zwinkerte Ben zu. »Hey Jungs, fünf Minuten nicht gesehen – habt ihr mich schon vermisst?«, warf sie in die Runde und erntete grinsende Gesichter.

»Kaffee, später?«, fragte Ben.

»Ja! Ich brauch auf jeden Fall einen – und wenigstens eine kurze Pause.«

»Oder gleich?«

Nora studierte Bens Miene. »Ich hab den Berg Arbeit hier. Da muss ich erst noch ran. Oder …« Ihre Augenbrauen wanderten aufeinander zu. »… gibt's was bei dir?«

Ben winkte ab. »Nope. Nichts außer deinem Koffein-spiegel. Da ist uns allen lieber, dass der oben ist.«
»Blödmann!«

Sie rieb sich die Lider. Ihre Augen brannten. Sie strich drei der Punkte von ihrer Tagesliste. *Erledigt.* Nora beugte sich vorbei an ihrem Bildschirm und suchte Ben durch den Blätterwald ihrer Büropflanze hindurch. Sie entdeckte seinen Arm, hörte ihn tippen, dann innehalten, dann rascheln. Die Schublade rastete wieder ein. *Der Süßigkeitenvorrat.* Der Zeitpunkt war perfekt. Nora drückte sich vom Schreibtisch ab und ihr Stuhl rollte nach hinten.

»Hey, Naschkater!« Seine Finger stoppten in der Luft über den Tasten, sie grinste auf ihn herab, und er hoch zu ihr. »Ich glaube, du brauchst dringend Kaffee.« No-ras Mundwinkel kletterten nach oben. »Und falls nicht, dann brauchst du eine richtig gute Ausrede, weshalb du mich nicht begleiten kannst zum Kaffeeautomat.«

Ben nickte und federte auf. »Bestes Timing, Miss München.« Er langte nach seiner Tasse und zuckte zusammen. Nora auch. Das Telefon klingelte. Sein Blick glitt zur Nummernanzeige im Bildschirm. »Shit.« Er ballte die Hand. »Verdammter Shit.«

Nora sah es in seinem Gesicht, sie wusste es, bevor er es aussprach: »Sorry, Nora, ich muss da ran. Ich komm nach.« Ben krachte auf seinen Stuhl. »... hoffentlich.«

Sie schlenderte aus dem Büro und blickte zurück. »Hoffentlich.«

Das Licht vom Flur fiel in die Kaffeeküche. Nora spülte ihre Tasse aus, antwortete den Kollegen, die an der kleinen Zelle vorbeikamen. Sie griff sich einen Beutel Tee. Der Wasserkocher brodelte neben ihr. Jemand marschierte durch den Gang, die Tür neben der Kaffeeküche schlug zu, öffnete sich nach einer Weile wieder. Die Schritte schlenderten davon, andere näherten sich. Der Kocher beendete sein Werk, sie langte nach dem Griff. Jemand nahm den Türstock ein und warf Schatten.

»Bin gleich fertig«, rief Nora nach hinten über die Schulter. Sie behielt die Tasse im Auge und goss das Wasser ein. Sie hörte den Atem hinter sich. Sie zuckte und zwang sich zur Ruhe. Ihre Hand krampfte sich am Griff des Wasserkochers fest. Langsam führte sie ihn hoch, ließ ihn nicht los. Nora drehte sich um. Sie versuchte, höflich zu lächeln.

»Keine Eile.« Daniels Zunge spielte an der Unterlippe. Er trat ein und überfüllte den Raum. »Meiner Frau geht es besser. Die OP ist ja gut verlaufen, und sie haben alles erwischt. Der Krebs ist erst mal weg. Wie schön, dass du dafür Verständnis hast. Dein Interesse freut mich.«

»Gut, Daniel.« Die Worte presste sie zwischen den Zähnen hervor und tauschte den Wasserkocher gegen die Tasse. Sie hielt sie vor die Brust. Hinten stieß sie an den Schrank der Spüle.

»Es war wirklich eine schwere Zeit.« Er spielte auf Mitleid und lächelte seltsam. »Für mich.«

Wie ein Wolf.

»Wir könnten …« Daniels Augen blitzten.

Sie mochte den Glanz nicht. Noras Mitte grummelte. Die Tasse brannte in ihrer Hand. Eis frostete ihre Adern, ihr Herzschlag trommelte durch ihren Kopf. Sie wünschte sich weg.

»... mittags ...« Er rollte mit den Schultern, beugte sich in ihre Richtung. »... oder bei einem Abendessen?«

Ihr Kinn schoss hoch, ihr Blick auf ihn. *Im Ernst jetzt?*

Er trat noch einen Schritt in die Küche.

Sie roch sein Aftershave, seinen Schweiß, den Stoff seines Anzugs. Sie spannte alle Muskeln und drückte das Schaudern weg. Noras Bauchgefühl brodelte, Frost jagte durch sie, hängte Blei an ihre Glieder, fegte ihr Hirn leer. Angst. Zement an ihren Füßen. Ihre Finger krallten sich in die Tasse, sie schob die Schultern nach vorn, ihre Augen wurden schmal und dann ihr ganzer Körper. Sie maß den Abstand zwischen Wand und Tür und ihm und ihr.

Würde ...

»Du kommst doch viel rum.« Das Lächeln auf seinem Gesicht widerte sie an. Sie hörte die Worte, und sie hörte, was er damit sagte. Oder andeutete. Sein Blick fixierte ihre Brüste.

Arschloch.

»Du kennst doch sicher ein paar nette Locations für ...« Er räusperte sich. »... ein nettes Gespräch ... sowas.«

Ihr Mund dörrte aus, ihre Zunge verklebte mit dem Gaumen. »...« Ihre Stimme krächzte. Worte blieben aus. Wut kochte, und Ekel garte mit und stieg in Nora. Sie öffnete den Mund, die Muskeln in ihren Armen spannten. Das Wasser in der Tasse war noch kochend heiß. Sie blickte in seine Fratze – und im letzten Moment blinzelte sie das Bild weg: seine verzerrte Miene. Sie legte sich die Fesseln an. *Raus hier! Weg! Scheiß Zivilisation.* Sie räusperte sich, verfluchte sich für die Verlegenheit, das Lächeln, dieses Pardon, das ihr Gesicht besetzte. *Verdammte Scheiße, kein Lächeln, kein Sorry. Ich bin nicht diejenige, die sich entschuldigen muss. Hallo!?*

»Ich …« Sie spürte seinen Blick auf ihren Lippen. Ihr Hirn war leer und voll mit Wut in Ketten.

Los! Krieg den Arsch hoch, verdammt. Ihr Messerwerfer tobte. *Wer ist hier falsch? Nicht du – er! Los! Wach auf!*

Dann schoss sie los. »Keine Zeit.« *War das laut, war das nur in ihrem Kopf?* Sie war an ihm vorbei, war aus dem Raum. Noch waren keine Schritte hinter ihr. Die Tasse schwappte über, heißes Wasser verbrannte ihre Haut. Sie stockte. Nora blinzelte. *Seinetwegen.* Sie stoppte, starrte auf die roten Flecken auf ihrer Haut. Der Schmerz jagte die Hilflosigkeit aus ihrem Hirn. Sophie fiel ihr ein und Sophies Worte. »Sei gut zu dir!« Nora murmelte.

Ohne ihn wäre das nicht. Nein. Ihre Knöchel traten weiß hervor. *So nicht.*

Sie kehrte um. Im Flur vor der Küche stellte sie sich auf. »Daniel.«

Er schoss um seine Achse. Ein Lächeln klebte ihm im Gesicht. »So schnell zurück?«

Nora stand vor ihm. Sie spürte den Boden unter ihren Schuhen, sie verbreiterte ihren Stand, ihre Schultern wanderten nach hinten und ihr Kopf hoch. »Sicher.« Der Ton tötete sein Lächeln. Nora zwang ihren Blick auf seinen, er wandte ab, versuchte eine Haltung, die locker wirken sollte.

Am Arsch.

»Eine Location empfehle ich dir gerne. Für dich und deine Frau.« Sie bemerkte ein Zucken um seine Augen. »Ich weiß ja, wie das ist. Und du weißt das sicher auch: Sowas Schlimmes geht nicht so leicht vorüber. Ich meine …« Sie richtete sich auf. »Geschwüre kommen wieder, wenn man sie nicht radikal aus seinem Leben schneidet.« Noras Blick fixierte ihn, wanderte von seinem Scheitel bis zur Sohle und zurück.

»Ähm?« Daniel rollte die Schultern. Sein Finger fuhr hoch und zwischen Hals und Hemdkragen entlang. Seine Wangen erbleichten etwas.

»Das ist doch oft so. Man glaubt, man hat etwas überstanden. Und: Ich drück dir da wirklich die Daumen für deine Frau. Aber …« Sie legte den Kopf schief. »… erst nach einer Weile zeigen sich die Folgen der Behandlung: Kann man tatsächlich abschließen, oder verwandelt diese Krankheit den Alltag weiterhin in eine einzige Plage?« Nora lehnte sich ein wenig vor. »Ich würde in dem Fall mit allen Mitteln dagegen ankämpfen.« Nora kostete einen Moment Pause.

Daniels Augen standen riesig im Gesicht, sein Mund klappte etwas herab.

»Das ist bei Krebs so. Und das ist so bei …« Sie zog die Augenbraue hoch, stellte ihre Füße auf breitere Fläche. »Bei einigen anderen Dingen, die ungebeten in unser Leben kommen oder in unseren Privatbereich.« Nora drehte sich ab. »Ich geh jetzt zurück an meine Arbeit, Daniel. Deswegen bin ich hier. Leider gibt es immer wieder Menschen, die nicht sehen, was zum Job gehört, und was die Grenze einer Person überschreitet. Schon komisch.« Ihr fiel noch etwas ein. »Den Rest der Woche arbeite ich von zu Hause aus, Daniel. Das ist doch in

Ordnung, oder?« Sie machte einen Schritt, nagelte ihn noch einmal mit ihrem Blick. »Und falls jemand fragt, keine Sorge: Ich erkläre gern, wie das ist mit Krankheit und Partnerschaft und Belästigung im Büro.« Sie hustete. »Belastung, meine ich natürlich. Gib gern Bescheid, wenn ich das tun soll.«

#45 BEN - SCHRAMMEN
FRANKFURT

Ihr Mantel war noch da. Er legte auf. Gottverdammt. Was für ein beschissenes Timing. Sie war ohne ihn zum Kaffee und wieder zurück, und beim nächsten Versuch war es wieder das Telefon, das ihn an den Schreibtisch kettete. Und sie war davongezogen. An den Nebentischen klackerten noch die Tastaturen. Er hörte die Kollegen murmeln und debattieren, und er hörte ihre Schritte im Flur.

Sie blieb im Türrahmen kurz stehen, schaute zurück. Alle schauten zu ihr, dann wieder in ihre Monitore. Ben nicht. Er blinzelte. *Woouuh, die Kriegerin ist da.* Ihr Blick fand ihn. Dann war sie an seinem Schreibtisch.

»Hey, tut mir echt leid, Nora, mit dem Telefon.«

»Mh.« Aus ihrer Kehle knurrte es.

»Ich mach's morgen wieder gut, okay?«

Nora schüttelte den Kopf.

Autsch. Enttäuschung boxte ihm in den Magen. »Komm schon, morgen ist auch noch ein Tag.«

»Nicht für mich, Ben«, hörte er sie.

»Ich versteh nicht …?«

Nora stützte die Hände in die Hüften, ihr Blick hetzte zur Tür und wieder zu ihm. Er sah die Knöchel weiß durch ihre Fäuste. Sein Blick flog zum Flur und wieder zu ihr. »Ben, ich fahr heut' heim. Ich …«

»Was ist passiert, Nora?«

Sie rollte mit den Augen, und ihr Kopf machte sowas wie *Rate mal, ich hab's dir doch gleich gesagt*, obwohl sie nie so etwas gesagt hatte. Und Ben sah nochmal zur Tür in Richtung Daniels Büro. Sein Kiefer klappte herunter. »Nora?«

Sie knurrte. »Er wollte mir bei einem netten Gespräch abends genauer erläutern, wie gut es seiner Frau geht und wie schwer das für ihn ist.« Sie schüttelte den Kopf. »Zu seiner Verteidigung: Er hatte mir auch noch mittags zur Wahl gestellt.« Nora legte den Zeigefinger ans Kinn und spielte ahnungslos, erhöhte ihre Stimme in den Mädchenmodus. »Wer weiß, vielleicht galt die Einladung zum Gespräch auch nur meinen Brüsten. Schließlich hat er diese die ganze Zeit angestarrt.

»Aber seine ...« Er spürte etwas in seinem Bauch. Wut köchelte. *Arschloch.*

»Der Krebs und so, und seine Frau und so?« Nora schürzte die Lippen. »Ja, das hab ich auch gedacht. Aber die OP lief ja gut, also. Alles fein. Zurück auf Anfang. Und nachdem ich ja viel rumkomme, kenne ich auch passende Locations – für ein Gespräch und sowas.«

»Nicht. Dein. Ernst.« *Bitte nicht.*

»Ben, ich pack meine Sachen.«

Bitte nicht. Geh nicht, Nora. »Und dann?«

»Dann fahr ich heim.«

Bleib! »Und dann?«

»Dann geh ich in meine Bar.«

Nimm mich mit. »Deine Bar? Ich ...« Er schluckte, verschluckte sich, hustete. »Allein?« *Bitte nicht.* Er sah sie vor sich in der Bar. Es war wieder Freitagnacht, und er sah sie tanzen. *Jeder hat sie gesehen. Leander. Verdammt. Und ich bin den Rest der Woche hier.* Sein Blick schwenkte durchs Büro und wieder zu ihr. *Shit.* »Und wann kommst du zurück?«

Sie runzelte die Stirn und musterte ihn, dann drehte sie sich um.

Sie ging.

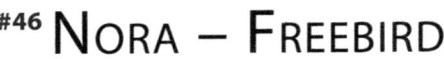

D ie Bar war leer. Philipp warf das Geschirrtuch über seine Schulter und stellte das Weinglas ab. Er blickte hoch. Er musterte sie, die Stirn gerunzelt. »Schon Freitag? Oder Donnerstag?« Er sah auf seine Uhr, dann wieder zu ihr. »Oder hast du dich im Tag vertan oder in der Stadt?«

Nora krauste die Lippen und die Stirn und das ganze Gesicht. Sie zuckte mit den Schultern. Sie ließ ihren Blick vom einen Ende der Bar über die Sitzecke gleiten bis zu ihrer Ecke, zog die Augenbraue hoch. Philipp verstand die Frage, ohne dass sie fragen musste.

»Montagabend. Nach Elf.« Er musterte ihr Gesicht, ihr Outfit, den Koffer neben ihr. Ihr Trolley rollerte hinter ihr her. Sie zog ihn durch den schmalen Platz zwischen den Barhockern und der Wand. Philipp nickte. Er griff zu den Gläsern, zum Wein, und er stellte eines an ihren Platz in der Ecke und Wasser dazu.

Sie zog ihr Notizbuch aus der Tasche und ihr Smartphone. »Alles gut bei dir? Studium?«

Philipp zuckte mit den Schultern. »Bei mir?« Grinste. »Passt.«

Nora nickte, nippte am Wein und senkte den Kopf. Sie öffnete die E-Mails, dann den Browser. Sie tippte und kopierte den Link der nächsten Website und notierte in ihr Buch. Sie blätterte die vollgeschriebene Seite um. Stühle rückten, die Musik wurde leiser. Nora nahm

Bewegung wahr im Raum. Nora legte ihren Stift ins Buch und klappte es zu. Philipp stellte die Barhocker auf den Tresen und die Stühle auf die Bank. Sie folgte seinen Bewegungen. Er packte zu, drehte die Hocker, schwang sie auf die Tische. Einen und den nächsten und wieder einen.

Er bemerkte ihren Blick und drehte sich um. »Nora?«

Sie kauerte sich auf ihren Hocker und lehnte sich auf den Tresen. »Ich gehör da nicht hin«, sagte sie.

Philipp nickte. »Die Türme.« Er nahm den nächsten Stuhl. »Und was willst du dagegen tun?« Er deutete auf ihr Notizbuch. »Vielleicht das, was da drin steht, woran du schon die ganze Zeit arbeitest?«

Nora schaute ihn an. Sie presste die Lippen zusammen, ballte die Hände. Sie schnaubte. »Ich glaub, ich fang damit an.«

»Und womit genau?«

Sie tippte auf den schwarzen Einband. »Mit dem ersten Schritt.« Sie schmunzelte, fächerte die Quaste des Anhängers über die Theke, leerte den Wein.

»Du meinst: dem ersten Schluck.« Philipp wandte sich wieder den Stühlen zu, und Nora öffnete die Mails in ihrem Smartphone.

»Dem ersten, dem letzten ... Wer weiß das immer so genau?« Gewickelt in ihren Mantel, der Koffer schepperte hinter ihr her, umarmte sie Philipp. »Dank dir!«

Er grinste wissend. »Bis bald, Nora.«

Die Tür fiel hinter ihr zu.

#47 LEANDER – ROSE, MARY UND GIN
MÜNCHEN

Seine Übelkeit steigerte sich Schritt für Schritt. Es war noch früh. Er passierte einen Laden, auf die Fahrräder, die Helme in der Auslage fiel noch Licht. Freitagabend. Leander schlenderte weiter. *Die Bar vom letzten Mal. Ist sie heute wieder da?* Er schlenderte weiter, sah die grüne Schrift über der Tür. Die erste Fensterfront gewährte einen Blick hinein. Er schlenderte vorbei, und er spähte ins Innere.

Hinter dem Tresen zielte der Bartender mit der Flasche Duke Gin auf irgendwas. Leander vermutete ein Glas. Er verengte die Augen, verlangsamte den Schritt. *Ist das der? War er auch da ... an dem Abend? Er muss sie gesehen haben. Vielleicht kennt er sie.* Die Tür unterbrach sein Sichtfeld. Ein Kerl am anderen Ende der Bar lümmelte auf seinem Ellbogen über dem Eck und kaute seinen Freunden unter halbgesenkten Lidern vor – Worte oder Kaugummi oder beides. An der Fensterfront saß ein Mädchen, und ihr Blick traf seinen. Leander wich aus.

Sie nicht. Er fixierte die Pflastersteine auf seinem Weg. Er beschleunigte, dann drehte er sich zurück.

»Au, verdammt«, zischte er. Er verfluchte den Blumenkübel, dann sich selbst. Er starrte von der anderen Seite durchs Fenster hinein. In der Ecke bei den Sitzgruppen saßen auch noch zwei, verdeckt durch diesen Kerl an der Bar, der sich festhielt an seiner Flasche. Leander streckte sich, doch der Blick blieb versperrt.

Er trat von einem Fuß auf den anderen. Zwei Mädels zogen an ihm vorbei und bogen in die Bar. »... saß heut' noch am Rhein«, sagte die eine. »Und jetzt hier. Kulturschock«, sagte die andere daraufhin. Den Rest des Gesprächs blockte die Tür und ließ ihn außen vor.

Dann ging er rein. Der Vorhang hinter dem Windfang stoppte ihn, der Stoff verfing ihn mit seinen schweren Bahnen. An der Tischgruppe saßen Jungs, und die Mädels setzten sich in deren Nähe. Leander wischte sich über den Mund. *Sie ist nicht hier.* Seinen Rücken lief ein Schaudern hinab. Er wählte den Platz am anderen Ende der Fensterfront drei Hocker entfernt von der Handtasche mit den goldenen Bügeln. Leander stierte auf die Karte durch die Buchstaben hindurch.

Der von der Bar stand plötzlich neben ihm. Und lächelte ihn an. »Was gefunden?«

»Ähm.« Leander sah hoch. »Mh.« Das Lächeln war noch da.

»Brauchst noch 'nen Moment?«

Leander räusperte sich. »Ähm, was empfiehlst für 'nen Drink?« Er kratzte sich an der Schläfe. »Ich ... Letztes Mal, da hab ich einen gesehen, so ...« Er seufzte. *Oh klar, sicher bin ich der Einzige mit 'nem Drink und mit Gin.* »... was mit Gin ... und nicht einfach nur Tonic, sondern sowas mit ....« Seine Wangen brannten, seine Hände formten sowas wie Gestrüpp.

Der andere nickte, und sein Lächeln war verschmitzt. »Ich weiß! Bring ich dir.« Dann war er weg, wieder hinter der Bar, und Leander starrte ihm hinterher. *Der war das auch letztes Mal. An dem Abend ...*

Der Vorhang an der Eingangstür bauschte sich. Leanders Puls legte ein paar Schläge zu. Eine Hand kämpfte sich zuerst durch die Stoffwand. Sie war behaart, und Leanders Puls kehrte zur Normalität zurück. Oder fast. Feuer entflammte in seinem Augenwinkel, sein Blick schwenkt zur Bar. Der Bartender hielt einen Schnitz Zitronenschale in den Brenner, rieb das Glas mit dem Stück der karamellisierten Zeste ein. Er erwärmte ein Kräuterbündel in der Hand, und Leander roch Rosmarin und Feuer. Der Barmann fing den Rauch in einem Weinpokal ein. Leander sah das Feuer sterben. Der Barmann füllte Eiswürfel in den Rauch, packte die Zylinder-Flasche und goss Gin Mare ein und ein grünes Fläschchen mit weiß-gelbem Emblem darauf. *Tonic*, hoffte Leander. Hinter der Bar steckte der Große einen Zweig Rosmarin in den Drink, ein Stück Zitronenzeste daran. Er griff nach dem Stiel und drehte sich.

Leanders Magen wurde wieder flau. *Meiner. Der Drink ist gleich da. Ich frag ihn einfach zu dem Abend.* Er sah den Bartender auf sich zukommen, lächeln.

Leander nickte, sein Kopf war leer.

»Na dann: Cheers!« Der Drink stand neben ihm.

Leanders Kopf schnellte hoch, seine Mundwinkel auch. »Danke«, ploppte aus seinem Mund, dann verstolperte sich seine Zunge und die Worte klebten im Rachen fest. »Äh …«, stotterte er dem Rücken des Barmanns hinterher. *Shit.* Er griff nach dem Glas und tankte einen Schluck. *Gleich. Ich geh einfach rüber und frag ihn.* Er rutschte von seinem Stuhl. Der Türvorhang klappte auf, Leander zögerte.

Ein schlanker Arm, eine schwarze Bluse schob sich in den Raum und blondes, langes Haar steuerte auf die Bar zu, und der Barmann nickte ihr lächelnd zu. Für sie verließ er kurz sein Reich und ließ sich umarmen.

»Hey, wie geht's dir? Lange nicht gesehen.« Leander beobachtete das Strahlen der Blonden, ihre langen Wimpern. »Gut geht's mir, Philipp, und dir?« »Immer«, antwortete der Große, und seine Geste lenkte sie auf einen der Hocker an der Bar.

Schön. Nicht sie. Leander zog sich zurück, nippte den Gin Mare. *Nicht schlecht, aber mein Liebling wird's nicht.* Und er beobachtete die Nacht vor der Fensterfront und die aufziehenden Gäste. *Nicht sie.* Die Nacht brachte keine Spur von ihr. Andere, nicht sie. Leanders Blick ging zur Bar, seine Hand nestelte an den Scheinen in seiner Hosentasche, Philipp stand vor ihm und Leander fand die Worte nicht. Er bestellte irgendwas.

Der nächste Drink war Erde und Frucht und kaltes Feuer. Whiskey. Old Fashioned. Der Vorhang spuckte immer wieder neue Gäste in die Bar. Seine Zunge stippte an die Lippen und die Geschmackspartikel, Leander sah den Eisberg in seinem Glas schmelzen und die Stadt auf der anderen Seite der Fensterscheibe strömte ins Wochenende. Der Hocker neben ihm schrammte über den Boden, und jemand zog ihn weiter ins Eck. Er lächelte und mochte den Duft, der plötzlich bei ihm war. Er wandte sich um. Philipp war da, er versperrte ihm den Blick. Er stellte ein Glas Weißwein auf die Theke, und das Lachen, das er hörte, mochte er auch ohne das Gesicht dazu. Vielleicht war es besser, das nicht zu sehen. Oder die, zu der es gehörte. Vielleicht wäre er nur enttäuscht. Sein Eisberg schmolz weiter.

»Der Platz war noch frei, oder?« Die Stimme fuhr ihm unter die Haut. »Sorry, ich hab mich einfach hergesetzt. Aber ich bin eh gleich weg. Okay?«

Leander nickte, drehte sich zu ihr, und sein Herz setzte aus. Sein Kopf nickte weiter, seine Augen wurden riesig. »Hey«, sagte er. »Ich hab dich gesehen letztes Mal. Tanzen.«

»Oh«, sagte sie. Ihr Kopf schnellte zurück, sie musterte ihn, und wenn da ein Lächeln gewesen war, dann war es jetzt weg. Sie kaute auf ihrer Unterlippe, das Rot schimmerte sanft.

Leander ruckte hoch. „Oh", wiederholte er und seine Hände öffneten sich in ihre Richtung und wischten durch die Luft. „Es war ..." Und erwischten das Glas. Der Wein platschte über das Holz auf sie. Der Stiel brach. »... wunderschön.« Das Glas knallte auf den Boden und barst in tausend Scherben. »Shit.«

Sie blickte herab an sich und wieder zu ihm. »Nicht dein Ernst.«

»Leander«, sagte er, und: »Oh Gott, das tut mir leid.« Er stammelte und sah sie an, sein Hirn sprang wieder an.

Philipp war da und kehrte die Scherben weg. »Muss an dir liegen, Nora.« Sie hob die Arme und schüttelte den Kopf und grinste. »Vielleicht ist das ein Zeichen, besser kein Wein für mich – oder keine Menschen.«

Philipp wiegte den Kopf hin und her und schob die Unterlippe vor. »Wirklich geschadet hat's deinem Leben nicht.« Seine Grübchen verrieten ihn. »Musst du zugeben.« Er blickte von Nora zu Leander und verschwand hinter seiner Bar.

#48 NORA – GNOCCHI IN SALBEIBUTTER UND SEKT

Sie setzte den letzten Punkt unter den Textentwurf. Nora ging in die Küche, sie brühte sich Tee auf und sah ihm zu, wie der Beutel sich im heißen Wasser verströmte. Ihr Telefon plingte. Felix schrieb. *Später, Bruderherz.* Die Tasse wärmte ihre Hände, sie stellte sie neben sich auf die Ablage der Couch. Dann tippte Nora die Adresse des Empfängers in das Feld. Sie schlurfte in die Küche, füllte den Wasserkocher bis zur Markierung und startete ihn.

Ihr Smartphone tönte erneut. *Was ist denn los?* Sie zerrte es aus der Tasche. Diese Nachricht war nicht von Felix. *Oh, der Typ aus der Bar.* Sie hatte ihm ihre Nummer gegeben. Er nutzte sie, schickte eine weitere Mitteilung nach. *Leander. Du bist nachher dran.*

Die Wärmflasche war so heiß, die Haut an ihrem Bauch unter dem Lieblingspulli rötete sich. Sie quälte sich noch einmal durch den Text, noch einmal durch die Erinnerung an die Ereignisse zwischen Daniel und ihr. Ein Schauder schüttelte ihren Körper, ein paar Tropfen Tee versprangen. Sie tippte die E-Mail-Adresse des Betriebsrats ins Empfängerfeld.

Der Mauszeiger wanderte zu dem Pfeil. Sie klickte. Die erste E-Mail war losgeschickt. Dann nahm sie sich ihren zweiten Entwurf vor, las ein weiteres Mal den – beinahe identischen – Text. Ihre Augen wurden schmal, der Druck in ihren Ohren nahm zu, in ihrem

Kopf auch. Sie tippte den Empfängernamen ein. »Fuck you, fuck you, fuck you, fuck.« Ihr Finger schwebte über der Taste, er senkte sich. Sie zog ihn fort. Sie las noch einmal durch, verschob einen Absatz, markierte Teile des Textes **fett**. Diese E-Mail ging an Daniel.

Dann die Dritte. Der dritte Entwurf, das Exposé ihrer Geschichte. Nora ging ins Bad. *Nummer eins: Betriebsrat. Nummer zwei: Daniel. Nummer drei:...* Nora zerstarrte ihr Spiegelbild. *Offenlegung. Das ist ... nackt.*

Dann musst du nie mehr lügen. Der Messerwerfer.

Ihre Augen blitzten. Ihr Blick folgte dem Schwung der Oberlider, den Wimpern. Die goldenen Sprenkel ihrer Augen machten das Blau heute mehr Grün. *Und wenn es nackt ist, dann soll es jeder sehen. Nichts mehr zu verbergen, keine Lügen, nichts, wofür ich mich schämen muss.*

Der Messerwerfer rammte sein Messer in den Boden und richtete sich auf. *So ist es. Du nicht. Du hast nicht die Grenze überschritten.*

Und ... Gott ... Auch, wenn ich nicht auf Wunder hoffen kann: Ich hoffe, auch die da oben *wachen auf – ein wenig zumindest. Ich hoffe, er wird sich nicht einfach wieder einer anderen aufdrängen, Grenzen ignorieren.* Sie stützte sich am Waschbecken ab, wippte vor und zurück.

Nora schloss die Augen. Der Baum vor ihrem Fenster rauschte, der Wind zischte durch die Zweige, pfiff zum Fenster herein. *Nie mehr.* Sie sah die Frau vor sich, die Kanten in den Zügen und den sanften Lauf der Konturen, die Lippen, die sich so auf zur Unsichtbarkeit pressten und zu selten lachten. Sie zog den Ring aus dem Haar und strubbelte durch die Chaoswellen. *Ich.*

Du, ja! Schick. Es. Ab.

Ich kann das tun. Für mich. Vielleicht auch für andere.
Sie griff zum Puder und tupfte die Lider, zum Schokob-
raun und zum Pinsel und fuhr den Lidrand nach. Rechts,
links, oben, unten. Dann den Bogen oberhalb der Lidfal-
te. Ganz leicht. Sie zog eine Linie an jedem Auge mit dem
Kajal, tuschte die Wimpern, die Brauen, betrachtete das
Gesicht im Spiegel. Ihres. *Auch ich. Anders.* Sie lächelte.

Sie zog den Pulli über den Kopf und das Shirt auch.
Ihre Hose glitt neben den anderen Teilen zu Boden.
Nora streckte die Arme nach rechts und links, soweit
es ging. Und jetzt Flügel, jetzt Fliegen. Ihr Blick folgte
Konturen, Kurven und Kanten, den Narben von der OP
und jenen Spuren des Ungestüms endloser Sommer in
unendlichen Wäldern und Feldern aus Löwenzahn und
Gänseblümchen, Brennnessel und Blutströpfchen mit
Pfeil, mit Bogen, mit nichts als Phantasie. Sie atmete
den Duft, und sie mochte ihn.

Sie rollte die Zehen auf dem Boden. Die Fliesen rieben ein wenig an den Sohlen, gaben ihr zurück von
ihrer eigenen Wärme. Sie mochte das. Ihrem Spiegelbild schenkte sie ein Lächeln, die Augen hinter dem
Silberglas strahlten zurück. Sie mochte sie. Nora griff
zum Flakon und sprühte. Ein Hauch benetzte ihre Haut,
Rose, Iris, Jasmin, Amber, rauchiger Zimt vermischte
sich mit ihrem Duft. Sie mochte sich.

Nora schritt ins Wohnzimmer zu ihrem Laptop, sie
hängte noch den Scan ein – das Originaldokument war
unterwegs per Post – und klickte den Pfeil. *Ab damit.*
Sie nickte. *Drei E-Mails. Aller guten Dinge …*

Dann leerte sie den Tee. Sie wählte aus ihrem Schrank,
schlüpfte in ein Kleid, dann Boots, dann ging sie los. Die
Treppen runter zur U-Bahn tippte sie an Felix.

Schmetterlinge schlugen Purzelbäume in ihrem Bauch.
Bis in die Fingernagelspitzen pulsierte Freude und Licht
und Ruhe. Sie spürte ihre Kraft kribbeln bis unter die
Schädeldecke und tausend Ideen blubbern.

Und wenn es nicht klappt?, dachte sie. Angst blitzte
auf. *Das neue Leben.*

Ihr Messerwerfer war da. *Dann fällst du hin. Auf die
Schnauze. Dann wischst du dir den Dreck von den Knien
und aus dem Gesicht und stehst auf. Einmal mehr als du
fällst.* Er rollte sein Messer in der Luft. *Du hast das
Schlechte abgeschnitten. Funktioniert. Immer wieder.*

Sie las am Telefon noch einmal Leanders Nachricht
durch.

Japp. Nora lächelte. *Stimmt. Antwort gleich nachher, zuerst ...* In den Kontakten suchte sie Bens Nummer.

Die Rolltreppe brachte Nora von der U-Bahn hoch,
die Uhr sagte ihr: eine halbe Stunde noch. Der Geruch
von Pommes stieg ihr in die Nase. *Die besten der Stadt.*
Und Currywurst. Das Wasser lief zusammen in ihrem
Mund. Und für einen Moment schielte sie hinein zur
geöffneten Tür und durch die Fensterfront. Über die
Theke wurden die Pommesschalen gereicht und die
Currywurst. An den Holztischen oberhalb warteten um
die Zeit jene, die sich noch schnell den Bauch füllen
wollten, ehe der Nachthunger begann. Ein Platz leerte
sich, der nächste Imbiss-Jünger nahm ihn ein.

Pommes.

Immer so gut. Ihr Messerwerfer schmatzte. Sie hatte
das Gefühl, er klebte an der Scheibe fest.

Nora stapfte weiter. Weiter vorn fiel Licht warm und
orange auf die Straße. Zwei Stufen, die weiße Tür, die
Guckwürfel ins Herz der einzigen Bar mit Bademänteln
im Eingangsbereich. Nora sah sich um. *Alles für mich.*
Die Messingrohre vor den groben Betonwänden und
über den Raumtrenner hielten die Pflanzen grün. Be-
ton, Metall, Schwarz. Dieser Ort schmolz es zur Gemüt-
lichkeit. Nora lenkte ihren Blick von der Speisekarte
mit dem orangenen Schriftzug zur Bar. Dahinter wartete die Aussicht, ein Gedicht von einem Abendessen für
Felix' besonderen Tag arrangieren zu können.

»Hello«, winkte sie und schritt auf den Chef des Ladens zu. Nora hielt die Hand wie ein Schild vor ihren Kopf. »Schande über mein Haupt, ich war schon so ewig nicht mehr da. Aber echt toll, dass du Zeit hast für mich. Und cool, dass ihr mich unterstützt, damit es für meinen Bruder ein besonderer ...« Sie räusperte sich, zwinkerte. »... letzter Abend in Freiheit wird.«

Der grinste, umarmte sie wie früher und lachte. »Klar doch! Über tolle Gäste freuen wir uns immer.« Er setzte sich mit ihr an den Stammtisch neben der Bar. »Also, schieß los: Wie stellst du dir das vor für deinen Bruder. Hast du eine Idee? So wie ich dich kenne, geh ich 'von aus, das wird keiner dieser nervtötenden Junggesellenabschiede mit Kostümen. Sonst würden wir das auch nicht machen.«

»Genau. Zu Felix passt das auch nicht. Bei Euch werden wir uns angemessen den Bauch vollschlagen.« Sie grinste und stellte sich kurz Felix' Junggesellenabschied und die Mienen aller vor. *Ihr ahnt nicht, was euch bevorsteht.* »Plus: Ich glaub, ich will mindestens ein Kilo eurer genialen Gnocchi in Salbeibutter.«

»Geht klar!«

Nora schob ihm ein Blatt über die Theke. »Ich hab da mal was zusammengestellt. Was meinst du, kriegen wir das so hin?«

Er las, seine Mundwinkel wanderten hoch, seine Augenbrauen auch. »Läuft«, sagte er. »Austoben werdet ihr euch ja zuvor, und das mit dem Essen und den Drinks bei uns klappt sowieso.« Er drückte ihre Hand und nickte.

»Und Unmengen Gnocchi in Salbeibutter.« Sie grinste einmal über ihr ganzes Gesicht.

Eine halbe Stunde später fand Sophie sich ein, fiel ihr um den Hals, dann suchten sie sich einen der Hochtische am Fenster. »Schick.« Die Französin blickte über die Schulter in den Raum.

»Und mega lecker.« Nora tippte auf die Karte. »Das da musst du unbedingt bestellen.«

»Gnocchi in Salbeibutter? Werde ich. Und du nimmst sofort dieses Strahlen aus deinem Gesicht, und wenn nicht: Erzähl mir den Grund dafür!« Sophie musterte sie. »Gibt es einen Mann?«

»Besser!«

»Viele?«

Nora verdrehte die Augen. »Oh, Sophie!« Sie drehte sich zur Bar, zeigte, winkte und kurz darauf kamen die Getränke. Sie drückte der Freundin den Kelch in die Hand, plingte ihr Glas an das andere. Sie lächelte. »Erst mal den ersten Schritt: Zum Wohl! Auf unser Leben und darauf, in die richtigen Menschen zu stolpern.«

»*Oui*! Richtig stolpern«, grinste Sophie. »Darauf trinken wir.«

»Dann: auf all das Schlechte hinter mir.« Nora fasste Sophies Hand. »Ich habe heute die E-Mails verschickt, gekündigt! In der Firma kann keiner, der Verantwortung trägt, sagen, er hätte nichts von Daniels Verhalten gewusst. Und: Ich werde verreisen. Ich fange neu an, selbständig, so wie ich es will. Und von unterwegs kann ich arbeiten.«

»Oh! Du fängst also endlich an!« Sophie hob erneut das Glas. Dann fiel ihr etwas ein. »Und die Hochzeit deines Bruders?«

»Ich bin rechtzeitig zum Junggesellenabschied wieder da. Alles organisiert.«

Der Prosecco kitzelte an ihren Lippen, über ihre Zunge perlte er in den Bauch. Die Nachricht an Leander kribbelte noch in ihrem Kopf. *Ich bin erst mal weg.*

Gut fühlte sie sich an.

#49 BEN - POST-IT

Das Display war tot. *Wie erwartet.* Ben fluchte. Dann seufzte er. *Wahrscheinlich würde ich ohne Georgs Nachricht das Telefon immer noch suchen.* Er kniff die Mundwinkel ein. *Zumindest war es seit Freitag hier.* »Shit. So kann man sich das Leben schwermachen.« Ben knallte die Tasche in seinen Bürostuhl, seinen Mantel warf er darüber.

Das Geräusch hallte durch die verlassenen Räume. *Klar, um diese Zeit ist selbst Nora nicht mehr da.* Er starrte aus dem dunklen Zimmer in die Nachtlichter der Stadt. »Shit.« Sein Atem beruhigte sich, sein Puls klopfte ruhiger unter seiner Haut nach der Hetze vom Bahnhof hierher.

Das Handy steckte er an den Strom. *Ich will gar nicht wissen, was da alles drauf ist, und wer alles ins Leere lief.* Dann kramte er die Unterlagen der vergangenen zwei Tage aus seiner Tasche, knipste das Schreibtischlicht an. Er notierte die Telefonnummer des Ansprechpartners aus Stuttgart für ... *Später, wenn dieses verdammte Ding wieder Saft hat.* Er schlug sich an die Stirn. *Wie bescheuert kann man sein? Telefon einfach vergessen.* Er schüttelte den Kopf und zog noch weitere Haftnotizen ab und markierte Passagen. Auf einen großen Zettel notierte er:

DANK DIR, KOLLEGE! DEINE E-MAIL HAT MICH VOR WAHNSINN UND CHAOS BEWAHRT! HÄTTE DAS HANDY ENDLOS GESUCHT.

Er klebte den Zettel auf Georgs Schreibtisch. *Gottseidank war ich am Freitag im Zug noch am Laptop.* Sein Smartphone gab ein Lebenszeichen von sich. Er tippte alle Codes und löste die Sperren und erbleichte. Noras Nachricht erleuchtete das Display. »Fuck!« Er stürzte an ihren Platz. *Ein letztes Mal.* Er zog die erste Schublade auf, die zweite. Alle. »Nicht wirklich, oder? Sie hatte doch nicht wirklich ihren letzter Tag. Ausgerechnet wenn ich auf Dienstreise bin?« Er machte ihre Schreibtischlampe an und suchte nach der Spur eines Ions von ihr. Er fand nicht das kleinste Teilchen.

Ben stütze sich auf Noras Schreibtisch, legte den Kopf in den Nacken. »Warum nur? Ich hab das Teil sonst immer dabei.« Sein Kopf sank zwischen seine Schultern herab. »Warum muss ich ausgerechnet dieses Wochenende mein Handy hier vergessen?« Er schlug auf die Tischplatte. »Nichts ist mehr da von ihr.« Er löschte das Licht.

Der ganze Raum war auf einmal leer, auch wenn es nur ihr Schreibtisch war. Ben trottete zurück. Kopfschüttelnd. Gänsehaut drückte gegen den Stoff seines Hemdes. Er schauderte. Er fror. Er warf seinen Mantel über sich. Der Luftzug hob die Blätter des Drachenbaums an wie Flügel.

Papier raschelte. Loses Papier, leichtes Papier. Ben drehte das Licht seiner Lampe. Eine Haftnotiz lag quer über der Tastatur, Rücken nach oben. *Vom Monitor?* Er fischte den Zettel auf.

Schade, Ben, keine Antwort von dir. Hat leider nicht geklappt zum Abschied! :(
Alles Liebe Dir! Vielleicht ja dann mal in München!
LG, Nora

»Fuck.«

Er tippte.

> **Ben**
>
> Hi Nora, so sorry. Handy war übers Wochenende in FFM, ich in München und ab Montag in Stuttgart für einen Termin.
>
> 22:21:56

Er kaute auf seiner Unterlippe.

> **Ben**
>
> Bock auf 'n Drink am Samstag in unserer Stadt, München?
>
> 22:24:13

Nur ein grauer Haken hing sich an seine Nachricht. *Versendet, auf dem Server. Hat sie mich geblockt?*

Er sammelte seine Unterlagen zusammen, rieb sich die Augen. *Oh Mann.* Das Display blieb leer. Irgendwann ging er in sein Hotel-Heim.

SAMSTAG

> **Nora**
>
> Hi Ben, liebe Grüße aus Kanada, eben gelandet. Bin in 8 Wochen zurück. Lass mal sehen, dann. Nora
>
> 01:08:35

»Verdammt!«

Ich schreib ihr. Sein Finger hielt über den Tasten inne. *Dann. Später. Dann, wenn sie wieder da ist.*

3 Monate Später

O h Shit.« In Noras Mitte zog sich alles zusammen. Sie las die E-Mail nochmal – die Antwort des Cafés auf ihr letztes Angebot für die Runderneuerung von deren Website. Ihre Laune sank. Sie checkte den Datumsstempel und Uhrzeit der Nachricht. »Gestern Abend, 18.45 Uhr. Schlechte Nachrichten zum Wochenende.« Sie ballte die Hand. »Das klang so *safe*.« Sie presste die Lippen zusammen. *Wäre so gut gewesen – und wichtig. Ein bisschen Zeit hab ich noch.*

Sie rollte sich weiter durch ihre E-Mails zur nächsten. *Selbst und ständig,* schoss ihr das Wort in den Kopf. *Is was dran.* Sie runzelte die Stirn. »Wou. Da ist jemand aber nachtaktiv. 3.45 Uhr.« Ihre Hand zögerte über der Nachricht. *Hoffentlich nicht noch ein Storno. Will ich sie wirklich lesen?* Im Hintergrund auf ihrem Laptop blitzten die Bilder durch von beinahe drei Monaten Kanada. *Zwei Absagen am Morgen vor dem Junggesellenabschied.*

»Mh.« Nora zog die Hand weg vom Rechner und schlurfte ins Bad. Duschte, putzte Zähne, bearbeitete ihr Haar, schaffte sich Wimperntusche ins Gesicht. Sie wählte Slip und BH und trat vor dem Kleiderschrank von einem Fuß auf den anderen. *Nichts drin zum Anziehen. Gar nichts. Ah Menno! Wie kann das nur immer sein.*

Die Neugier siegte. Sie huschte unterbewäscht zurück an den Schreibtisch, klappte noch einmal ihren Rechner auf, klickte.

»Yesssssssss!« Nora sprang vom Stuhl. »Zwei! Zwei Aufträge auf einen Streich.« Im Stehen las sie nochmal die E-Mail durch, dann drehte sie die Musik laut. Der Wohnzimmerboden knarzte, ihre Barfüße wirbelten über das Holz, ihre Arme durch die Luft. Sie tankte Luft in ihre Lunge, kribbelnd bis in ihre Finger, und krähte jedes Wort des Songs hinaus. *Sowieso.* Bis in die Haarspitzen glühte Freude und Noras Wangen glühten auch. *Bestes Lied! Gut gemacht Mark Forster,* lobte sie den Sänger und schnippte mit zwei Fingern einen Gruß von ihrer Stirn.

Zurück am Schreibtisch beantwortete sie die Nachrichten, bedankte sich für Aufträge und Lob und Weiterempfehlung. Dann fiel ihr Blick auf die Uhr. »Oh«, sagte sie. Ihre Wangen glühten gleich noch mehr. *Flott jetzt! Zu spät kommen wär blöd, Felix würd' mich hassen.* Sie sprang in ihre Klamotten, die Schuhe, packte die Platten mit Käse und stürzte los. *Gottseidank ist alles andere schon in der Wohnung von Felix und Tony gebunkert.*

In der U-Bahn vibrierte ihr Handy.

> **Tony**
>
> Viel Spaß beim Junggesellenabschied heute.
> Bin gestern schon zu meinen Eltern. Liebe
> Grüße, feiert gut!
>
> 7:12:43

Und kurz darauf nochmal.

> **Ben**
>
> Hab dich gestern beim Einkaufen gesehen, war
> zu langsam. Schön, dass du wieder da bist.
> Heute schon was vor?
>
> 7:34:12

Ein kleines Messer ritzte in ihre Seele, sie spürte in ihrer Mitte einen Stich. *Oh, Ben, im Ernst jetzt? Ich dachte, wir haben uns gut verstanden als Kollegen? Aber dann: In drei Monaten kein Lebenszeichen, keine Frage, kein Hallo. Und heute siehst du mich und sprichst mich nicht mal an.* Nora schüttelte den Kopf, schob ihr Telefon. *Was ' ein Timing.*

NORA – JUNGGESELLEN

Nora nickte. Ihr Blick schweifte über Tonys und Felix' riesigen Esstisch. Ab und an blitzte das Holz noch durch. Darauf hatte die ganze Truppe das Geschirr eingedeckt – weiß und kantig –, dazwischen schwarze Servietten, Bänder und Kerzenleuchter schimmerten in Gold. Aufstriche – mitgebracht, selbstgemacht –, Parmaschinken um Honigmelonen gehüllt, Tomaten und Mozzarella geschichtet und gewürzt. Kräuter dufteten und frisches Gebäck. Darüber die Stimmen, das Lachen, das Messer-Gabel-Löffel-Klappern, drumherum Jungs, Mädels. Felix. Seine Freunde begannen mit ihm den Tag.

Nora reichte den Korb mit den Semmeln, Brezen und Croissants weiter in die Freundesrunde. Die Platte mit dem Lachs nahm sie ihrem Gegenüber aus der Hand und beobachtete Felix. Seine Augen strahlten, seine Antworten fegten durch drei Gespräche gleichzeitig: Und doch lag ein Schatten auf seinem Gesicht. Ab und an flatterte sein Blick.

Nora hob die Augenbraue. *Mh – Bruderherz, Zuversicht sieht anders aus. Sehen wir mal, was wir tun können gegen deine Sorgen.*

Sie wanderte zum Kühlschrank und schenkte die nächste Runde Sekt in die Gläser. Sie blickte auf die Uhr, dann in die Gesichter. Ein Klingeln fegte durch den Raum, alle Köpfe schnellten zur Tür.

Felix zählte die Anwesenden durch. »Fehlt noch wer?« Kopfschütteln.

Nora stellte die Sektflasche ab. »Ich mach auf.« Und war schon aus dem Raum. Ein Murmeln folgte ihr. Sie öffnete die Wohnungstür und zwinkerte dem Neuankömmling zu, legte den Finger über die Lippen. »Schön, dass du da bist. Keiner ahnt etwas. Komm mit! Ich sag kurz was, dann gehört die Bühne dir!«

Die Frau rollte einen Koffer hinter Nora her und folgte ihr.

Nora biss sich auf die Lippen und drückte das Lachen weg. Ihr Bruder, die Jungs, die Mädels um den Tisch – alle starrten nach vorne auf Yvonne und auf das, was hinter ihr aufgebaut war. Auf dem Hochtisch reihten sich in samtschwarz und pink, in hellblau und golden die unterschiedlichsten Toys. Und Vibratoren. Und Gleitgels. Und Kugeln. Und Ringe.

Yvonne winkte Felix nach vorn. Er schüttelte den Kopf, seine Augen wurden riesig. »Muss ich wirklich?«

Yvonnes Blick blieb hart. Ihr Kopf neigte und hob sich langsam. Sie deutete auf den einzelnen Stuhl vorne neben sich. »Felix, Felix, Felix, Felix«, skandierten alle.

Ihr Bruder sank in sich zusammen und zuckte die Schultern, quälte sich von seinem Sitz. »Oh Mann, ihr seid mir vielleicht Freunde.«

Tina sprang auf und schnappte sich eine der *Plastikgurken* vom Tisch. Sie hielt den Kunstpenis ihrem Mann wie eine Pistole hin. Erik lachte zwei Plätze weiter auf, ein Lächeln blitzte über Felix' Miene. Er fügte sich auf den Platz neben ihr. Vorsichtig sah er hoch zu Yvonne. »Das wird nicht schlimm, oder?«

Sie grinste breit und fuhr sich durch das lange blonde Haar. »Tja, mein Lieber. Jetzt bist du in meiner Hand.« Sie legte ihm eine Augenbinde um. »Aber wer heiratet, der muss auch zeigen, ober er hart genug ist dafür.«

Nora genoss den Blick in die Gesichter. Lena prustete los, wischte sich Tränen aus den Augen und reichte einen der Vibratoren weiter. Tina focht derweil mit Alex noch ein Dildo-Duell, Erik feuerte die beiden an.

Lena stupste Nora in die Seite und beugte sich zu ihr. »Beste Idee ever: Toy-Party.« Lena legte Zeigefinger und Daumen aneinander und nickte. »Super gemacht, Nora.« Die zwei daneben nickten dazu.

»Ey!«, murrte Felix. »Das ist unfair. Ich kann nicht mal was sehen.«

Yvonne tätschelte ihn. »Oh, keine Sorge. Gleich bist du im Mittelpunkt, Felix!« Um seine Handgelenke legte sie Manschetten. »So«, sagte sie. »Und mit Felix' Hilfe zeig ich euch jetzt mal, was man damit alles so machen kann.« Sie dirigierte ihn hoch und ans Fenster.

»Oh Gott!« Felix drehte sich um. »Denkt dran: Egal, wie lächerlich ich mich hier mache, eure Zusagen zur Hochzeit hab ich schon. Da gibt es kein Zurück.«

»Dann stell dich mal gut an!«, rief Alex.

Erik stand auf. »Tja, Felix, wir kennen dich lang genug, schlimmer kann es nicht mehr werden. Egal, wie lächerlich du dich machst: Wir sind auch morgen noch deine Freunde. Und wir stehen zu dir.« Nora nickte, sah sich um. Alle nickten. *So ist es.*

Erik fuhr sich durch die braunen Locken, legte den Kopf schief. »Nur«, er legte eine kleine Pause ein. Alle im Raum wurden still. »Also, nur eins noch – wenn ich so drüber nachdenk': Vielleicht sollten du und Tony ab morgen dann mal über eine neue Nachbarschaft nachdenken.« Lachen rollte von einem zum Nächsten.

Felix drehte sich noch kurz zu Erik. Nora beobachtete ihren Bruder. Über seine Miene lief ein Schauer, ein Lächeln, ganz sanft, kaum zu sehen. »Oh mein Gott, Leute, was habt ihr denn noch vor?«

Yvonne nahm seine Handgelenke und zeigte auf die Manschetten und das, was daran baumelte. Sie hielt sie hoch und grinste wie ein kleiner Teufel. »Na, könnt ihr euch vorstellen, wofür das ist?«

»Oh Felix, ich brech jetzt noch ab, wenn ich dran denk, was Yvonne mit dir gemacht hat.« Alex kehrte zurück von der Bar mit einem frischen Cocktail, prostete ihrem Bruder zu, dann ihr. Seine Stimme war lauter, er übertönte die Musik und die anderen Gäste. »Liebesspiele in der Dusche!«, zitierte Alex Yvonne.

Nora lehnte sich zu Felix' Kumpel. »Läuft laut Tina bei euch ja eher anderswo, Alex.« Sie winkte theatralisch vor ihrem Gesicht. »Das ist ja total praktisch am Kühlschrank, falls man zwischendurch mal Hunger kriegt«, erinnerte sie ihn an den Spruch seiner Frau und kratzte sich an der Nase. »Alex, Alex … was stellt Tina nur mit dir an?«

Seine Wangen röteten sich, er grinste, schüttelte den Kopf. »Tja...«, zuckte er mit den Schultern. »Jedenfalls: Hammer-Idee, Nora. Hätte ja im Vorfeld nie zugestimmt, oder geahnt, wie witzig das wird.« Er klopfte ihr im Vorbeigehen auf die Schulter. »Und hier dann. Das Essen erst … Mega. Wie bist du nur auf diesen Laden gekommen?«

Sie schmunzelte. »Ich hab so meine Geheimnisse, Alex.« Er nickte, hielt den Daumen hoch und holte Drinks an der Bar. Nora leerte ihren Wein. Sie winkte dem Barmann, das Logo der Bar leuchtete orange auf seiner schwarzen Schürze, und bestellte die nächste Flasche für den Tisch. Ihr Blick ging zu Felix. Freude glänzte auf seinem Gesicht. Nora sah die Schatten noch immer. Sie stieß ihm den Ellbogen in die Seite wie früher. »Felix?«

Ihr Bruder legte den Arm um sie. »Vielen, vielen Dank, Nora. Der Tag ist perfekt.« Er drückte ihr einen Kuss auf die Wange. »Frühstück, Toy-Party, die Paint-Ball-Geschichte und das ganze Essen.« Er rieb sich den Oberarm. »Vom Paint-Ball werd ich die nächsten Tage noch bunte Souvenirs haben.«

Sie piekte in die gerötete Stelle und streckte die Zunge gegen ihn. Er schüttelte den Kopf. »Oh, Nora.«

Dann umarmte sie ihn. »So muss das sein.« Und sah ihn an. »Und Tony und die Hochzeit?«

Felix' Blick glitt über Alex an der Bar zu Tina, er musterte Max, Lena und jeden einzelnen der anderen neun. »Ich …« Er sog seine Unterlippe ein und drückte ihre Hand. Nora folgte seinem Blick, dann schenkte sie Felix ein, füllte danach ihr eigenes Glas.

Erik knallte sich auf den Stuhl neben ihn und boxte ihn in den Arm. »Yo, Felix.« Seine Mundwinkel befanden sich in etwa auf Höhe der Ohren. »In der fünften Klasse warst du das beste Ziel beim Völkerball. Ich hätt ja nicht gedacht, das ändert sich jemals.« Er stutzte.

Die Mundwinkel sanken. Sein Mittelfinger zielte auf Felix' Brust, Erik beugte sich zu Nora. »Was' los mit dem Jungen? Der ist doch nicht platt, oder?«

Felix' Schultern sanken. Das Lachen erlosch. Erik presste die Lippen aufeinander, musterte die Miene ihres Bruders. Der Dunkelhaarige räusperte sich. »Also«, sagte er. Er rückte näher, beugte sich vor. »Weißt du, ich könnte sagen: Die Hochzeit ist in vier Wochen, das sind die Nerven, blablabla. Die Einladungen sind alle raus, beruhig dich wieder. Und so.« Erik schnappte sich eines der Gläser, die Flasche, schenkte Weißwein ein. »Zwei Wochen vor der Hochzeit hat das 'ne Freundin von mir zu einer Braut gesagt. Acht Wochen nach der Hochzeit reichte die Frischvermählte die Scheidung ein.« Er trank. Das Glas dotzte auf den Tisch.

»Erik?« Noras Stimme brach. In ihrem Magen formte sich ein Block aus Eis. Sie schnappte nach Luft. *Spontaner Fall von Wahnsinn? Erik, was machst du?* Sie biss sich auf die Zunge und linste unter den Tisch. Sie holte aus mit dem Fuß.

Der Freund hielt den Zeigefinger in die Luft. Er zuckte kurz, warf einen fast tödlichen Blick zu ihr und redete weiter, als wäre nichts. »Die Braut wollte das nicht. Nicht mehr. Zwei Wochen vor ihrer Hochzeit wollte sie diese Hochzeit nicht mehr. Sie wollte das Ganze absagen. Sie meinte zu der Freundin von mir: Jeder Frau würde sie raten, einen solchen Kerl zum Teufel zu jagen und nicht zurückzugehen. Und weißt du, warum?«

Hinter dem Rücken ihres Bruders zog Nora mit dem Finger eine Linie über ihren Hals, schüttelte in Richtung Erik den Kopf. Ihr Bruder beugte sich zu ihm. »Warum?«

»Er hat sie stehenlassen. Einfach im Baumarkt nach einem lächerlichen Streit. Er hat sich das Auto geschnappt und ist ohne sie nach Hause. Irgendwie hat sie's mit Bus und zu Fuß zurück geschafft. Vierzig Kilometer ins Nirgendwo, außerhalb der Stadt. Anfangs wollte sie ihn verlassen, dann hat sie bei meiner Freundin angerufen.«

»Aber sie hat ihn geheiratet, statt zu gehen.« Felix schnellte zurück in seinem Sitz und fasste sich an die Stirn. »Statt die Hochzeit abzusagen.« Er starrte an die Decke. »Weil alles gebucht war.«

»Genau.« Erik bestätigte.

Nora signalisierte Erik zu stoppen. *Warum können Blicke nicht töten?* Er schüttelte den Kopf und drehte den Finger wie eine Kurbel in der Luft. Sein Blick glitt von Felix zu ihr, durchdrang sie. Er riss die Augen auf und nickte ihr zu, und mit einem Mal verstand sie, worauf Erik hinauswollte. Sie stieg ein in seinen Plan.

Erik tippte ihren Bruder an. »Felix.«

»Felix«, sagte Nora. Sie zog an seinem Arm und schüttelte ihn. »Felix.« Sie klopfte auf den Tisch, stellte den Kelch vor ihren Bruder. Weißwein füllte das Glas. »Trink.«

»Trink!« Erik schob das Glas näher.

Felix senkte seine Arme. Er sah vom Freund zu Nora, runzelte die Stirn. Nora hob ihren Wein. »Auf dich – und auf das Leben und diesen Tag!« Drei Gläser plingten aneinander.

Erik lehnte sich zurück, er senkte die Lider, beobachtete ihren Bruder. »Hör zu, Felix: Dieser Kerl ist gefahren und hat sie stehenlassen.«

Nora nahm Felix' Hand. »Er hat sie gedemütigt, allein gelassen, ver-lassen.«

Ihr Bruder blinzelte. Er griff nach seinem Glas und leerte es.

»Gedemütigt, Felix«, wiederholte sie. Sie suchte seinen Blick. »Hat Tony jemals so etwas getan?«

Felix richtete sich auf, stierte sie an. Er schüttelte den Kopf.

Erik malte Kreise auf die Tischplatte. »Er kümmert sich um dich, er respektiert dich. Und umgekehrt.«

»Er hat damals die Wohnung allein gestrichen, als ich meine Prüfungen hatte«, erinnerte Felix sich.

»Und du bist durch den Schneesturm über hundert Kilometer gefahren, nur um ihn zu sehen und ihn bei seinem ersten Vorstellungsgespräch zu unterstützen.« Erik teilte den Wein auf die Gläser auf.

Felix rieb seine Schläfe. »Tony steht auf, frühstückt mit mir. Er könnte noch eine Stunde länger schlafen.«

Nora zwinkerte Erik zu, dann beugte sie sich zu ihrem Bruder. »Oh Mann, Felix, es sind die Kleinigkeiten.«

Felix verschränkte die Arme vor der Brust, die Hände hielt er geballt. Nora griff zu ihrem anderen Glas, und Wasser rauschte ihre Kehle hinab. *Oh, der Wein. Sie räusperte sich.* »Du kannst sie selbst zählen. Vielleicht sind es schon so viele, und am Ende siehst du nicht mehr was genau, und worauf es ankommt.« Sie legte ihre Hand an seinen Arm. »Er hält dir den Rücken frei und du ihm. Ihr baut gemeinsam an eurer Zukunft. Ja, die Hochzeit bedeutet Stress. Sieh es als Test! Danach kommt das Beste: euer weiteres gemeinsames Leben.« Sie deutete zur Bar, zu Lena, Tina, Max, Flo, Alex und den anderen. Vor der Bar hatten sie sich ihre eigene Tanzfläche geschaffen. »Wir feiern mit dir. Und wenn es dir schlecht geht, dann leiden wir mit dir. Wir sind mit dir, gleichgültig, wohin du gehst, oder welche Entscheidung du triffst. Aber, Felix«, sie fasste sein Kinn und hielt es fest, bohrte ihren Blick in seine Augen. Der Wein schob Wölkchen in ihren Kopf. Sie konzentrierte sich. »Du und Tony ... das ist richtig. Liebe und die Entscheidung, zueinander zu stehen.« Sie lächelte. *Sophie, du hast recht,* dachte sie. Felix lächelte zurück. »Bruderherz, sei gut zu dir! Und lass in deinem Leben das Gute zu. Lauf nicht weg davor.«

Die Augen ihres Bruders veränderten sich. Aus seinen Zügen wich das Harte, er löste die Arme vor der Brust, seine Fäuste öffneten sich. Felix nahm ihre Hände in seine. »Schwesterherz. Was so alles in dir steckt! Du weißt doch recht gut, was das Gute ist, im Leben.« Er zuckte die Schultern, zwinkerte. »Passiert wohl, dass man das zwischendurch vergisst.«

Nora schluckte. Ihr fiel etwas ein, und sie griff nach ihrem Handy. Felix grinste und drückte ihre andere Hand. Sie fühlte Glück. *Ein Moment Ewigkeit.* Eriks Stuhl rutschte quietschend über den Boden. Ihre Hand suchte ihr Telefon. Erik schlug Felix auf die Schulter und deutete auf die anderen. Der Gedanke war weg. *Was wollte ich?*

Ihr Bruder nickte. »Gleich«, sagte er und schickte Erik vor.

Felix zog sie hoch und zu sich. »Danke fürs Erinnern. Ich lauf nicht weg davor, versprochen. Versprich du es mir auch, Nora.«

Sie nickte und strahlte und betrank sich an diesem Glück. »Lass uns tanzen«, sagte sie. »Die anderen warten schon.«

Er schnappte eine der Sektflaschen vom Tisch, setzte an und reichte sie ihr. »Auf, auf!«, forderte er. Nora griff zu. Kalt war die Flasche an ihren Lippen, auf ihre Zunge frizzelte Fruchtfrische und bizzelte ihren Bauch hinab. Felix musterte sie. »Weißt du was: Bring einfach Leila zur Hochzeit mit. Oder niemanden.« Er strubbelte ihr Haar. »Du bist Nora. Du bist genug! Mach, wie's gut für dich ist.«

Er tanzte sich zu Erik und Lena in die freie Fläche der Bar. In ihrem Kopf drängten die Wolken die Wölkchen ab, durch ihren Körper kribbelte ein ganzer glücklicher, kühner Tag. Sie trank nochmal und sah ihrem Bruder nach. Ihre Finger fuhren in ihrer Tasche entlang der Kanten des Telefons. Ihr verlorener Gedanke kehrte zurück. *Oh Shit! Die Bilder. Wer hat welche gemacht?*

Ihr Blick huschte durch die Bar zu den anderen. Keiner von Felix' Freunden hielt sein oder ihr Smartphone in der Hand. *Hat eigentlich irgendwer noch irgendwas in den letzten Stunden unseres Junggesellenabschieds fotografiert?* Sie blinzelte. Felix alberte lachend mit seinen Freunden über die Tanzfläche.

Wärmendes Leuchten kaperte ihre Mitte. *Bilder im Kopf.* Nora lächelte, zerrte an ihrem Telefon. *Und welche, die für alle Bleiben.* Sie hielt den Arm hoch und richtete ihn aus. Sie knipste.

Die Ziffern auf dem Display zeigten die Zeit. *Spät.* Nora gab acht auf ihre Schritte. Vor den tanzenden Füßen und dem Kreis von Felix' zappelnder Horde schaffte sie die Kurve in den Gang zu den Toiletten. Wasser platschte über ihre Hände, kühlte ihr Gesicht. Tropfen perlten die Wangen hinab. Ihr Spiegelbild sah … Nora runzelte die Stirn … *schön aus*, fand sie. Hinter ihr stupste sich Lena vorbei. »Cooler Tag, oder? Mega!« Die Blonde verschwand hinter einer der roten Türen. Nora konnte sich nicht wehren: Ihre Mundwinkel schossen nach oben. Sie nickte ihrem Gegenbild zu und hob den Daumen. Sie tupfte sich ab mit Klopapier.

Noras Finger zitterten mit dem iPhone in ihrer Hand. Sie entsperrte den Bildschirm. *Mh.* Sie kaute auf ihrer Unterlippe. *Spät.* Sie suchte die Nummer in den Kontakten. *Leander.* Sie tippte. Nora las die Nachricht an ihn mehrmals. Sie schloss die Augen. *Egal. Er sieht es erst morgen. Frühestens. Irgendwann.* Ihr Daumen erwischte den Knopf wie von selbst. Senden. *Und dann ... ist es egal.*

Sie schlüpfte hinaus. Um ihren Bruder war Musik, seine Schritte setzte er im Takt und alberte zwischen Erik, Tina und Max. Von Gesicht zu Gesicht, von Freund zu Freund tanzte Glück. Nora stand dabei. *Es geht ihm gut.* Sie lächelte, atmete aus.

Am Tisch stand Wasser und ihr Glas Wein. In ihrem Kopf kreiselte weiter der Gedanke von vorhin. Gäbe es nur die gemeinsamen Eindrücke von diesem Abend, oder hatte jemand mitgedacht, Fotos gemacht? Konservierte Erinnerungen für immer. Ihre Hand lag um das Smartphone in ihrer Tasche. Nora trank, schluckte, verschluckte sich. Hustete prustend Wassertröpfchen, sah sich um. Niemand hatte sie gesehen. Niemand sah zu ihr.

Die Schummerlampen brachen sich golden im Wein. Der Bass wummerte in der Oberfläche und in ihrem Bauch und in den Wolkenballons in ihrem Kopf. Sie fischte das Telefon hervor. *Mitten in der Nacht. Viel zu spät.*

Ihr Bruder winkte ihr, rief sie zu sich. Nora zögerte, checkte das Display nochmal. *Nix.* Sie nickte, dann schlüpfte sie in den Kreis. Ihr Körper, ihr Denken glitt in den Fluss der Melodie, das warme Leuchten in ihre Mitte. Ihr Bruder war hier, bei ihr, die Menschen, die ihm wohltaten. Sie beobachtete durch halbgeschlossene Lider. Erik jammte auf der Luftgitarre, Max fotografierte, Flo drückte Felix noch ein Bier in die Hand und lachte ihn aus, weil er gähnte – und konnte nicht anders und gähnte mit. *Oh,* fiel ihr ein, *Max, der Fotograph. Perfekt.*

Die Ersten verabschiedeten sich. Tina und Alex drückten jeden in der Runde, Andy schloss sich ihnen an. Lena war verschwunden.

Nora rollte mit den Schultern, ihre Hand fuhr in den Nacken. Ein Luftzug stellte ihr die Härchen auf. Sie schauderte, wandte sich um. Die Glastür flog zu, niemand war da. Sie fiel zurück in die Musik, schloss die Augen, die Schritte fanden den Takt.

Felix tippte sie an, dachte sie. Sie blinzelte. Hinter ihm blendete das Licht. Sein Gesicht sah sie nicht. Er war größer. Sie hörte Felix von irgendwo neben sich – bei Erik und Flo an der Bar.

»Ich habe dich schon einmal tanzen seh'n.«

Die Stimme wummerte in ihrem Bauch. Nora kannte die Worte. Die Stimme auch. »Du ...« Sie spürte, wie ihre Lippen sich bewegten, sie blickte hoch. »Es ist spät.« Sie rieb ihre Schläfe. »Was machst du hier. Es ist spät.«

Er trat ein wenig nach vorn. Das Licht blendete nicht mehr. Seine Lippen schimmerten. Sie mochte, wie er roch, sein Lächeln.

Nora blieb. Sie sah die Farbe seiner Augen. Gewitterblau. Wie beim ersten Mal – nur ohne den verschütteten Wein und die Scherben zu ihren Füßen. Damals in der anderen Bar.

Ihre Hand an seiner Wange. Ihre Finger glitten in seiner Hand auf Furchen und Samt, überstolperten Schrunden, fanden, schränkten sich zwischen seine. Sie ließ ihm ihre Hand, ließ sich führen, wand sich über seine Schulter entlang der Linie seines Nackens in weichen, warmen, dunklen Flaum. Seine Hand gelegt um ihre, und ihre lenkte seinen Kopf herab zu ihren Lippen, lenkte seine Schritte mit den ihren. Fort.

Sein Blick band sich in ihren. Er schloss seine Zimmertür hinter ihr. Sie sog Wärme ein und seinen Duft. Von ihrer Braue folgten seine Fingerspitzen dem Schwung, dem Jochbein, striffen zum Ohr über das Tal unterhalb ihres Kiefers, weich und warm schmiegte sich an ihre Wange der Ballen seiner Hand. Seine Augen suchten in den ihren, ihre Wange entlang drängte sein Daumen zu den Winkeln über ihre Lippen wie ein Siegel, befeuchtete ihn. Sie spürte seinen Wimpernschlag wie Flügel auf der Haut. Luft, ein Hauch, ein Federstrich von ihr zu ihm. Mehr war nicht dazwischen.

Sie drang hindurch, sie wollte ihn. Sie wollte seine Lippen, sie wollte seine Wärme bei sich spüren. Dunkel wurde die Welt und wieder hell. Sie nahm den Kuss von ihm, sie gab ihren, schmeckte, trank, kostete. Schauer hauchten über ihre Haut, strömten unter sie, und wo der Hunger war, entfachten sie noch mehr. Hitze glühte durch den Stoff auf ihre Haut, sein Körper rieb sich an ihrem. Fest und drängend war er nah. Fest und hart.

Seine Hand hielt – sein Arm umfing sie. An ihrem Rücken spürte sie durch den Stoff unter den Spitzen seiner Finger kribbelnd wie Strom durch ihren Körper, kribbelnd wie der Kuss auf ihren Lippen.

Ihre Zunge wagte, testete mehr, fand, schmeckte ihn. Und er – seine Lippen, seine Zunge wollte sie. Sie hörte seinen Herzschlag.

Ihre Hände suchten Wege, schoben am Stoff, zerrten sein Hemd weg von seiner Haut, schmuggelten sich darunter und hoch, hoch, hoch an seiner Seite an den Klimperknochen. Seine Brust war unter ihren Fingern.

Seine Hände streiften an ihr, lösten sich, und sie löste die Knöpfe seines Hemdes. Nicht schnell genug.

Sie ließ ihm Raum.

Er kreuzte die Arme, fasste den Saum. Kalt küsste die Nacht ihre Wangen.

Er schälte sein Hemd über den Kopf, zog es ab, gab es frei, gab sich frei, fand zurück zu ihren Lippen.

Seine Finger tasteten die Seide ihrer Haut. Am Rücken ihrer Finger, ihrer Hand spürte sie, wie er sie berührte, die Innenseite ihres Unterarms prickelte. Seine Hand schwebte um ihren Ellbogen, die andere an ihrem Hals.

Sie fühlte sich geborgen und frei und kostbar und die Muskeln seiner Brust unter ihren Fingerkuppen. Sie stillte unstillbaren Durst an seinen Lippen. Er tastete sich weiter, streifte ihren Oberarm, die Schultern, umfing sie und Wärme strömte über ihren Rücken. Seine Hand folgte den Rundungen ihrer Hüfte, der Bucht darüber. Sie sog Luft in ihre Lunge. Seine Hand wanderte weiter über ihre Haut und ihre Hände über seine. Samt glitt unter ihren Fingerspitzen hinweg, feste Muskeln und das Tal um seinen Nabel. Sie folgte dem schmalen Pfad, dem Flaum vom Nabel in den Süden. Ihr Shirt schob sich nach oben, ihre Haut brannte, nur seine Haut linderte das Feuer. Sie streifte es ab.

Sie schmeckte den Hunger – ihren in seinem Kuss und seinen damit, stippte seine Lippen an, forderte seine Zunge. Er fand ihre, verlangte danach, erwiderte ihr Verlangen, fachte es an. Ihre Finger stolperten an seinem Gürtel, suchten, öffneten den Verschluss. Seine glitten über ihre Kehle, glitten zum Schwung des Schlüsselbeins.

Sie löste sich kurz, ertrank für einen Blick im Blau seiner Augen und fand zu seinen Lippen zurück. Sie schloss die Lider, und überließ sich dem Takt ihrer Körper, dem Klang seines Atmens, dem Rausch in ihrem Blut. Worte, Denken, der Rest der Welt zerfiel, und die Hände wanderten weiter.

Die Spitze ihres BHs flatterte auf ihrer Haut unter seiner Berührung. Warm und fest fühlte sie seine Hand um ihre Brüste, sanft an den Knospen ihrer Brüste spielen, erregen. Erregend zu spüren, wie sein Körper, seine Mitte sich regte durch sie. Und tiefer wanderten ihre Hände. Sehnsucht zog sie weiter, Lust trieb sie an.

Er erkundete ihre Bögen, ihren Bauch, flach und fest, flog zum Knopf ihres Rocks, löste, streifte den Stoff von ihr.

Ihre Lust wuchs, prickelte zwischen ihren Schenkeln, loderte in ihrer Mitte, auf ihren Lippen. Ihr Körper reagierte, der Hauch seines Atems schickte Schauer über ihre Haut. Sie drängte sich an ihn, sie entflammte sich daran zu spüren, wie sehr er sie begehrte. Sie schob seine Jeans zu Boden, ihre Finger tasteten über seine Innenschenkel, überwanden den Saum seiner Shorts. Ihre Hüfte presste sich an seine, nur dafür zu erahnen, wie erregt er war, zu erspüren wie es wäre, …

Sie brannte auf die Berührung seiner Hand, begehrte mehr, fester, tiefer, wollte ihn fühlen – überall auf … an sich … in sich.

Weiter wagten seine Finger sich, wagten sich vorbei am Stoff ihres Slips, erkundeten ihre Hitze ihre Feuchte. Sie drängte sich unter den Stoff, fand Hitze, fand Mehr, zog den Bund weiter und die Shorts herab. Sanft glitt sie von seinem Schenkel über die Kerbe zu seinem Rumpf. Wie Seide war die Haut unter ihren Fingerspitzen.

Sein Atmen wurde rauer, kehliger. Seine Lippen saugten an den ihren. Er fasste ihre Hand, er führte sie, fing seine um ihre um sich, schob sie vor, schob sie zurück. Mit einem Fingerflügelschlag an ihren Schultern lenkte er sie mit sich und sank zu Bett. Sie folgte ihm, war über ihm, betrachtete das Wunder seines Köpers. Ihre Lippen suchten jenen Weg, den ihre Hände schon gefunden hatten.

Die Knospen seiner Brust versteckten seine Erregtheit so wenig wie sein Atem, wie seine Lust, die sie in Händen hielt. Ihre Lippen öffneten sich, gaben stöhnend ihren Atem frei, als seine Hand zwischen ihre Beine fand. Sie schob ihre Küsse tiefer, und ihre Hand fester um ihn. Er führte ihre Berührungen weiter.

Dann zog er ihren Oberkörper zu sich. Seine Küsse fingen sie, seine Arme umfingen sie. Sie war über ihm und glitt über seine Mitte, ahnte ihn, spürte sich so feucht und ihn so heiß, so hart, so nah. Sie küsste seine Lippen, schmeckte ihn. Seine Haut glühte an ihrer, sein Atem an ihrem Ohr. Ihr Becken senkte sich, sie rieb sich an seinem Schambein, seine Hände schwebten an ihrer Hüfte.

Sie merkte, wie erregt er war, blickte in seine Augen. Seine Lippen waren leicht geöffnet, glänzten feucht, in seinem Blick lag jener Hunger, der durch sie rauschte. Mit jeder Faser seines Körpers begehrte er sie.

Sie beugte sich zu einem Kuss und verschränkte eine Hand in der seinen, mit der anderen griff sie hinter sich, umfasste seine heiße Lust. Hob leicht ihr Becken an, lenkte ihn. Sie nahm ihn ein, nahm in auf, fasste seine zweite Hand, fühlte seine Hitze an ihrer Haut, trank die Lust von seinen Lippen, und er trank sich durstig an den ihren. Wieder und wieder.

Fester und drängender glitt sie um ihn. Wieder und mehr. Schlang die Beine um ihn, unter seine Knie. Sanft hielt er sie, folgte ihren Bewegungen, bettete sie auf ihren Rücken. Sie fing seine Kraft mit ihrem Rhythmus auf. Seine Muskeln spannten und lösten sich an seinen Armen, seinem Oberkörper, hielten ihren Körper, gaben Raum, gaben nach. Er näherte sich, holte ihren Kuss, tauchte in sie und steigerte ihre Lust. Ihre Berührung lenkte ihn, seine Lippen wurden eins mit ihren.

Seine Hände gaben ihr Halt, stützten sie, brachten sie nach oben. Sie folgten, wohin sie führte. Sie genoss den festen, warmen Druck auf ihren Brüsten, das Spiel an ihren Knospen. Ihr Becken bewegte sich auf einem Meer aus ihrer Lust und seiner. Und sie holte sich, was ihr gefiel und ihm.

Nora hörte das Atmen. Sie spürte, sie war nicht allein. Den Schmerz in ihrem Schädel spürte sie auch, und achtundzwanzig Dampfwalzen, die die Zugspitze planierten. *Oh.* Ihre Zunge klebte in ihrem Mund und ein Lächeln erfasste ihr Gesicht. Sie öffnete die Lider, zog sich hoch und stützte sich auf ihren Arm. Ihr Telefon zeigte 06.37 Uhr, Sonntag.

Leander schlief. Seine Brauen waren schwarze Bögen im Morgengrauen, an den Augen der Kranz langer Wimpernfedern. Sein Gesicht prägten die Jochbögen und das Kinn. In der Luft fuhr sie über den Schwung zum Ohr. Die Lippen schimmerten im Dämmergrau. Seine Haare standen wild um seinen Kopf.

Ein Panther im Dunkel. Er sieht so verletzlich aus. Dann erstarrte sie. Nora zog die Decke erst zu sich, dann fort. *Leise!* Sie fischte nach Slip und BH und wand sich hinein. *Gottverdammt!* Sie biss sich auf die Unterlippe, sah zu ihm. *Was hab ich getan?*

Sie huschte aus dem Bett durchs Zimmer, pickte Klamotten vom Boden und baute in ihrem Arm ein Nest mit dem, was sie von sich fand. An seinem Schreibtisch hielt sie inne. Der Notizblock lag da mit dem Stift. Nora sah zum Bett. Für den einen Moment schloss sie die Augen. Sie erinnerte sich der Menge an Sektflaschen der vergangenen Nacht. Nora drückte die Klinke. Niemand war im Flur, die anderen Türen zu. Im Bad riss sie ihre Strumpfhose ein, fluchte. Sie schlüpfte in Rock und Shirt und Jacke. In den Taschen fand sie alles, was dahin gehörte. Sie öffnete einen Spalt der Badtür. Alles war still, alle in den Zimmern. *Wer auch immer hier noch wohnt.* Nora griff die Schuhe, zog die Tür hinter sich zu.

Auf den Holztreppen zielte sie Schritt für Schritt auf die glänzenden, satten Stellen. Die knarzten nicht so. Die U-Bahn brachte sie nach Hause, und jede Stunde des Morgens biss stärker in ihr Gewissen.

Nora starrte auf das iPhone in ihrer Hand. Sie legte es weg, vergrub den Kopf in ihren Händen. »Wie bescheuert kann man sein?«

Sie zerrte an der Decke und verbarg sich darin. *Gespielt hab ich. Nicht mehr, nicht weniger. Oh Mann, verdammt. Mir ging's gut. Allein. Und jetzt?*

Jetzt hattest du guten Sex. Verdammt guten. Der Messerwerfer gähnte.

Verflucht. Das ist nicht der Punkt. Sie seufzte. *Er ist gut. Und ich? Hab gespielt. Das ist scheiße.*

Ja. Er nickte und hob den Zeigefinger und die Augenbrauen. *Das macht man nicht.*

Nora beugte sich zum Handy. *Und dann einfach zu gehen ... Fuck!*

Richtig schwach.

»Leander«

Sie löschte die Buchstaben. Sie tippte erneut. Und löschte. Kaffee ratterte und dampfte durch die Maschine und ihren Körper. Sie holte Luft.

> **Nora**
>
> Leander. Ich bin weg. Es tut mir leid. Die Nacht mit dir, unsere Begegnung in der Bar – für mich wunderschön. Und es tut mir so leid! Ich hatte gestern Lust, aber ich wollte nicht mit dir spielen. Ich wollte dich nicht verletzen. Bitte entschuldige.
> Das ist nicht richtig so. Nicht auf diese Art.
>
> 09:08:59

Sie blockierte seine Nummer.

Du blockierst ihn? Ihr Messerwerfer schüttelte den Kopf. Seine Augen fielen beinahe aus den Höhlen.

Ich will keine Affäre. Das reicht nicht mehr. Nora schob ihr Kinn vor und verschränkte die Arme. *Ist besser so.*

Nicht so. Nicht auf diese Art. Die Messer klapperten irgendwo.

#53 LEANDER – SPRACHLOS

Er las die Nachricht zum achtunddrölfzigsten Mal. Und schüttelte den Kopf. Sie hatte ihn blockiert. Er schritt durchs Zimmer, zum Fenster, zum Bett, zur Tür und wieder zurück. Das Fenster zeigte ins Grau. Der Winter wehrte sich. Immer noch krochen seine Kälte und der Regen durch die Straßen. Leander lehnte sich an die Wand. Die Decke auf ihrer Seite streckte sich quer übers Bett. Ihr Geruch durchwebte die Luft im Zimmer.

»Nicht richtig!? Das finde ich auch«, murmelte er. »Das gibt es doch nicht.« Er schlüpfte in seine Jeans, warf ein Shirt über. Das Fenster öffnete er nicht. Er wollte ihren Duft nicht verlieren.

Die Tür zum Wohnzimmer war offen, die von Bens Zimmer auch. Leander zog die Augenbrauen zusammen. *Ich brauch Koffein, keine Menschen.* Er schlurfte weiter. *Und keine Fragen zu letzter Nacht.*

Gemahlene Bohnen dufteten sich durch die Küche. Ben sah über die Schulter zu ihm, hob die Augenbraue, blickte an ihm vorbei, zögerte. Er schlappte vom Tisch zur Anrichte, zog eine weitere Tasse aus dem Schrank und füllte beide mit dem Dunkelgebräu. Die zweite schob er zu Leander. »Ich würd ja sagen: harte Nacht gehabt. Aber du hattest eher einen harten Morgen, so wie du guckst.« Ben lugte über seine Tasse hinweg.

Leander griff nach der Milch. »Mh«, grummte er.

»Willst du …« Ben drehte den Stuhl umgekehrt und stützte seine Arme auf die Lehne. Er kratzte sich am Kopf. »Reden? Sowas? In der Art?«

Leander gab einen Laut von sich. Er starrte in den Kaffee.

Sein Kumpel nickte. »Hab ich mir gedacht.« Bens Fingernagel kratzte in den Holzfasern des Tisches, er schlürfte seinen Kaffee. »Nicht nur so ein Einmal-Ding, oder?«

Leander verneinte, hob den Blick.

»Und sie?«, fragte Ben weiter.

»Dachte nicht«, sagte Leander. »Aber sie ist einfach gegangen, ohne Nachricht.«

Ben runzelte die Stirn. »Du hast ihre Nummer nicht?«

Leanders Schultern sanken. »Doch.«

»Wo ist das Problem?« Ben lehnte sich vor und suchte seinen Blick.

»Aber …«, setzte Leander an.

Ben entriss ihm das Wort. »Schreib ihr, ruf sie an. Gleich, am besten. Bevor's zu spät ist«, sagte er. Er gnaunzte. »Wie bei mir«, schob er nach.

Leander ruckte hoch. »Wie? Wie bei dir? Was ist los, Ben? Sag nicht, du willst zurück zu Greta.«

Ben schüttelte den Kopf. »Nein.« Er holte Luft. »Es gab jemanden. Direkt von meiner Nase. Die ganze Zeit.«

»Von der Arbeit, oder wie?«

»Ja, bei der Arbeit. Aber sie lebt in München, wie ich«, erklärte er. »Jetzt ist sie weg.«

Leander fiel ihm ins Wort. »Wie weg? Ausgewandert oder was?«

»Gekündigt«, erklärte Ben. »Keine Kollegin mehr. Die ganze Zeit davor, hab ich nichts zu ihr gesagt, weil ich noch mit Greta war.« Er nahm die Hände vor die Brust. »Das war auch richtig so. Aber danach, da war ich frei, und ich hab's nicht geschafft.« Er schlug sich auf die Stirn. »Ich hab sie noch beim Einkaufen gesehen am Freitag. Und ich Depp, ich sprech sie nicht an, sondern schick ihr 'nen Tag später 'ne Nachricht hinterher. Jetzt antwortet sie nicht mal mehr. Es ist zu spät. Ich hab's vergeigt.«

»Hey, Ben!« Leander lehnte sich zurück, verschränkte die Arme. »Das weißt du nicht. Zu spät – so ein Schmarrn.«

Ben lächelte, sein Lächeln war traurig. »Ich weiß es, Leander. Ich kenn sie. Sie hat irgendwann mal gesagt: *Wer will, der macht. Und wer machen will, macht gleich.* Ich hab das nicht. Ich hab sie gehen lassen und drei Monate gewartet, ohne einen Finger zu krümmen.« Er schnaubte. »Klar: Sie wird antworten, wenn ich ihr schreibe. Als Freundin, Bekannte, als Kollegin, die sie mal war. Aber die Chance auf *Mehr* ist vorbei. Ich weiß nicht mal, ob es nicht einen anderen gibt bei ihr.« Er beerdigte sein Lächeln.

»Mh«, sagte Leander.

Ben schwang sich vom Stuhl. Er holte sich noch Kaffee, musterte Leander. »Tu das nicht. Mach's besser, wenn sie dir wichtig ist.« Ben klopfte ihm auf die Schulter und zog die Tür hinter sich zu. Der Kaffeeduft blieb.

»Ach, Kacke auch«, fluchte Leander und starrte seine Tasse tot, versuchte es. Sie verweigerte sich dem Duell.

Er schob den Wein zu ihr und das Wasserglas. »Morgen ist die Hochzeit?«, fragte Philipp.

»Ja.« Nora strahlte.

Er nickte. »Und der Junggesellenabschied?«

Nora wanderte durch die Erinnerung. Das Leuchten glühte in ihrer Mitte.

Philipp nahm die Kräuter aus dem Kühlschrank, löste die trockenen Stängel ab, portionierte sie für später dann. Zitronen, Orangen, Limetten griff er aus einem Karton, schrubbte die Schalen unter fließendem Wasser. Die Musik summte durch die Bar, die Hocker und Tische warteten auf Gäste. Er räumte die letzten Gläser aus dem Spülgitter, trocknete sie. Ineinander, nebeneinander, aufeinander stapelte er sie in die Holzquader an der Wand. Zeit um Zeit nickte er, zog die Mundwinkel ein. »Und der Kerl? Von hier aus der Bar?« Er grinste, als wüsste er mehr als sie. »Von damals.«

Noras Wangen glühten mit einem Mal auch. Sie schüttelte den Kopf.

»Mh«, sagte er. »Verstehe.«

Sie nahm die Hand vom Stiel, lehnte sich auf das Holz. Ihr Blick folgte den Linien ihrer Handflächen. »Wusstest du: Früher bedeutete eine Verbindung wie eine Ehe oder Beziehung Sicherheit, Statusgewinn, Vorteile, Absicherung. Liebe war ein Risiko.« Sie blickte hoch. »Weißt du, man entschied sich damals dafür, wie um ein gemeinsames Unternehmen aufzubauen. Das Gute ist: Jede Entscheidung liegt bei uns, sie zu treffen auch. Oder auszuweichen. Mit welchem Beruf verbringe ich meine Zeit, wie will ich sein, mit welchen Menschen lebe ich meinen Tag.«

»Liebe ist keine Entscheidung«, sagte er. Er setzte das Messer an die Zitrone und schnitt. Seine Augenbraue flippte ein wenig nach oben.

»Liebe passiert. Liebe findet Gelegenheiten und Chancen«, sagte sie. »Aber halt nicht wie in diesen Hollywood-Märchen. Zwei knallen ineinander, dann rosa Glücksgefühl für immer und von Zauberhand wird Job, Bankkonto, Traumschloss gut.« Ihre Finger flippten aneinander und sprangen auf zu einem berstenden Ball. »Die Frage ist, was man macht aus dieser Chance.« Nora lächelte. »Ich finde es einfach: Entscheide dich! Für oder gegen Beziehung. Für oder gegen den Menschen. Dafür oder dagegen, die Zukunft gemeinsam zu bauen, die Zeit eines Lebens zu stehlen – oder deine Zeit zu schenken. Du triffst die Entscheidung. Jeder von uns. Keine Fee, kein Schicksal und auch kein kleiner, fetter Engel mit Bogen und Pfeil.«

»Verstehe.« Er legte das Messer beiseite. »'N Dicker mit 'nem fetten Pfeil?« Seine Hände schoben die Schnitze zusammen und füllten sie in einen Kelch. Philipps Blick huschte fast kein bisschen kurz nach unten, fast kein bisschen zuckte seine Miene. Nur die Mundwinkel und die Augen und die Augenbraue ganz leicht.

»Boah, Philipp!« Rücksichtslos überfiel sie ein Grinsen und klammerte sich in ihren Mundwinkeln fest. »Fetter Pfeil, mh?« Sie lachte, schüttelte den Kopf.

»Verstehe. Kein fetter Pfeil.« Er räusperte sich.»Und du hast dich entschieden. Und er auch.« Er sah sie an.

»Ähm.« Nora presste die Lippen aufeinander, seinem Blick wich sie aus.

»Ähm?«, fragte er. Um seine Mundwinkel zeichneten sich die Grübchen ein wenig tiefer. »Aha!«

Nora rutschte zurück auf den Hocker. »Ich …« Ihre Hände hingen in der Luft. Sie rollte die Fingerspitzen über das Holz. Dann richtete sie sich auf. »Ich hab ihm geschrieben.«

»Wie? Was hast du geschrieben? Dass er sich entschieden hat?« Philipp musterte sie. Die Tür knarzte, der Vorhang glitt auf. Er drehte sich zum Eingang, Nora atmete aus. Der Wein glitt über ihre Lippen, legte Sonne und Säure über den Geschmacksknospen ab. Die neuen Gäste fanden neben der Treppe vor dem Kaminofen ihren Platz. Philipp reichte ihnen die Karte.

Sie spürte seinen Blick. Sie starrte in ihr Glas.

Er lehnte sich vor die Kaffeemaschine. »Also: Wie geschrieben?«

»Oh, Mann, Philipp! Ist doch egal.«

Er zuckte die Schultern. »Ist es das?«

Nora zog die Mundwinkel schief, verschränkte ihre Finger. »Also …«

»Also?«

Nora rollte mit den Augen. »Also, da war der Junggesellenabschied, und Spaß, und Sekt, und Drinks, und Wein.«

»Und?«, hakte er nach.

»Und ich hatte auch Wein, genug jedenfalls.«

»Und?« Er sah hinüber zu den Jungs. Sie waren noch in die Karte vertieft. »Und?«, wiederholte er, zog die Augenbrauen hoch. »Du warst horny?«

Nora hielt seinen Blick. »Und ich hatte Lust.«

»Und?«

»Und ich hab möglicherweise eine Nachricht geschrieben.«

Philipp zog die Augenbraue hoch. »Ihr wart im Bett, und es war schlecht.«

Sie bewegte nur leicht den Kopf. »Nein. Es war gut. Sehr.«

»Aber er wollte nicht mehr als Sex«, folgerte er.

»Ich …«

Philipp runzelte die Stirn, er guckte sie an.

Nora deutete hinüber auf die Gäste. »Du bist dran.«

Zwei Finger zogen die Linie von seinen Augen zu ihren. Er holte sich die Bestellung ab, versorgte die nächsten Gäste mit Karten, lieferte die Getränke aus, baute sich vor ihr auf. »Also, du? Du weißt nicht, was du willst, vielleicht?«

Sie hob die Hände in die Luft. »Ich hab ihn benutzt. So wollte ich das nicht. Das ist scheiße.« Er sah sie weiter einfach an. Nora seufzte. »Ich hab ihm geschrieben und mich entschuldigt und …« Sie schluckte, »… ihn blockiert.«

»Weil du ihn nicht wolltest?«

»Nein. Ja. Doch, ich wollte ihn schon. Aber ich hab ihn benutzt. Ich meine …« Ihre Hände führten ein Eigenleben vor ihrem Körper. »Nachts in einer Bar. Da ist nix als ein Cocktail aus Alkohol und Hormonen.«

»Und er wollte das nicht?«

»Doch.« Nora schob ihr Kinn vor, ihre Augen wurden schmal. Dann sanken ihre Schultern. »Also jedenfalls in der Nacht.«

Philipp nickte. »Und jetzt willst du ihn nicht mehr?«

Nora stützte das Kinn auf ihre Hände, sie musterte Philipp. Seine Miene fragte still weiter, seine Augen waren klar und wachsam. »Nein.« Sie zögerte. »Doch. Ach, was weiß denn ich?« Sie neigte den Kopf hin und her. »Jetzt grad ist alles gut. Ich bin gut, das Webdesign läuft. Philipp, ich fühl mich so … da. So angekommen. So im Leben und diesem komischen Fluss, den alle immer zitieren. Aber der Fluss ist mehr so … warm und leuchtend, nicht kalt und nass. Und alles passt. Endlich. Und wenn noch irgendwas besser sein kann, dann will ich eine Beziehung. Oder nichts.«

»Gut«, sagte er, nickte. »Und du hast ihn gefragt, was er will?« Er räusperte sich. »Oder hast du entschieden, was er will?« In seinen Mundwinkeln zuckte ein Schmunzeln. Er studierte ihre Miene. Dann griff er nach dem Wein. »Du könntest ihm seine Stimme zurückgeben. Immerhin.«

Sie streckte die Zunge gegen ihn. »Klappe!«

Philipp grinste, er füllte ihr Glas.

#55 NORA – HOCHZEIT

Die Scheinwerfer sprenkelten die Tanzfläche mit warmem Licht und tupften die Hochzeitsgäste in Gold. In den leeren Gläsern auf den Tischen funkelten Regenbögen. Nora hatte das Mikro, Felix das andere. Tony war neben ihm, den Arm nach oben, sein Finger klopfte jedes Wort des Songs in die Luft. *Don't Stop Me Now.* Der Raum wogte von tanzenden, singenden Menschen. Seit der zweiten Strophe krakeelte der Saal mit ihnen und Freddy und Queen. Freddy stimmte ein in die letzten Akkorde.

Um Nora und Felix leuchteten die Augen, Tony kam dazu, ihre Eltern. Sie spürte die Arme der anderen um sich. Ihr Leuchten quoll aus ihrer Mitte, und sie gab es frei, blinzelte. *Die Welt umarmen. So ist das wohl.* Die Gesichter ihrer Lieben strahlten vor Glück, vor Zufriedenheit, von all den Geschichten, die sie erlebt hatten, für diesen Moment. *Jeder war da und geliebt.*

Für sein Sein.

Nora lächelte und nickte in sich hinein.

Coldplay fegte über die Tanzfläche, Nora sah zu ihrem Platz. Ihr Glas stand noch dort auf dem Tisch. Sie gab Felix und Tony ein Zeichen und schlängelte sich zwischen den Tanzenden hindurch.

Nora setzte sich, genoss. Ihr Fuß wippte im Takt. Sie kramte ihr Handy aus dieser Silberhandtasche und fing den Moment, fing Tonys Lachen und Felix' Shuffle, ihre Mum und ihren Dad wie Teenager beim Tanz.

Sie schrak auf. Jemand stand neben ihr, im weißen Hemd. Das Licht blendete sie, dann sah sie seine Hand. Er deutete auf ihr Glas. Nora senkte die Lider, nickte. Er stellte die Wasserflasche neben sie und ein frisches Glas.

Philipp fiel ihr ein. Das Gespräch an der Bar.

Nora betrachtete ihre Hände, das Telefon. *Was will ich?* Sie bedachte. *Alles.* Grinste. *Und* Alles *beginnt mit dem ersten Schritt. Mit Mut. Und dann ein Schritt nach dem anderen.*

Dann tat sie es. Das war, was sie wollte: Sie fing nochmal von vorne an. Diesmal war sie: sie. Stärker. Selbst.

Nora entsperrte Leanders Kontakt. Sie tippte und erklärte und bat um Pardon. Sie empfand *gut* dabei.

Sie leerte ihr Wasserglas, schenkte nach. Ihre Blicke folgten den Feiernden. Der Tisch vibrierte. Eine Nachricht auf ihrem Telefon. Sie las den Absender. Leander. *Wow, das war schnell.*

Ihr Messerwerfer runzelte die Stirn und schaukelte irgendwo im Eck in seiner Hängematte weiter, dann schloss er wieder die Augen. Sie nickte. *Ein Schritt nach dem anderen.*

Nora blickte sich um, sog sich voll an dem Moment. Alle strahlten. Alles strahlte. In ihrer Mitte glühte Licht und Wärme, überrollte jedes bisschen von ihr mit Fülle. Sie lächelte.

Nora ließ das Telefon zurück auf dem Tisch. *Das kommt später*, dachte sie. *Jetzt kommt: Hier. Ich. Wir.*

Sie trat in die Mitte.

Ein Moment, ein Leben, ein Glück!

Nora sah sich um.
Sie sah an sich hinab, fand mit ihren Füßen den Takt.
Ihre Arme breiteten sich aus.

Jetzt! Hier! Ich tanze, und das Leben tanzt mit mir.
Für mich.
In meinem Takt.

(DAS) ENDE D(IES)ER GESCHICHTE
(IST DER ANFANG VON ETWAS NEUEM).

All jenen, die auf ihr Happy End warten:

Macht euch das Leben happy,
nicht erst das Ende!

Glück dich!

INHALTSVERZEICHNIS

1. Fort	7
2. Ben – Mauer	16
3. Nah	22
4. Nora – Ferienlager	25
5. Nora – Einkaufen	37
6. Ben – Kräftemessen	46
7. Nora – Aufzug	50
8. Nora – Strandgut	53
9. Felix - Trommeln	59
10. Nora - Dreck	62
11. Ben – Manege	73
12. Nora – Scherben	78
13. Daniel – Film	87
14. Silas – Kontaktlos	94
15. Ben - Haltlos	98
16. Nora – Vogelfrei	106
17. Nora – Zurück	114
18. Ben – Tageweise	128
19. Nora – Zeilenweise	130
20. Felix – Beziehungsweise	133
21. Ben – Kettenwechsel	139
22. Nora – Datenight	145
23. Ben – Schritte & Schnitte	155
24. Nora – Nachtleuchten	162
25. Felix – Gewittertage	166
26. Nora – Show & Schein	172
27. Nora – Gift & Mittel	182

28. Ben – Los 188
29. Nora – Vorboten 189
30. Daniel – Nachrichten 195
31. Nora – Vorhölle 197
32. Silas – Abwasch 206
33. Nora – Zwischenraum 207
34. Nora – Vor-Änderung 211
35. Nora – Reservebank 218
36. Silas – Manöver 224
37. Nora – In die Nacht 228
38. Leander – Verschüttet 232
39. Nora – Fliegen 236
40. Ben – Herzschlag 241
41. Nora – Dämmerung 243
42. Ben – Nachtschatten 246
43. Daniel – Wie in schlechten Zeiten 249
44. Nora – Wolkenzerkratzer 253
45. Ben – Schrammen 261
46. Nora – Freebird 264
47. Leander – Rose, Mary und Gin 266
48. Nora – Gnocchi in Salbeibutter und Sekt 271
49. Ben – Post-it 279
50. Nora – Aufbruch 284
51. Nora – Junggesellen 287
52. Nora – Abschied 297
53. Leander - Dämmerung 307
54. Nora – Barheiten 310
55. Nora – Hochzeit 315

Nachwort 321
Über dieses Buch 321
Danke 325

Nachwort

Nora hat Glück. Die Selbstverständlichkeit übertüncht das, und anfangs sieht sie das nicht.

Sie ist in einem Land geboren, das sich sein Glück erarbeiten musste und wollte. Und dies getan hat – bzw. ihre Vorfahren dies getan haben … auch auf einem Boden aus Blut und Trümmern.

Die Freiheit, die Vielfalt, der Wohlstand, die Möglichkeiten sind nicht selbstverständlich. Diese Werte sind errungen. Sie wurden der Geschichte abgerungen und jenen, die lieber Mauern hochziehen, Ängste schüren und neidvoll auf das Fremde blicken, statt im Fremden das Ähnliche zu sehen, statt davon zu lernen.

Das gilt im Großen, das gilt so oft im Kleinen. Wie oft vergleichen wir uns mit den Mitschülern, Nachbarn, Kollegen, den Models auf Instagram, beneiden sie. Was hinter der Fassade steckt, ignorieren wir. Und wir werkeln vor uns hin und schuften und warten darauf, dass das Glück vorbeikommt: Der richtige Job, der richtige Partner, das *Irgendwas*, das uns glücklich macht. Wir hoffen, dass *Irgendjemand* sieht, dass wir Glück verdient haben, und es uns schenkt.

Funktioniert nicht. Bei mir jedenfalls nicht.

Irgendjemand ist meist ziemlich beschäftigt, kämpft sich durchs Leben, überlebt, sucht nach Glück, versucht seine Bruchstücke zusammenzuhalten und den oberflächlichen Schein zu wahren.

Wie ist das dann mit dem Glück, wo kommt das her?

Das Blöde ist: Da gibt es keine Pauschallösung 'für.

Das Gute ist: Da gibt es keine Pauschallösung 'für.

Das Wichtige ist: Machen! Selbermachen. Meine Meinung jedenfalls.

Veränderung passiert in dem Moment, in dem du dich entscheidest, sie herbeizuführen.
Allyson Lewis

Für mich gilt: Ich bin selbst für mein Glück verantwortlich. Ich arbeite daran. Da liegt ein hartes Stück Arbeit hinter mir. Es war nicht einfach, herauszufinden, was mich glücklich macht, und was mir gut tut, und das es nicht immer das ist, was den gesellschaftlichen Vorstellungen oder den Vorstellungen anderer entspricht.

Die Arbeit hört nicht auf – *das Arbeiten* und auch: die Arbeit an mir. Aber: Es kribbelt und pulsiert und erfüllt mich jeden Tag mit Freude. Und: Es drückt mich nicht nieder und raubt mir nicht die Kraft wie früher. Dieses An-mir-Arbeiten entzündet mein *Licht*. Mich lässt leuchten, das zu tun, was *mich* glücklich macht, mit den Menschen zu sein, mit denen *ich* glücklich bin, der Mensch zu sein, der ich bin und an der besten Version dieses Menschen zu arbeiten.

Das bedeutet auch: Ich habe Beziehungen beendet, die glücklich und perfekt (nach außen) wirkten, aber nicht waren oder leer waren oder einfach dieser Schaffens-Wille bzw. das Ziel nicht in der gemeinsamen Richtung war. Ich habe Freundschaften beendet, die meine Stunden und mein Inneres dunkler machten, statt heller.

Japp: Das ist anstrengend. Aber Sport ist auch anstrengend, und man fühlt sich besser danach :). Die Anstrengung wird belohnt. Leben ist Entscheidung. Ich bin der einzige Mensch, der das entscheiden kann und tun kann. Du bist der einzige Mensch, der das für dich entscheiden und tun kann. Also:

Glück dich!

München, September 2018
Monika Pfundmeier

#1: Schreib mir gerne deine Meinung unter kontakt@mo-nika-pfundmeier.com oder auf Facebook: https://www.facebook.com/autormonikapfundmeier/ .

#2: Manche Worte sind absichtlich ungeraten. Ich mag sie. *Worte sind wie Wesen, die in deiner Macht. Alle sind erlesen, gib auf alle acht.**
… und pfleg' sie und schütz' sie und lass' sie gedeihen. Ich weiß, der Duden kennt kein striff, kein unterbewäscht und manch anderes. Aber: Klingt das nicht viel schöner?

#3: Philipp existiert. Er ist – mit seinem Einverständnis und seinen hilfreichen, schmunzelnden Denkanstößen – eingezogen in Glück dich! Tja … passiert.

#4: Das Buch ist ein fiktionales Werk. Die Namen, Orte und Ereignisse sind vom Autor erfunden oder fiktional verwendet. Alle Ähnlichkeiten mit tatsächlichen Begebenheiten und Örtlichkeiten sind entweder erlaubt, zufällig oder fiktional. Alle Ähnlichkeiten mit tatsächlichen Personen, lebend oder tot, sind zufällig oder erlaubt.

*Martin Beheim-Schwarzbach

DANKE

- all jenen - meinen - wunderbaren Lesern (Euch!), die mir meine Wortspielereien, -biegungen, -drehungen, -schmunzeleien & Wohlklangwortbasteleien verzeihen. Die ihr euch auch die Zeit nehmt und mir Feedback gebt, eure Begeisterung und/oder eine Rezension schreibt und mir helft, besser zu werden.
- meiner wunderbaren, klugen Lektorin Dorothea Kenneweg
- Claudia L. nicht nur für den Schubs in die richtige Richtung
- Philipp S. für den geilsten Titel EVER!
- ZERO /K. P. für das geniale Cover
- Laura Newman für ein wunderschönes Innenleben
- Maria Nikolai: gute Idee! you know …
- Capucine
- Freebird, Ferdings, Exponat im Jüd. Museum/Heike
- jenen, die mit mir arbeiten, mich unterstützen, an mich glauben, bestärken und inspirieren. Ich schätze mich sehr glücklich euch auf meinem Weg zu haben! Tanja Rörsch, Alex Rüffer & die Nigmanauten, Jessica T, Karla P, Nele, Stefan, Steffi vS, Sebastian, Thorsten V., Rotraud T., Ralph M./ booksandtattoos, Eva, Guido, Ann-Kathrin, Owen, Victoria, Petra H., Francis B & dem Team, Max - dessen Schubs mich bis hierher gebracht hat, uvm.
- den Frauen, die sich für andere Frauen einsetzen – speziell in der Buchbranche und darüber hinaus. Die für

mich Vorbild und Motivation sind. Und den Menschen, die sich für andere Menschen einsetzen.

- jenen Kollegen und Menschen, mit denen ich in diesem und in meinem *anderen* Leben zusammenarbeiten darf und durfte, stellvertretend Herrn R. aus L. und seinem Team. Mein Glück, euch zu begegnen und mit euch arbeiten zu dürfen.
- all jenen, die durch Kleinigkeiten und Freundlichkeiten (auch mal unerwartet überraschen und) anderen (und mir) den Tag und den Alltag (und manchmal auch den Geburtstag) ein ganzes Stück heller machen – z.B. Stefania & dem MotelOne-Team Europaviertel, Christina und Petra vom Lufthansa-Team, Daniela S. (DB).
- an Flo & Kati - für Verständnis und das Glück, euer Glück erleben zu dürfen (wenn schon nicht „euren" Tag - live). Ich wünsch euch endlose Fortsetzung - Macht weiter, lasst eure Liebe leuchten!

&

- meiner Familie ganz besonders. Meinen Eltern, meinen Geschwistern. Danke, dass die Tür immer offen steht. Immer. Für jeden!

Ich danke euch! Vielleicht nicht immer gleich und laut, vielleicht mal nur in Gedanken. Verzeiht, wenn ich – in meiner Welt verkopft – vergesse, mich zu äußern. Ich hoffe, ihr erkennt es in meinem Tun. (Wenn nicht: sprecht/schreibt!)

Nora (32)
lebt in München, arbeitet in anderswo, steckt fest.

Ben (28)
Noras Arbeitskollege seit ca. sechs Monaten.

Felix (29)
Noras Bruder, steht kurz vor der Hochzeit und ist gespannt,
was Nora für seinen Junggesellenabschied plant.

Daniel (40)
Abteilungsleiter im Unternehmen, in dem Nora arbeitet.

Silas (33)
lebt in München, sucht.

Leander (29)
Kumpel von Ben, ist mal zur falschen, mal zur richtigen Zeit
am richtigen Ort.

Sophie (25)
Französin, vorübergehend in München, begegnet Nora.

Philipp (28)
Bartender in Noras Lieblingsbar.

Leila (33)
Freundin von Nora, reist gern.

Henning (45)
Noras früherer Vorgesetzter

Tim (32)
ehemaliger Kollege von Nora

Teilnehmer Junggesellenabschied&Freunde / Felix:
Erik, Tina, Alex, Lena, Max, Rick, Andy

Sonstige Kollegen / Nora
Georg, Wolf

Sie lauerte auf ihrem Barhocker am Fenstertisch. Ihre Finger strichen eine Strähne zurück hinter ihr Ohr, folgten der Linie zu ihren Lippen. Er stand an der Bar, stand einfach nur da. Sie beobachtete seine Miene.

Immer wieder blitzten Blicke in ihre Richtung, wanderten über ihren Körper, neckten, zogen sie aus. Er drehte sich ihr zu. Seine Hand lag auf der Jeans, schob sich nach oben. Langsam. Er neigte sich vor.

Sie öffnete ihre Beine, spürte, der Saum ihres Kleides rutschte, und ahnte, was er nicht sah. In ihrer Mitte glühte Hitze, ihre Knospen richteten sich auf.

Sie las Gier in seinen Augen.

Sie öffnete einen Knopf, ihre Fingerkuppen streiften die Brust. Ihre Kurven, ihre Spitzen drängten durch den Seidenstoff.

Seine Hand wagte sich weiter aufwärts an der Jeans, und wie er dort stand, ihr gegenüberstand, die Finger wie zufällig fester gegen den Stoff presste, schickte ihr Lust bis unter ihre Haut.

Er wollte sie. Und sie wusste, er gehörte ihr, sie konnte ihn sich holen.

Wann immer sie wollte.

Mehr von MONIKA PFUNDMEIER

BLUTFÖHRE

(VÖ 9/2016)
Gewinner des Deutschen
Selfpublishing Preises 2017
Publikumspreis

Im Schloss in Friedberg überdauert ein 800 Jahre alter Baum die Zeit:
Die Blutföhre. Sie wächst, wenn großes Unrecht sich ereignet – wie
einst im Jahre 1268.
Zu dieser Zeit schlägt ein Raubritter seinen blutigen Pfad durch die
Gebiete rund um Friedberg. Er hat es auf den edlen Grafen Ulrich ab-
gesehen, dessen Hochzeit mit der schönen und widerspenstigen Agnes
bevorsteht.
Ulrich fürchtet um die Sicherheit seiner Braut. Er bittet seinen Lehns-
herrn Ludwig von Wittelsbach um weitere Unterstützung gegen den
Raubritter. Eine Meinungsverschiedenheit dazu endet im Streit. Ulrich
sieht sich mit einem Mal einem unerwarteten Gegner gegenüber, und
die Zeit verrinnt zwischen seinen Fingern.
Der Raubritter kreuzt den Weg seiner Braut, kurz darauf geschieht ein
Mord. Ulrich bleibt nur eine Möglichkeit – und nur eine Hoffnung die
Kette folgenschwerer Ereignisse zu durchbrechen.

LÖWENBLUT

(VÖ 10/2017)

»Ein Teil unserer Geschichte [...]
Wir können aus ihr lernen,
uns aber auch einfach grandios unterhalten lassen,
und die Autorin hat hier die perfekte Mischung gefunden.«

Karla Paul

Literaturempfehlungen ARD Buffet/das Erste

GLAUBE IST EIN RUDER, DAS DURCHS MEER DES
LEBENS LENKT. WER DAS STEUERRAD IN HÄNDEN
HÄLT, BESTIMMT DEN KURS.

1268 nach Christus: Im Heiligen Römischen Reich ruht alle Hoffnung
auf Frieden auf dem sechzehnjährigen Konradin. Er ist ein begnadeter
Stratege und der Letzte aus dem Kaisergeschlecht der Staufer. Unter
seiner Regentschaft könnte eine neue Zeit anbrechen. Dem Löwenwap-
pen seiner Familie folgen Volk, Adel und die Bewahrer des alten Ger-
manenglaubens - darunter die einflussreiche Cäcilia. Sie steht zwischen
den Traditionen des alten Glaubens und der Liebe zu einem Ritter. Die
Kirche und die Anhänger des Christentums wollen Konradin und seine
Anhänger vernichten. Sie verbünden sich mit dem grausamen Charles
d'Anjou. Der Tag der entscheidenden Schlacht rückt näher. Der Papst
und Charles d'Anjou sind gewillt, jedes Mittel gegen Konradin, den
rechtmäßigen Thronfolger, einzusetzen.
Ein spannungsreicher Roman über eine der leuchtendsten und zugleich
tragischsten Figuren des Mittelalters - Konradin von Hohenstaufen -,
inmitten des Konflikts zwischen Religion und Liebe, zwischen persön-
lichem Ehrgeiz und gesellschaftlichen Werten.